有華人的地方就有

龍人的作品

戰神之路

卷·4

自我為敵

龍人作品集

CONTENTS

內容簡介

他能列位全球第一殺手，這只因他擁有一身奇特的絕技。

但他為了追求真愛，而進入了另一個陌生的國度——幻魔大陸。

在這擁有人、神、魔的幻魔大陸國度裡，他才知道自己的力量是多麼的渺小，但不知是宿命的安排，還是天地對他的憐惜，超越自然的能力與毀滅空間的魔法竟不能置他於死地。無數次的征戰中，他卻發現了自己的體內竟孕含著蒼天萬物之靈——天脈！他才知道他原本屬於這裡，於是——

他成了遊盪大陸的落魄劍士！

他成了一個強大帝國的未來君主！

他成了控制黑暗力量魔族的聖主！

他成了大陸萬族美女心目中的英雄！

他成了三界強者眼中不可擊敗的神！

但在擁有數種身分與無數情人的他，卻發現幻魔大陸出現了另一個強大的自己。

是什麼力量能複製幻魔大陸人、神、魔三界第一強者的身體？

會有誰擁有控制人、神、魔三界的能力？

他為了擺脫命運的安排，無奈之下踏入了挑戰自己的路！

第一章　千年不滅

「現在，你甚至連我都勝不了。」歌盈又冷冷加上一句。

朝陽明白歌盈所指的是天壇太廟被她愚弄之事，整件事情都是由歌盈策劃的。

朝陽淡淡地一笑，道：「你以爲是你在操縱麼？我只是假借你之手而已，只有這樣才是我出現的最佳時機，才能夠獲得眾心所向。逞一時之快，發洩自己的情感誰都會做。」

歌盈回過頭來，望向朝陽，正色道：「你憑什麼說這樣的話？」

朝陽道：「有些事情還是不說出來爲好，免得讓人更痛苦。」

「但我偏偏要你說。」歌盈固執地道，眼神充滿了毅然決然之色，有種不達目的誓不罷休之感。

朝陽與之對視了一眼，隨即將目光轉向夜空。他喜歡給人製造痛苦，但不願看到別人痛苦的模樣。他道：「因爲你心中長久以來積蓄著一種恨意，這種恨意的根源並非你姐姐霞之女神所帶來，而是你心中的愛。你的愛無法得到別人的重視，你希望以此來證實你比你姐姐強，你比任何女人都強！你想要向我證實自己的價值。」

「哈哈哈……」歌盈仰天大笑，笑著笑著，眼淚卻禁不住流了下來。她連忙拭去淚水，強忍著不再流出，道：「你憑什麼說這樣的話？你以爲自己真的那麼重要麼？二位姐姐都爲你犧牲，現在卻又想把我牽連在內，你以爲你是誰？」說著說著，卻又有了哽咽之聲。

朝陽沒有望向歌盈，道：「你可知道自己最大的痛苦根源是自欺欺人所帶來的？你顧忌的問題太多，想的問題太多，卻又不願讓人忽視你，所以你總是欺騙著自己。你可曾記得千年前我醉酒後對你的戲言？我說你可以做我的皇妃，因爲我知道你一直都喜歡我，而我又知道你絕不敢再向前邁進一步，雖然你當時很惱怒，但我仍可看出你的心。」

是的，歌盈清楚地記著這樣一句話，她還記得他說這句話時逼視著自己的眼神，她一輩子都不會忘記。但他爲什麼又要重新提起？又要撕開自己的傷口呢？他總是一次又一次地傷害自己，她曾告訴自己要永遠忘記他，她對他只有恨，她有的只是報復……是的，她要報復，她要堅強！

歌盈又笑了，但這次是不屑的冷笑，她道：「你看出了我的心又能怎樣？那只是代表過去。是的，誠如你所說，我是爲了發洩，但我想看到的是你痛苦、憤怒的模樣，我只想告訴你，不是每一個女人都像姐姐一樣懦弱，歌盈絕不是兩位姐姐！」

朝陽一把抓住歌盈的手，回過頭來逼視著歌盈的眼睛，道：「真的麼？」

歌盈無從逃避，她更不想讓自己逃避，如果逃避，自己剛才所說的如同廢話，她絕不能再一次被他所愚弄！她一動也不動地迎上朝陽的目光，沒有絲毫退縮之意。

終於，朝陽放開了歌盈的手，道：「你騙不了自己的，如果你真的不喜歡我，根本就不必用毫無畏懼的眼光與我對視。我今天所要告訴你的是，我要你成為我的女人！」

歌盈聽得一怔，她還以為自己聽錯了，於是問道：「你說什麼？」

朝陽重複道：「我說，我要你成為我朝陽的女人，而且你必須成為我的女人！」

歌盈冷笑道：「你以為你可以勉強我麼？」

朝陽道：「是的，全天下沒有一個人可以拒絕我，你也一樣！」

歌盈道：「你不怕自己的大話被人聽見麼？你還沒有這樣的實力！」

朝陽道：「你根本就不是我的對手，反抗只是無畏的掙扎。」

歌盈沒有繼續與朝陽針鋒相對下去，她緩了一緩自己的情緒，問道：「你為什麼要這樣做？」

朝陽道：「我只是突然想讓你知道，喜歡一個人，與他在一起並不難。」

「這就是你的理由？」歌盈顯然不信，但心中卻有了一絲柔情蜜意在升騰。每一個女人都無法拒絕與心愛的男人長相廝守的願望，儘管歌盈看到的只是虛幻。

朝陽毫不掩飾，道：「這不是全部。」

「還有什麼理由？」歌盈的語氣重又變得冰冷。

朝陽望著前方的夜空，道：「因爲你可以幫我做到一件事。」

「什麼事？」歌盈明白接下來的才是朝陽的真正理由，剛才升起的一絲柔情蜜意早被打入冰窖。

朝陽道：「待我一統幻魔大陸人族之後，你可以幫我進入神族。自始以來，人族與魔族生活在幻魔大陸，而唯有神族高高在上，生活在另一層空間，我們現在所知道的幻魔大陸只是幻魔空間的一部分，是用巨大的靈力結界所隔離開的一個世界。雖然自上古以來，幻魔空間是人、神、魔三族共存，而實際上是神族在控制著人族與魔族，人族很本份地順從著這種控制，而魔族是這種控制的叛逆者，擁有可以與神族抗衡的力量。千年前，你姐姐霞之女神助我進入了神族所在空間，他卻利用我的心魔讓我敗在自己手中。千年後的今天，是我重新奪回這一切的時候！我的心已經可以放棄一切，沒有什麼可以再牽絆我！」這是朝陽第二次提「他」。

歌盈仿若恍然道：「原來千年前你對姐姐的愛也不過是在利用姐姐，而現在又想來利用我。」

歌盈的心燃起熊熊的恨意！

朝陽的雙目陡現懾人的神芒，幽幽地道：「沒有人可以懷疑我對她的感情，千年前若不是她，我又豈會被『他』利用，敗在自己手中？而今天，我絕不會再犯同樣的錯誤！」

歌盈冷笑道：「你以爲你可以戰勝自己麼？就算你能勝過自己，你也絕不可能戰勝他，他的強大是你所無法想像的，你永遠都無法理解他所達到的境界，無論你有多強！」

朝陽的身上散發著傲然的氣勢，道：「我的元神之所以千年不散，是因爲我的生命是以戰鬥而存在的。生命不止，戰鬥不休，我相信天下無我戰不勝之物！」

朝陽的話一出，清朗的夜空突然出現一道炸雷，耀亮的閃電從朝陽的身旁掠過，照亮了他的臉龐，卻無法侵犯他的半絲威儀。

歌盈的心中一陣震盪，她這才認識到，如今的朝陽已經不再是千年前的聖魔大帝。她忽然記起姐姐霞之女神曾說過一句話：他的生命只會在戰鬥中愈戰愈強。歌盈這才完全了解這一句話的涵義。誠然，一個在戰鬥中成長的人是可怕的，但歌盈仍不認爲朝陽能戰勝「他」，她相信整個幻魔空間都沒有人能夠有機會戰勝「他」，「他」是主宰一切命運的神！

——命運之神！

歌盈定了定神，道：「你以爲我會幫你麼？不！我不會像姐姐一樣愚昧！不但害了別人，更害了自己。你知道我這次來雲霓古國是爲了什麼嗎？」

朝陽道：「法詩藺，或者稱霞之女神？」

歌盈聽得一驚，道：「你知道姐姐已經重新來到世上？」這顯然大出她的意外。

朝陽道：「法詩藺曾經被我殺死，而影子卻將她交給了你，你並且拿走了我千年前留下的那一幅畫，還有紫晶之心，這三者再加上你對他的乞求，以他的能力足以讓霞之女神消散的元

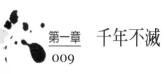

神重新復合！」

歌盈心中驚訝不已，是的，正是因爲「他」答應過她，可以幫她救活姐姐霞之女神，她才策劃了雲霓古國所發生的一切事情，爲的就是得到法詩藺的身體。聖魔大帝千年前留下了那一幅姐姐的畫像，還有紫晶之心，因爲法詩藺擁有著姐姐的身軀，那幅畫是姐姐不能遺忘的精魂，而紫晶之心代表著思念、愛之心，這三者合一才能夠以超強的靈力讓霞之女神的元神重新復原。

歌盈道：「你又是怎麼知道這一切的？」

朝陽道：「因爲我感覺到她已經來了。」

原來，朝陽真正要等的人，是擁有著法詩藺身體的霞之女神。

這時，銀光泛動的湖面上，飄然落下一位身穿紫色霞衣的女神。

是法詩藺，抑或是霞之女神——紫霞。

在她的眼中，不再有原先法詩藺所無法釋懷的憂鬱，而是有一種洞察世事後的平和寧靜，給人一種篤定祥和之感。

朝陽望著她，道：「你知道嗎？如果在今晚之前的任何時候，我或許不敢再見你，所以，我等了這麼長時間，因爲我無法把握自己的心。而現在，我卻可以很坦然地面對你，面對這個世界所有的人，我把他們都視作臣服於我腳下的子民，他們都不再在我心裡佔據任何位置，你也一樣！」

紫霞默然，她只是以無限平和的目光與朝陽對視著，如同月夜下寧靜的海面，廣博深遠，包容一切，又似母親的懷抱，包含著無限的溫情，等待著遊子的回歸……雖然簡單樸實，卻又有一種令人無法釋懷的魔力。

「哈哈哈……」朝陽突然仰天大笑，道：「千年前，你正是以這種目光讓我深陷其中，敗在自己之手，千年後的今天，難道你還想以這種目光來蠱惑我麼？而我又怎能再上『他』的當?!」

朝陽身上的黑白戰袍一揮，整個湖面立時捲起了千層浪，紛紛撲向紫霞，而在紫霞所站身周一丈，高捲的浪尖愈攀愈高，眼見就要將紫霞吞沒。而隨著朝陽手勢的回收，高聳的水浪在即將吞沒紫霞的一刻，又紛紛回向了來路。瞬息之間，湖面又恢復了平靜。

轉瞬間能以自己的功力影響整個湖面，動靜轉換只在彈指之間，而且控制自如，歌盈看得驚訝不已。看來，朝陽完全可以操控整個湖面兩里的空間，而她對空間的操控，或者說，她只有在五十米的範圍內才能夠影響湖面產生波浪。

從朝陽這揮手之間，歌盈感覺到了差距。

而紫霞卻顯得異常鎮定，雙腳站在湖面，並未移動半分，雙眼的目光依舊廣博深遠。

朝陽這時又道：「我這只是想告訴你，只要我願意，我隨時都可以取你性命！回去告訴

『他』，這個世界將不再由他操控，我要取『他』而代之！」

說完，聖魔劍從黑白戰袍中彈出，朝陽接過聖魔劍，往上一指，一道血紅之光直竄九天蒼穹，耀亮了整個天宇。

紫霞依舊凝望著朝陽，良久，她收回了自己的目光，喃喃自語般道：「一千年前，你是你，我是我；一千年後，你不是你，我不是我；再過一千年，剩下的還有什麼……？」

紫霞轉過身，踏著湖面離去，湖水的銀光映襯著她離去時紫色的背影。

朝陽的眼前陡然出現一幅場景：一個小孩坐在孤峰懸崖邊上，望著天際紫色的雲霞……

他的心不由得震盪了一下，但他很快將這不該有的情愫擊滅掉，轉眼望向身旁的歌盈。

歌盈望著紫霞的背影不禁震住了，她突然感到，這個孤獨的背影留給人的悲哀，是她永遠都無法比擬的。

「姐姐……」她口中輕輕叫著，猛地向離去的紫霞背影追去。

但歌盈的腳尚未邁出十丈，朝陽卻擋在了她的身前，歌盈怒斥道：「讓開！」

朝陽並沒有讓開，卻道：「我想讓你知道，你現在是我的女人！」

歌盈道：「我就算死也不會做你的女人！」

朝陽道：「這由不得你。」

歌盈冷笑，道：「你太看得起自己了，你還沒有這個能力控制我的生死！」

說著，凝聚著強大精神攻擊力的手以猝不及防之勢向朝陽疾抓而去！

朝陽並沒有絲毫退讓，歌盈的手在空中化作刀狀，而一道刀意已經先她之手插進了朝陽的身體，緊接著，她的手亦插在了朝陽身上的黑白戰袍，強大的精神力攻向朝陽體內！

歌盈竟以瞬間的爆發攻擊，擾亂朝陽的精神力，然後借機離開。

無疑，歌盈所擁有的強大精神力是可怕的，特別是瞬間爆發性的凝聚攻擊，在對方不設防的情況下，足以摧毀比她強大十倍的人的精神力，讓對方思維出現短暫的空白。

但就在歌盈的精神力攻進朝陽體內的時候，她突然發現她所攻擊出的精神力與她的精神本體失去了聯繫，就像視線突然被一道黑幕擋住了一般，先前所看到的一切完全消失。

歌盈驚駭不已，不待多想，思維電轉，自衣袖中已竄出一柄寒光閃閃的短劍，疾刺而出！與此同時，她的精神力不再對朝陽進行直接攻擊，而是影響著周圍的空氣流動，以無形的空氣製造的結界來鎖定朝陽精神力的伸展，避免受到朝陽精神力的攻擊而毫無所覺。

可劍接觸到黑白戰袍，所有的勁氣亦頓時變得無影無蹤，而劍鋒亦根本劃不破黑白戰袍，儘管歌盈所擁有的劍是上古利器，足可削金斷玉。

兩度攻擊，一再莫名失手，歌盈傲氣不禁被激起，她倒要看看，朝陽究竟厲害到什麼程度。

傲氣化作戰心，她不再一味地想著怎樣借機離開，而是真正地把朝陽視成了對手，一種可以衡量自身的對手。

歌盈雙腳沿著湖面疾速而退，與朝陽保持著兩丈距離，手中之劍遙指著朝陽，道：「動手吧，我看你究竟怎樣將我打敗。」

朝陽道：「我要是動手，你連還手的機會都沒有，剛才你該認識到自己與我的差距。」

是的，歌盈已經認識到與朝陽之間的差距，但她卻不相信自己連還手的機會都沒有。她冷哼道：「是麼？我連還手的機會都沒有麼？」

說話之間，右手輕揚，一道寒光破空劃出，沒入湖中，湖水頓時濺起一丈多高的水幕，而寬卻足有五丈。

水幕將朝陽與歌盈兩人隔開，憑空形成一堵水牆。水牆由無數水珠組成，在慘澹的月光映照下，每顆水珠內卻映射出一柄鋒寒之劍。

一聲刺耳的「錚……」鳴傳來，那幕水牆頓時震碎，水珠散落於空中，凝滯了一下。

這時，一顆水珠碎裂，一柄劍從水珠中刺出，同時，無數的水珠同時碎裂，竟然從水珠中刺出無數柄劍，每一柄劍都森寒至極。

這是歌盈以精神力製造出的幻象，她知道自己的機會並不是實力的較量，這些無數的水珠當中，隱藏著她真正的攻擊，她倒要看看朝陽是怎樣讓她沒有還手的機會的。如果朝陽不能從中分辨出真正的攻擊所在，並及時將歌盈的攻擊完全封鎖，便說明朝陽說的只是一句大話，因爲對於朝陽這樣修爲的人來說，能夠提前對他發動進攻，已經是在還手了。

所有的利劍齊齊向朝陽刺去，如同萬箭齊發，根本分辨不出哪處是歌盈的真正攻擊，或者說，處處都隱藏著歌盈的攻擊點。

朝陽看著萬千柄利劍鋪天蓋地般向自己撲至，他的眼睛透出無比犀利的神芒，雙腳站在原地一動不動。

雖然，朝陽擁有足夠的實力勝過歌盈，但不可否認，歌盈是一個必須用全身心對付的人，這不單表現在她所擁有的修爲，更重要的是她的智慧，一個能夠策劃雲霓古國天壇太廟事件，將人、魔兩族全玩弄於股掌之中的人，絕對是一個擁有非凡智慧的人。

朝陽知道，歌盈的攻擊不僅僅是眼睛所看到的，也不僅僅是心靈所感受到的，她足以製造一切虛幻來掩飾自己。

所以，在歌盈發動完全攻擊之前，朝陽還沒有足夠的自信一定能夠將對方的所有攻擊全都封鎖。雖然他自信歌盈絕對沒有機會傷到他，但那樣的結果對他來說已經是敗了。

而就在這時，突然，所有幻化成利劍的水珠全都恢復本相，而歌盈所擁有的那柄真實的短劍卻在朝陽的眼中不斷變大。

劍未至，凜冽的劍氣已經深入骨肉，令人通體生寒。

朝陽已經看到了歌盈的劍所掀起的強大攻擊力，他的思感也已經感到了在這柄劍的背後還隱藏著的殺勢。這殺勢是利用朝陽對利劍的強大攻擊所出現的空隙，在猝不及防的情況下，成功突破，對朝陽發動真正有效的攻擊。在某種意義上說，這才是歌盈的真正攻擊，因爲對於朝陽，無論如何，他都必須首先阻擋劍所帶來的強大攻勢，然後才是隱藏在背後的殺勢，由此足可體現歌盈的智慧。

但朝陽已經認識到了，憑他所擁有的實力，又豈會讓歌盈的意圖得逞？

他的手很緩慢地伸了出去，然後向虛空中一抹，一堵透明的牆頓時阻止了劍的攻勢，利劍竟然刺不破朝陽那道隨手一抹所凝結而成的透明牆。

這時，隱藏在利劍背後的殺勢卻突破了那道透明之牆，那是一束無形氣束，根本就不受透明之牆的阻擋，倏進而出，疾奔向朝陽的氣海穴。

朝陽冷哼一聲，剩下的左手五指張開，伸手相吸，那道無形氣束頓被一股強大的勁氣所牽引，失去了所有的攻擊作用。

這時，那些激蕩而起的水珠紛紛落入水面。

可就在那些水珠與湖面相接觸的一剎那，那些水珠陡然被啓動，充滿了無限活力，從湖面彈射而起，竟真的化成無數水箭向朝陽疾射而去，其速竟比歌盈利劍的推進更快一倍！而時間的把握更是恰到好處，就在朝陽雙手對付利劍及隱藏在背後殺勢的時候。朝陽似乎根本就沒有足夠的時間去應付那些突然被啓動的水箭。

原來，歌盈的真正殺勢一直都是這些水珠，利劍與隱藏在背後的殺勢才是吸引朝陽注意力的擾敵之計，而水珠在虛虛實實中才是真正的殺勢所在。

以歌盈智慧的設想：當一個人死去的時候，自然沒有人將注意力放在他身上，而讓死人活過來才是最具殺傷力的攻擊。歌盈利用水珠的攻擊也正是這個道理，任憑朝陽怎樣聰明，也不會想到這些沒有用的水珠才是真正的殺勢。

一招三殺，虛中有實，實中藏虛，這才是歌盈預先設定好的應戰策略。

千萬水箭如飛蝗般射向朝陽，虛空中，月光的映照下，那些水箭如同一道道的流星織成的流星雨。

第二章 今非昔比

眼見朝陽就要被這些水箭所射中，朝陽一腳蹬在了湖面上。

同樣，一道水幕橫亙於空中，所有水箭射入水幕，即刻消融，那些通過歌盈雙腳傳入湖面，再借用湖面，重新啓動水珠的勁氣，在水幕面前又消失於無形，如石沈大海。

歌盈一時呆住了，她沒想到這隱藏得如此之深的殺勢也被朝陽這麼輕易便化解了。

歌盈的手一鬆，手中短劍應聲落入了水中，她竟真的在朝陽面前連還手的機會都沒有。一時之間，不禁有些心灰意冷，她不明白這一千年來自己在這個世間執著地追求，飄飄盪盪究竟是爲了什麼，原來自己竟是如此不濟！

朝陽走了近來，他用手抬起歌盈的下巴，道：「一個女人是不應該把自己弄得很苦的。」

歌盈的眼淚不由得落了下來，已經一千年了，她從來沒有聽到一個人對她說一句安慰的話，她的個性中多的是堅強，是自主獨行，從來不需要別人的安慰。而此時，朝陽這略帶嘲諷意味的話卻成了她心靈間的一種安慰。

原來，她一直都很脆弱。

朝陽用手幫歌盈拭去了淚水，道：「從現在起，你便是屬於我的女……」最後一個字尚未說完，歌盈的手中陡然出現了那柄掉入水中的短劍，短劍鋒利無情地插在了朝陽的胸前，同時她的身形疾速後退。

朝陽低頭看了看插入自己體內的短劍，又望向歌盈。

歌盈一掃剛才的失魂落魄之態，冷聲道：「你也許做夢也沒有想到，這才是我的真正攻擊。我深深明白，我的機會是在你的精神出現鬆弛的時候！這才是我真正隱藏著的殺勢，你不是說我連還手的機會都沒有麼？哈哈哈哈……」

歌盈大笑。

朝陽冷冷地望著歌盈，道：「你用你的眼淚來騙我？沒有人可以騙我！」他的話一字一頓，說得很慢。

歌盈停止了笑聲，她突然感到很冷，渾身每一寸肌膚都很冷，這種冷比置身冰窖七天七夜還要深入骨髓。而空氣，四周的空氣在以一種無法承受的壓力在對她進行擠壓……

她的眼睛望向朝陽，卻感到了恐懼，雙腳不禁後退了兩步。以前，她從未對任何事情產生過恐懼，但這一次她產生了恐懼，因爲她突然感到生命走到了盡頭，而面前是沒有底的黑色深淵。她顫抖著聲音道：「你……想……怎……」

同樣的最後一個字沒有說出來，但結果卻是完全兩樣。

「轟……」

飛碎的白色衣襟就像是一隻隻沒有靈魂的蝴蝶，在夜空中寂寞地飛舞著，湖面染滿了鮮紅的顏色，那首古老的歌在此時唱起：

「古老的陶罐上，早有關於我們的傳說，可是你還在不停地問，這是否值得？當然，火會在風中熄滅，山峰也會在黎明倒塌，融進殯葬夜色的河；愛的苦果，將在成熟時墜落；此時此地，只要有落日爲我們加冕，隨之而來的一切，又算得了什麼？——那漫長的夜，輾轉而沈默的時刻……」

朝陽走在了回皇宮的羅浮大街上，羅浮大街是帝都歷史最悠久的一條街。

街上亮著昏黃的燈光，沒有什麼人，偶爾吹過的夜風拂動著他身上的黑白戰袍，巡夜的禁衛遠遠地對他停步施禮，他的眼睛沒有側動一下，視而不見。

深藏在黑白戰袍內的手心握著紫晶之心，這是歌盈唯一留下的。

朝陽從來沒有想過會殺歌盈，但他卻將她殺了，因爲歌盈欺騙了他，用她的眼淚欺騙了他，他是絕對不允許有人欺騙他的！

但這是朝陽殺歌盈的真正理由麼？只有朝陽自己心裡才清楚。或許，他只是想讓「他」知道，他可以做自己想做的事情，他的威儀不容侵犯！他知道那雙眼睛在看著他，抑或，是因爲紫霞……

朝陽的雙腳移動得很慢，大街上留下他長長的影子，兩旁古老的建築及腳底下的石板路使這個城市沈澱下的歷史感在深夜裡一點點浮現出來。這些經歷滄桑的東西在夜裡是會自言自語地說話的，期待著有人用心去聽。

而此時，除了走在羅浮大街上的朝陽，確有一人在傾聽著這些古老的建築和石板的傾訴。他光著腳踩在石板上，蒼老的五指在古老建築的浮雕上觸摸著，以感受它們曾經所擁有過的一切。

朝陽看到了他，看到了他佝僂著的身子。

他看到的自然是無語。

朝陽道：「大師這些時日可好？」他知道，這個行將就木的老人每晚都會光著腳在帝都的每一條大街上走一遍。

無語有些困難地抬起頭來，道：「多謝聖主關心。」

朝陽道：「大師的背似乎又駝了一些。」

無語淡淡地道：「我已經老了，總是一天不如一天的。」

朝陽道：「我想大師是操心操得太多的緣故吧。」

無語凝望著朝陽，道：「聖主殺了她麼？」

朝陽道：「大師的消息倒是挺靈通的。」

無語歎了一口氣，搖了搖頭，道：「終究還是死了。」

朝陽看著無語的樣子，道：「大師早知她今晚會死麼？」

無語只是道：「每一個人總是逃不過自己的命的。她已經把自己遺失在了遠方，她要去那個遺失的地方找回自己。」

朝陽輕諷道：「大師的話說得太玄奧了，總是讓人聽不懂。」

無語並不在意，道：「每個人總會在某一時候遺失自己的，當他走得太遠的時候，他總要將遺失的自己找回來。於是，一段生命結束，預示著另一段生命的開始。」

朝陽冷笑道：「那大師可曾將自己遺失呢？」他知道一個自命洞悉天機、占卜未來的人總是顯得很宿命的。

無語道：「我現在每晚都在尋找，希望上天能夠給我多一點時間。」

朝陽道：「那大師找到了沒有？」

無語臉上乾癟的肌肉抽動了一下，朝陽的問話似乎牽動了他心底最深處的東西，他的樣子顯得有些憂傷，又有點落寞，那平日看透世事的大悟與平靜早已消失。他道：「從我離開星咒神殿的那一天起，我發誓要打破原有占星家族的規矩，讓我擁有的力量占卜到我一生的運數。因爲在占星家族是沒有人可以替自己占卜未來的，所以自從我離開了星咒神殿後，就沒有再回去過，可我耗盡了一輩子的時間，仍是一無所獲。我知道我的大限將至，卻仍不知道我會怎樣離開這個世界，新生的生命又去往何方。這些天，在每個夜裡，我用自己的身體毫無阻礙地去感受帝都所曾經擁有的歷史，體會著它曾經有過的興衰，卻突然發現，原來，從我發誓一定要占卜到自己一生運數的時候，我就遺失了很多東西。我曾經以爲，這一輩子的執著追求是我無悔的選擇，可到頭來，卻發現失去的東西更多，遺失了許多本該擁有的幸福。要是我當初歷練三年之後便回到星咒神殿，就不至於像今天這般模樣了。」

朝陽道：「那大師是在後悔麼？」

無語望著天上的星空，良久才道：「不，我從沒有後悔當初的選擇，我現在只是很想回占星家族，回到星咒神殿看一下。」他的眼中充滿了企盼的渴望。

朝陽道：「可你現在是占星家族的叛徒，星咒神殿也不會再接納你。」

無語眼中閃動著落寞的淚光，顯得異常沈重地道：「我知道。」

朝陽道：「但我卻可以幫你在臨死之前實現這個願望。」

無語乾涸的眼中陡然充滿了希望，他望向朝陽道：「此話當真?!」

「當真。」朝陽充滿自信地道。

可無語充滿希望之光的眼神很快又黯了下去，自嘲般道：「沒有人可以幫我的。」

朝陽並不急於向無語解釋，卻道：「大師可知我今晚爲何會出現在這條街上麼？」

無語道：「聖主想必是來見無語的。」

朝陽道：「大師早已知道我今晚會來，可大師知道我爲何會來見你麼？」

無語道：「聖主心裡之事，無語並不能夠揣測。占星師占星主要靠的是精神力，如果被占卜者的精神力並不在占星師之下，那占星師是很難占卜到被占卜者有關的事情的。」

朝陽道：「很簡單，待幻魔大陸一統，我便全力讓你重新回到星咒神殿。」

「爲什麼？」無語知道事情並不會如此簡單。

朝陽卻極爲簡單地道：「因爲我需要大師幫我。」

無語想了想，道：「聖主是怎樣知道無語想回星咒神殿的？」

朝陽實話實說道：「這些天來我一直都在觀察大師，這讓我得出了一個結論。」

無語也早已知道朝陽一直在觀察他，對朝陽的話並不感到奇怪，道：「聖主得出了什麼樣的結論？」

朝陽道：「大師是一個老人。」

「一個老人？」無語不免對朝陽的話感到驚奇，誰都可以看出他是一個老人。但無語亦知道，朝陽是不會無緣無故說出這樣的話的。他道：「恕無語愚笨，並不明白聖主所說之話的意思。」

朝陽道：「一個行將就木的老人最想去的地方一定是出生的故里，他生前最大的願望恐怕是能夠回到自己的家，死後埋在自己的家鄉故土。而大師是一個沒有家的人。」

無語不由得神情變得恍惚，口中喃喃道：「家，家……原來我一直是一個沒有家的人。」

原來，每一個人都擁有著不能夠釋懷的心病，即使是被稱爲幻魔大陸三大奇人之一的無語也不例外。

第三章　姬雪公主

影子正在客棧睡覺，他的面前突然出現了一個人。

是姬雪公主。

姬雪公主道：「天下師父讓我帶你去見她。」

影子道：「我現在不想見任何人。」

姬雪公主固執地道：「但天下師父讓我一定帶你去見她。」她看上去是一副傲然不可一世的樣子。

影子一笑，不可否認，姬雪公主驕傲的樣子是十分動人的。

姬雪怒嗔道：「你在笑我？」

影子道：「公主有什麼可以讓我笑的麼？」

姬雪道：「我知道你在笑我，沒有人敢當著本公主之面笑我！」她的手突然伸出，朝影子的臉上摑去，但尚未落到臉上，卻給影子的手抓住。

影子望著姬雪潔白如玉的纖手，道：「如此漂亮的手，實在是不應該用來打人。」言語中充滿了憐惜之意。

姬雪雙頰頓時變得緋紅，內心狂跳不止，厲聲斥道：「放開我！」

影子又轉而望向姬雪的臉，道：「如此漂亮的手，我又怎麼捨得放下呢？」

姬雪的臉變得更紅了，斥道：「下流！」

影子撫摸著姬雪那隻被抓住的纖纖玉手，道：「能夠擁有這樣的一隻手，被罵作下流又有何妨？在我們那裡曾經有過這樣一句話：牡丹花下死，做鬼也風流。不知姬雪公主認爲這句話是否有失偏頗？」

姬雪何曾聽過這樣的話？這簡直是一種無賴的勾當，她的另一隻手猛地向影子擊去，罵道：「那你就去死吧！」

可這一隻手又未達到目的，被影子給抓住了。

影子撫摸著新送來的手，嘖嘖歎道：「看來姬雪公主是喜歡下流之人的，否則，又怎會將另一隻手也送給我？」

姬雪何曾受過如此輕薄？此時，她恨不得找個地縫鑽下去，沒想到這個男人竟是如此之「壞」。她不再說什麼，飛起一腳踢向影子的小腹。

可腳剛接觸到影子的小腹，不知怎地一滑，從影子的身側踢過。

影子這時道：「既然姬雪公主不喜歡我握著你的手，那我就放了吧。」說著，雙手一鬆。

姬雪一腳踢空，雙手又被影子陡然放開，重心頓失，身子不禁要往後跌倒。

情急之下，姬雪竟慌不擇言地道：「快拉住我！」

影子一笑，手伸了出去，摟住姬雪的腰，不讓她跌倒，道：「原來公主是喜歡我對你無禮的。」

姬雪自知失言，可悔之晚矣，一切都是影子預先設計好的圈套，只等著自己往裡鑽，心裡氣極，用力掰開影子摟住自己纖腰的手，她寧願自己跌倒，也不願再聽到這個「壞」男人的輕薄無禮之言。

於是，「砰……」地一聲，姬雪的身子重重地跌在地上。

影子看著跌在地上的姬雪，無限惋惜地道：「原來我會錯了意，姬雪公主是不喜歡無禮輕薄之人的。」

姬雪一而再、再而三地被影子戲弄，心中惱怒至極，原先對影子產生的好感早已不知跑到哪裡去了，更忘了今天來此的目的，她厲聲喝道：「我今天非殺了你不可！」

倏地從地上彈跳而起，雙手幻起兩道幻影，如蝶舞穿花地向影子發動連環攻擊。

姬雪自從答應姐姐褒姒照顧天下之後，曾得天下的指點，修爲自是不弱，幻動攻擊的手儼然像是擁有千隻手一般，無所不在地向影子攻去。

手，充滿了每一寸空間。

可姬雪連環攻擊不少於上萬次，竟連影子的衣襟都沒有碰到。

但愈是不能攻擊得手，就愈發激起姬雪的傲氣。以她不服輸的性格，不達目的誓不罷休，她雙手的攻擊，似濤濤江水般連綿不絕。

虛空之中，只見袂影飄飄，幻作一團，不再看到有人與手的存在。

終於，姬雪的手再也擡不起來了，渾身幾近虛脫，沒有一點力氣。她用手撐著膝蓋，不讓身子倒下，大口大口地喘著嬌氣。

自始至終，她都沒有沾到影子的衣襟半絲，更遑論能夠攻擊到影子了。

影子這時又道：「公主累了麼？要不要休息一下再來？」

姬雪擡起頭，看著影子，無處發洩的怒火經過剛才的連番失手，更積蓄得無比深厚。待一口氣喘過，怒聲吼道：「我殺了你！」

連人帶身子，猛地向影子撞去。

影子毫不避讓，任憑姬雪迎身撞來。

可姬雪向影子撞去的身子只行了一半，偏偏再也沒有一點力氣支撐她撞到影子，雙腿一軟，身子便倒了下去。

影子再一次摟住了她的腰，沒有讓她的身子跌落地上，可此時的姬雪連張口說話的力氣都沒有，哪還有能力掰開影子的手？只是眼睛仍充盈著無處發洩的怒氣。

影子道：「公主要不要我將手放開？」

姬雪喘著嬌氣，沒有說任何話。

影子又道：「既然公主不開口說話，那我便當公主不拒絕我的好意，喜歡我這樣摟著你了。」

說罷，微微一笑，將姬雪的身子往自己一靠，讓兩人的身體緊緊接觸在一起。

影子幫姬雪理了理有些零亂的銀白長髮，讓自己的雙唇輕貼著姬雪的耳際，道：「公主知道嗎？你生氣的樣子比任何女人都好看，讓人不禁生起憐惜疼愛之感。」

姬雪頓時感到耳際有一種酥癢之感傳遍全身，她從未與男人有過如此親密的接觸，上次曾經有過的異樣美好感覺又泛上心間，心中的怒意不禁去了大半。她想出聲斥責，卻又不知從何罵起，只是嘴唇動了動。

影子這時在她耳垂上輕吻了一下，道：「公主現在還生氣麼？」

姬雪似乎中了魔法，不由自主地道：「我……我……」可思緒仍十分混亂，不知該如何回答。

影子道：「既然公主不生氣了，那就請公主告訴我，天下有何事又要見我？」

姬雪陡然想起自己來此的目的，混亂的思緒頓時清醒，剛才對他還滿含怒意，恨不得殺了他，轉眼之間卻被他弄得情難自制。想起自己還在他懷中，不知從哪兒來的力氣，一把將影子推開，她的身子踉踉蹌蹌幾步，勉強沒有摔倒，然後厲聲斥道：「你剛才使用了什麼魔法？」

影子笑道：「公主以為我剛才使用了什麼魔法？」

姬雪緩過了一口氣，身上又有了一些力氣，又斥道：「我怎麼知道？若知道就不會問你了！」

影子卻道：「公主以為剛才是我在對你使用魔法麼？還是公主自己在對自己使用魔法？」

「你這話是什麼意思？」姬雪陡然想起了什麼，聲音一下子變得很小，臉一下子又變得緋紅。

影子道：「公主的臉紅了，難道不是你心裡喜歡我，才讓自己情不自禁麼？」

姬雪斥道：「你胡說！我怎麼會喜歡你？你以為你是誰！」說到後面，竟有些心虛。

影子道：「我只是一個有些下流的男人，不是有句話說：女人都喜歡壞的男人麼？我想公主也是這樣吧？」

姬雪情急之下道：「我才不喜歡壞的男人！」話語中竟帶了一絲嗔意。

影子一笑，道：「公主這是在騙自己。」

「我為什麼要騙自己？不喜歡壞男人就是不喜歡壞男人！」語氣中嗔意更甚。

影子一下子緊逼著姬雪的眼睛，肅然道：「難道公主真的不喜歡我麼？」

姬雪心中狂跳不止，想把眼睛別過，卻聽到影子喝止道：「不准將眼睛偏向一旁！」

姬雪無奈地只得對視著影子犀利的目光，但閃爍的眼神無疑背叛了她所說的話。

影子得意地笑道：「看來姬雪公主是真的喜歡我。」

姬雪完全被打敗了，面對影子，她的傲氣不知跑到哪兒去了，完全沒有了昔日的自我。她不得不默然地承認自己喜歡影子的這一事實。

可忽然，姬雪眼中陡然充滿了勇氣，她道：「那你喜歡我麼？天下師父說我不能喜歡你，那你喜歡我麼？」

影子沒有直接回答，卻問道：「天下為何說你不能喜歡我？」

姬雪道：「她說你是屬於姐姐的，我不可能得到你，喜歡你只會讓我得到痛苦！」

影子道：「那你痛苦麼？」

姬雪的眼中不禁有淚水在打轉，她道：「我只知道，不喜歡你讓我更痛苦。」說完，眼淚便滾了下來。

影子突然感到自己很卑鄙，他居然想利用姬雪對自己的喜歡來瞭解天下，瞭解西羅帝國。自從來到西羅帝國後，唯一讓他感到真實的便是姬雪了，而他卻想利用這個唯一讓他感到真實的人。

姬雪這時充滿企盼地道：「你回答我，你到底喜不喜歡我？」

也許，在影子沒有看到姬雪的眼淚之前，他會毫不猶豫地回答「喜歡」，可如此真實的姬雪，他忍心利用麼？

影子一時之間不知該如何回答。

姬雪這時又道：「你說啊，你到底有沒有喜歡過我？」

影子正欲開口說話，姬雪卻又神色黯然地道：「我知道你是不會喜歡我的，我早知道你只是戲弄我而已，可我卻還抱著這不切實際的幻想，我這是自己欺騙自己。我真傻，明知不會有結果，卻還固執地問這個問題……」

正當姬雪感到無比失落，不斷自責的時候，卻聽得影子大聲道：「我喜歡你，正如你喜歡我一樣，我會用我的一生來保護你！」

姬雪彷彿一下子從無底深淵又躍了起來，滿懷激動地道：「真的麼？你說的是真的麼？」

影子點了點頭，左手指天，道：「我可以發誓，我像姬雪公主喜歡我一樣喜歡姬雪公主！」

姬雪顫聲道：「真的？」

「真的，我已經指天發過誓！」影子道。

姬雪道：「我很高興你說這樣的話，但我知道你是在騙我。從你的眼中，我已經知道，你心中早已有了喜歡的女人，不是我，也不是姐姐褒姒。但你能夠說這樣的話騙我，我已經很滿足了。」

影子心中一陣陣痛，他知道自己不該騙姬雪，但他必須騙她，他必須見到那個設定他命運的人，他必須救出月魔。為了達到目的，人有時不得不傷害一些本不該傷害的人。

影子道：「是的，以前我是喜歡過其他的女人，而且不只一個，但我既然已經發過誓，就絕不會騙你！」

姬雪望著影子，良久方道：「我相信你。」

影子一把將姬雪的腰摟了過來，讓她的身體緊貼著自己的身體，另一隻手撫摸著姬雪銀白的長髮，道：「你知道嗎？你的頭髮是我見過最漂亮的。」而他的眼前出現的卻是法詩藺與月魔的音容笑貌。

姬雪將頭甜蜜地埋進影子懷裡，尋求著她想要的溫暖，然後道：「不管怎麼樣，無論你最終是否屬於姬雪，姬雪都會永遠愛你！」

第四章　空悟至空

一道強光從漠的頭頂猛烈照下，漠倏地發現自己置身於一巨大的殿宇當中，有一人坐在殿宇的最上方，強烈的光芒讓他看不清那人的面目。

漠看著周圍的場景，一切似乎顯得陌生而又熟悉，彷彿曾經在哪裡見過一般，卻又記不起來了。

在他的記憶中，他還停留在客棧的屋頂，他不知自己是怎樣來到這裡的。

坐在殿宇最上方的人道：「漠，你悟了麼？」

漠道：「這裡是哪裡？我爲什麼要悟？」

那聲音沒有回答，卻道：「你曾經質疑這個世間所存在的一切，說過要重新投世，用一輩子的時間去歷經世事，重新訂立這個世間的價值標準，你做到了麼？」

漠想了想，忽然明白了一些什麼，道：「我正在做，相信不久便會有結果。」

那人道：「看來你還是執迷不悟，現有的世界秩序存在著，而你偏要去打破，重新建立一種秩序，你認爲你真的可以做到麼？」

漠道：「我不知道，但我相信，這個世界不會只有一種秩序，我相信總有一個人會以全新的價值觀給這個世界定下秩序。」

那人道：「可千年前你已經失敗了一次，聖魔大帝並沒有給你帶來你想要的。」

「所以我又等了一千年。」漠道。

「可這一千年照樣不會有什麼結果。」那人道。

「會的，會有結果的，這個世界將會有一個全新的局面出現，不再由某一個人決定著其他所有人的命運，所有人的命運都會掌握在自己手中，那一天很快就會到來了。」漠充滿了自信。

那人搖了搖頭，道：「你不會等到那一天的，從幻魔大陸存在的那一天起，這個世界便訂立好了所有的秩序，已經經歷了十幾萬年，從來就沒有改變過，今後也不會發生改變。」

漠道：「那是有人在害怕著它改變，他怕改變之後，人們知道一些本不該讓他們知道的東西，他擔心改變之後自己便一無所有，變得什麼都不是，所以在竭力阻止著人們的改變。他在害怕！」

「不是害怕，是有些事情你們本不該知道。這個世界人、神、魔共存，有著良好的秩序，爲什麼你要試圖改變它？所有人不都生活得很幸福麼？」

「那是你們眼中的良好，你們眼中的幸福，他們只是無力反抗，苟且偷生而已。我要看到人們都有著來自心底的快樂，做著自己想做的事情，把握著屬於自己的命運，恢復最純真的人性！」漠大聲說道。

那人發出一聲歎息，道：「這只不過是你心中的理想，永遠成不了事實，若是人人由著自己的本性生活著，那這個世界將不會再有秩序，幻魔大陸很快便會消亡。」

漠道：「這只不過是你們害怕改變的一種藉口，你們把人性看得太險惡，不允許有人背叛你們，不允許人得到自由……」

「假如我給你自由，給你想要的一切呢？」那人突然道。

漠心中一動，似乎有什麼東西一直投到了他的心底，把情緒激濺上來，先是鹹的，再是澀的，然後又是苦的，這些年所經歷的事，所遇到的人，一一在他腦海中浮現，還有自己一千年來面對著神像靜默的悲苦，一個人呆望著星空時心底的哭泣，一切都想起來了……他更想起了自己的身分，想起了自己是誰，想起了這殿宇是什麼地方，想起了那高高在上的又是何人……一千年、二千年的經歷恍如隔世，又彷彿是彈指一瞬間。

「哈哈哈……」他突然狂笑不止，道：「你以爲我會相信你的話麼？要給的你早給了，我只會是神族的叛徒，我永遠都悟不空！什麼他媽的空悟至空！」

那人無限唏噓道：「看來你是自願走上一條永遠不可能回頭的離經叛道之路，我也救不了你。」

漠道：「你今天才知道啊？來吧，今天無非是想殺我，何須那麼多廢話？我不會怕你的，也不會怕他！」

漠身上的氣機陡然瘋漲，四溢的勁氣將他身上潔白的嘯雪獸風衣高高揚起，烏黑的頭髮隨風揚動，雙目積蓄著無窮的戰意。

他的右手伸出，張開，大殿兵器架上飛出一柄劍，落在他手上。

漠劍指那高高在上之人，一道強大無匹的劍氣脫鞘而出，撕破虛空，朝那無法看清面目之人飛刺而去。

與此同時，影子與姬雪公主走在前往聖殿的山上，見到天色突然異變，他猛地想起了漠，心中有一種強烈的不安。直覺告訴他，漠現在正處於生死的最邊緣，他體內強大的能量無限擴張伸展，去感受漠的所在。

憑感覺，他選了一個方向，飛身掠去……

姬雪的眼睛眨了一下，突然發現影子從自己的身旁消失，上一秒，她還看到他尚在自己身邊。姬雪不明白發生了什麼事，自語般道：「怎麼去得這麼快？難道這麼短時間便已經厭倦了我麼……？」

影子四顧尋找，天地一片蒼茫，到處都是一片厚厚的積雪，比聖城阿斯腓亞還要不知冷多少倍。

他的雙腳四處飛奔著，以求找到漠的一點蹤跡。可找到了半天，卻沒有漠存在的一絲一毫線索，但在影子心中，他相信漠一定在這裡，於是他繼續尋找著……

突然，影子聽到前面傳來異樣的響聲。

沿著響聲傳來的方向，影子向前飛掠而去。他驚訝地看到，一個渾身浴血的人倒在了雪地裡，連那人所在的雪地也很快被血浸紅。

影子看到，這人正是他所要尋找的漠。

此時的漠看上去昏迷不醒，臉上從眼、耳、口、鼻滲出的血跡此時已被雪消融洗去，顯得異常蒼白……

影子回到阿斯腓亞已是兩天之後，也就是說，他在雪地裡幫漠療了兩天的傷，回到阿斯腓亞，他第一件要做的事便是到皇宮找褒姒。他不知道這個褒姒是不是真的，但他知道，目前只有褒姒才有將漠救活的可能。因爲褒姒幾乎擁有著整個西羅帝國的力量，而這些力量有助於救活漠。

褒姒在幻雪殿見了影子與漠。

褒姒對著影子道：「我會竭盡全力幫你救活他的，他不會有事。」

影子絲毫不懷疑褒姒所說之話的真實性，他相信褒姒的話，但影子知道求別人辦事是要付出代價的，就算是朋友也一樣。

影子道：「如果公主想我幫你做什麼，儘管開口。」

褒姒低頭察看昏迷不醒的漠的傷勢，道：「我不需要你幫我什麼，我想要你幫的，你肯定不會答應我。」

影子道：「如果可以的話，我想聽聽公主的要求。」

褒姒緩緩地道：「我希望你成為西羅帝國君主的未來繼任者！」

影子毫不猶豫地道：「我可以答應你。」

褒姒露出燦爛的笑意，道：「你知道嗎？這是我回到西羅帝國聽到最高興的一句話，但我知道你一定還有其他的附加條件。」

影子點了點頭，道：「是的。」

「說吧，什麼條件？」褒姒毫不介意。

影子道：「我要姬雪公主成為我的妻子，也是未來西羅帝國的皇后。」

褒姒的臉色一下子變了，她望著影子，半天沒有說出話來。最後，她終於讓自己的思緒平定了一下，然後道：「你能夠告訴我理由嗎？」

影子道：「沒有什麼其他的理由，因爲我喜歡她，而她也同樣喜歡我。」

褒姒忍著心中的強烈悲痛，道：「那我呢？我算什麼？難道我不喜歡你麼？」

影子沒有再說什麼，他的眼睛只是望著昏迷不醒的漠，臉上沒有什麼表情。

褒姒道：「不，我不會答應你的。他，我也不會相救！你走吧，我不想再見到你！」說罷，背過身去，不再看影子。

影子抱起了漠，往幻雪殿的門外走去。

當他雙腳剛跨出門時，卻聽到背後又傳來褒姒的聲音。

「站住！」

影子停下腳步。

褒姒回過身，看著影子的背影，道：「難道你真的對我一點感覺都沒有麼？還是不相信我是真的褒姒？」

影子沈默片刻，道：「公主想聽我的心裡話麼？」

「當然！」

影子道：「因爲我來西羅帝國根本就感覺不到真實，一切彷彿都是虛幻的，只有姬雪公主例外。」

褒姒道：「所以你選擇了唯一可以給你安全感的姬雪？」

影子點了點頭。

褒姒又道：「可你知道這樣對你、對我、對姬雪都是不公平的？你根本就沒有勇氣面對所發生的事情！」

影子並沒有駁斥，在他心中，他自然知道怎麼做，無須向任何人作任何解釋。

褒姒看著影子的背影，她知道無法說服這孤獨的身影，關於他的世界，她永遠都不會懂。她道：「你將他放下，我會幫你將他醫好，但我絕不會答應你娶姬雪！」

影子重新放下了漠，褒姒的身子又背了過去，他望了一眼褒姒的身影，什麼話都沒有說，便往幻雪殿外走去。

褒姒看著昏迷不醒的漠，伸出手將他額前有些零亂的髮絲理了理。

漠無疑是一個標準的英俊男人，輪廓分明，只是眉宇間緊鎖著解不開的結，一副滿懷心事的樣子，儘管此刻尚處於昏迷不醒的狀態。

褒姒凝視著漠俊朗的臉，道：「師父說你是一個讓她感到害怕的人，我卻看不出你有什麼讓人害怕之處。」

她的情緒恢復得很快，彷彿根本沒有經受影子剛才話語所給她的打擊。

褒姒抱起了漠。幻雪殿很空曠，沒有一個人，她轉過身去，沿著紅色地毯鋪成的通道，向幻雪殿的最深處走去。

一道門推開，裡面有著柔和昏黃的燈光，燈光映著又一條通道，通道的盡頭又是一扇門……如此經過了九條通道，九扇門，當最後一扇門推開時，展現在眼前的是一個斗大的密室。

密室內有著明亮的燈光，有著很老的女人——天下。

褒姒喊了一聲「師父」，然後便抱著漠走進密室。

天下看了一眼褒姒抱著的漠，然後對著褒姒問道：「他來了麼？」

褒姒點了點頭。

「那他可曾答應？」天下又問道。

褒姒點了點頭，隨即又搖了搖頭，道：「他說他要娶姬雪。」

天下點了點頭，她能夠明白褒姒的意思，她道：「他只是想讓人知道，他並不會任人擺布。」

褒姒將漠放在一張床上，然後道：「師父爲何不向他道明真相，卻要與之玩這種捉迷藏的遊戲？」

天下搖頭道：「不，這不是遊戲，而是一場真實的戰爭，是一場心靈與智慧的較量。他必須經歷這一關，西羅帝國也必須經歷這一關，否則你將什麼都不會擁有。」

褒姒想了想，道：「是不是只有犧牲他，我才能夠得到西羅帝國？」神色之間卻又有了一絲黯然與不捨之意。

天下道：「王道之秘，關鍵在於『用』與『捨』，知道該如何利用每一個人，關鍵時刻懂得捨、棄，即使是最親的人也不例外。即使犧牲天下，也要成全自我！」

褒姒心中一直感到不解，她道：「為何師父要混淆他的判斷，告訴他牢裡的是我，而我是假冒的？」

天下道：「因為事實上你並非真的褒姒，從一開始他所認識的是你，而並不是褒姒公主，我只是告訴他實話而已。以他的智慧，他絕不會輕易相信我所說的話，那我就告訴他事實。」

褒姒默然。

天下吸了口氣，轉移話題道：「現在為師只擔心一個人，會壞了我們的計劃！」

「誰？」褒姒愕問。

「漠。」天下道。

褒姒顯得有些不解地道：「他只不過是一個忘記一切、連一點功力都沒有的人，師父何以對他如此忌憚？」

天下冷笑一聲，道：「你知道他是誰嗎？」

褒姒道：「他不就是魔族千年前黑魔宗的魔主麼？」

天下道：「不！他是和師父齊名的空悟至空。」

「空悟至空?!」天下的回答顯然讓褒姒感到萬分意外，她不明白千年前的黑魔宗魔主怎麼會成爲神族的叛逆空悟至空。

褒姒道：「師父，這究竟是怎麼回事？」

天下道：「這些事本不該讓你知道，但現在告訴你也無妨。早在兩千年前，他便質疑神族對幻魔大陸的統治，質疑這個天下所存在的秩序。於是，他叛離神族，離開了神界，重新歷世，成了人們所認識的空悟至空，取意爲空，卻實是因爲悟不空。一千年前，他遇上了聖魔大帝，他以爲聖魔大帝可以實現他心中所望，建立全新的幻魔大陸，於是封鎖了自己所有的記憶，幫助聖魔大帝，卻不想只是一場空——當時他是空悟至空的身分，聖魔大帝亦並不知曉——因此，他在雲霓古國想了一千年，也沒有想清楚這個問題。當他第二次擁有的記憶又被朝陽封鎖後，所有的經歷在潛意識裡幫助他，讓他的一雙眼睛將這個世界看得更透徹，他的心更接近事物的本質。失去了一切，反而讓他變得更可怕！」

褒姒看著天下，從天下敍說的表情中，她看到了天下，或者更多人對空悟至空的忌憚，其中似乎還包含了一種欽佩。

天下停了一下，又接著道：「所以，無論如何，都不能再讓他與影子在一起。」

褒姒道：「那我們該如何處置他？」

天下望向漠，半晌才道：「我們只有永遠讓他這樣昏迷下去。」

褒姒道：「可我已經答應影子治好他。」

天下道：「那就讓你說的是一句空話吧。」

影子走在皇宮山下的一條大道上，在他前面，他看到了兩個人，那兩個人也看到了他。

兩人是幻魔大陸最著名的遊劍士落日與傻劍。

落日走上前，微笑著道：「沒想到在這裡能遇上大皇子。」

影子亦微笑著道：「你還是叫我影子吧，這樣我比較習慣。」

傻劍呵呵笑道：「看來我們三人挺有緣的。」

三人寒暄一陣，來到一家客棧，此家客棧正是傻劍與落日所住之所。

三人坐定，要了一壺清茶。

影子道：「不知兩位怎會前來西羅帝國？」

落日毫不掩飾，無所謂地道：「無語大師對我們說，我們的生命即將終結，往西走，他說有一個人可以改變我們倆的命運，所以我們便來了阿斯腓亞。不過，對於我們來說，能不能找到這樣一個人並不重要，重要的是重新遊歷一番阿斯腓亞，這是一個讓人心靈高潔的地方。」

傻劍亦贊同道：「生死並不重要，重要的是能在這裡遇到故知，特別是像影子這樣的老朋友。」說完，又呵呵笑著。

影子道：「兩位看淡生死，倒是樂觀豁達之人。我初來阿斯腓亞，有一事相求，不知兩位能否答應幫忙？」

傻劍立即信誓旦旦地道：「朋友之事，赴湯蹈火，在所不辭，影子兄何必客氣？」

影子微微一笑，望向落日。

落日道：「影子兄不妨說來聽聽，反正我們這次來阿斯腓亞，也是無事。」

影子道：「我要兩位幫我救一個人。」

「誰？」傻劍問道。

「西羅帝國褒姒公主。」影子道。

落日與傻劍對視一眼，同感訝然。

落日道：「褒姒公主不在皇宮麼？」

影子道：「有人告訴我，褒姒根本就不在皇宮，而是被關在軍部大牢。」

「此話可信？」落日問道。

「是褒姒公主的師父天下告訴我的。」影子答道。

「天下?!」落日與傻劍同時驚呼。

整個客棧之人都以詫異的目光投向三人。

既然是天下說的話，落日與傻劍當然沒有不信的理由。可是，他們心中不解的是，以天下的實力，何以不自己親自救出褒姒？而影子爲何又要煩求他們？

疑問只存在於心間，落日與傻劍都沒有說出來，也沒有問出來。他們心中明白，有些問題除非別人親口告訴你，自己問是不合時宜的。但基於對朋友的信任，落日道：「我答應幫影子兄。」

傻劍亦點頭表示應允。

影子亦沒有作出任何的解釋，只是默然以表謝意。

在傻劍與落日出現在軍部總府營救褒姒的時候，影子來到了聖殿。

姬雪看到了他，道：「你是來找天下師父的麼？」眼神中有一絲憂愁之色。

影子微微一笑，走上前去，撫摸著姬雪的秀髮，道：「不，我是來找你的。」

姬雪有一絲詫異，道：「找我？」

她顯得有些不敢相信，轉而失落地道：「你別騙我了，你定然是十分厭煩我，又豈會來找我？」

影子微微一笑，讓姬雪的頭靠在自己肩膀上，道：「當然是真的。」

姬雪感受著來自影子身上的溫暖，道：「無論你說的是否當真，我都相信你。」

影子用手撫摸著姬雪的長髮，輕聲地在姬雪耳邊道：「想不想體驗一下飛翔的感覺？」

姬雪抬頭望向影子，道：「你是說飛翔麼？我有沒有聽錯？」

影子搖了搖頭，道：「你當然沒有聽錯，我要帶著你在阿斯腓亞上空繞上一圈。」

每個人心中或許都有一個能夠在天空自由飛翔的夢，姬雪自也不例外，她點了點頭，道：「姬雪當然願意。」

影子微笑著道：「那你可有準備好？」

姬雪點了點頭。

影子右手摟過姬雪的纖腰，姬雪頓時感到自己的身子變輕了，然後她感到風在自己耳邊呼嘯而過，飛雪迎面撲來。她低頭往下望去，發現影子攜著自己已經飛出了聖殿，人已經身在往山下去的虛空中。

一幕幕景色自眼前飛掠而過，整個阿斯腓亞城都在自己眼下。

姬雪雖然自小生長於阿斯腓亞，卻從不知在空中觀望阿斯腓亞竟是如此之美。

房屋建築錯落有致，街道井然有序，繁華地段更是燈火通明。而高聳的聖殿與另一座山峰上的皇宮顯得更是氣勢不凡，橫亙天地之間。

第五章　踏空談情

在白雪的覆蓋下，整個阿斯腓亞彷彿沈溺在一個白色的夢裡一般，讓姬雪有一種失真的錯愕之感。

姬雪望向身旁的影子，只見他的頭髮向後揚起，黑色風衣隨風而動，臉上的輪廓顯得異常分明，透著屬於男人的剛毅。

這樣英武的男人正是姬雪想要的，儘管她知道自己不可能真正擁有他，但此刻的擁有已經讓她感到了無比幸福。她的手不由緊緊地摟著影子的腰，將臉緊貼他的胸膛。這一刻，她真正地體驗到飛翔的感覺，這種感覺竟是如此美妙。

影子的雙腳在虛空中飛踏著，借著空氣的微薄阻力，以及俯衝之勢，運轉著全身所擁有的力量，透過雙腳，形成反推之力，保持著身形在虛空中的平衡。

片刻，兩人來到了皇城的正上空。影子對著姬雪耳邊大聲道：「想不想看阿斯腓亞最美的夜空？」

「想！」姬雪大聲地應道，並使勁地點了點頭，滿臉都是幸福的表情。

影子道：「那你就準備用你的眼睛觀賞最美的阿斯腓亞夜景吧！」

此時的夜空正在一片一片地下著不大的雪，影子的左手左右揮了出去。

兩道冰藍色的光芒成弧線劃破阿斯腓亞上空，自弧線兩邊落下，成半圓形的冰藍色光圈急速擴散，下著雪的白色夜空頓時被冰藍色所替代，整個阿斯腓亞的夜空呈現出一片冰藍之色，連下著的雪也變成了冰藍之色，彷彿換成了一個冰藍色的天頂，美麗異常。

「天啊，這是我見過最美的夜空！」姬雪不由得被眼前出現的景象驚呆了，她望向影子，問道：「這是你做到的麼？」

影子微笑著道：「這是我特意爲你而做的，我要把幻魔大陸最美的夜空送給你！」

姬雪感動得流下淚來，哽咽著道：「這是我這輩子收到最好的禮物，我永遠都不會忘記……」

此時，阿斯腓亞尚未入睡的人們都從屋裡跑了出來，驚訝而又欣喜地望著夜空出現的奇景，陶醉不已。

「這是我這輩子見過最美的夜空了！怎麼會這樣呢？」

「這一定是上天對阿斯腓亞的垂愛，才會將這麼美的夜空送給我們！」

「這是幻魔大陸最美的景象……」

……

「你看，那是什麼？那是兩個人?!」一個人突然指著阿斯腓亞上空驚呼道。

所有人都詫異地看到了，看到了影子黑色的風衣和姬雪銀白的長髮在虛空中飛揚。

「天啊！那不是人！他們是神！他們是上天爲阿斯腓亞送來禮物的天神！是上天對聖城子民的垂青！」

所有人都跑了出來，躬身伏地道：「謝上天對阿斯腓亞子民的垂愛，您的恩寵，阿斯腓亞子民永銘於心！」

齊唱之聲，高震蒼宇。

原來阿斯腓亞爲聖地，多爲虔誠信徒，故而極爲相信是上天對他們的垂青。而且，他們從未見過有人能夠長時間待在半空中。

姬雪指著下面的人道：「他們以爲我們是神！」

影子道：「不，我們不是神，我們是決定西羅帝國命運的人！」

姬雪詫異地望著影子，不明白影子這話是什麼意思。而這時影子左手回收，以強大的功力支撐，以月光刃破空散發出的冰藍色夜景開始淡去。

影子攬著姬雪，雙腳踏空，向一個方向落去。

阿斯腓亞的子民見狀，忙向影子與姬雪落去的方向追去，沒有人想錯過目睹天神風采的機會。而這一個方向，正是西羅帝國軍部總府之所在……

與此同時，正在決戰的落日與軌風自然也看到了這突變的異象，更看到了兩個人正踏空向他們飛至。

他們停下了手中的戰鬥，與所有將士一起用眼睛迎接著兩人的到來。

而就在軌風看清來者的面目是誰時，他立時大聲喝道：「所有將士一級戒備！」

一下子，所有將士尚沒回過神來，聽到軌風的喝聲，忙望向軌風，卻不知立即執行軌風的命令。

軌風不得不再次喝道：「所有將士準備應敵！」

可他話音剛一落，影子攜著姬雪已落在了軌風的面前。

軌風身後，所有將士立即舉起手中的兵器，嚴陣以待，速度反應可謂快極。

軌風看到影子，沈聲道：「是你！」

他不明白影子爲什麼要這樣做，他更看到影子帶來了姬雪公主，心裡摸不清影子此舉的用意到底何在。

這對一個對自己智慧極度自負的人來說不免是一種侮辱。第一次他面對影子無可奈何，這一次他又不知如何應對。

影子沒有理睬軌風，只是對落日微微一笑，道：「落日兄辛苦了。」

落日笑道：「我還以爲你不來了呢，原來是帶來了一位美女，不知這位美女又是怎樣稱呼？」

姬雪離開影子的懷抱站立著，傲然地望著落日，冷冷地道：「你又是何人？」

落日毫不在意，道：「在下落日，一名遊劍士。」

姬雪自是聽說過幻魔大陸最著名的遊劍士落日與傻劍，但她冷傲之態依然不減，隨意看了一眼落日，便望向軌風道：「軌風大人見了本公主何以不行禮跪見？」

軌風一時之間只想著影子突然出現的目的，卻未想到對姬雪行禮之事。他微微躬身，道：「軌風參見公主。」但並不行跪見之禮。

姬雪早已知道軌風稟性，便是對父皇他也只行躬身之禮，事實上她只是出於自身威儀，才出言要軌風跪見。見軌風行過禮，冷哼一聲，依在影子身旁，不再言語。

軌風重又望向影子，道：「你這次又是為褒姒公主而來麼？」

影子道：「軌風大人已經猜到了。」

軌風道：「以你之能力，要救走褒姒公主輕而易舉，何以虛張聲勢，費這些手腳？」他知道傻劍與落日的到來一定與影子有關。

影子道：「以你的智慧難道猜不出來麼？」然後是輕淡地一笑。

軌風聽到影子的話，略為思忖，突然想到了什麼，道：「你……」

話未說完，由遠而近鋪天蓋地的腳步聲席捲而來。

飛雪揚起之處，軌風見到一大片黑影奔襲而來，並伴有聲音道：「就是他們，一個身穿黑色風衣，一個有著銀白色的長髮，他們便是天上派來的天神！」

軌風終於明白了影子的意圖，駭然道：「你是想利用阿斯腓亞的居民救出褒姒公主？」而他心中想到的不僅僅是如此，影子借用阿斯腓亞居民救出褒姒公主並不是他真正的目的，而是一種手段，一種獲得阿斯腓亞人心的一種手段。從他的出現故意造成夜空出現異象，姬雪之所以與他在一起，皆是爲他獲得人心作鋪墊，爲最終獲得西羅帝國的大權打好基礎。而救出褒姒只是他走的第一步棋，其目的既是爲了獲得人心，也是爲了瓦解軌風所代表的軍部勢力。

落日與傻劍也是作爲增添他聲勢的棋子，他們來此的作用，也並不是爲了救出褒姒。

軌風終於認識到這個人思想的可怕！

對於軌風的話，影子道：「我只是想讓阿斯腓亞的人們知道，西羅帝國最富才情的公主關在了軍部大牢，而在皇宮內的褒姒公主只是你與人串通假冒的，用來欺騙安德烈三世陛下的。」

軌風道：「你以爲他們會信你麼？」

影子道：「有姬雪公主作證。是姬雪公主及天下告訴我，關在軍部大牢的是褒姒公主，而皇宮內的『褒姒公主』是假冒的。」

「天下？」軌風聽到這個名字極爲詫異。

影子反問道：「難道軌風大人不知道天下是誰麼？」他的樣子顯得意味深長，彷彿想從軌風的回答中捕捉出一些什麼訊息。

但軌風卻沒有作任何回答，他只是道：「我軌風不管是誰說的。陛下有命，膽敢有冒充褒姒公主者，關進軍部大牢。大牢內的褒姒公主只是一個假冒的，這是陛下下的命令。」

影子信心十足地道：「是嗎？看你的話說給阿斯腓亞人們聽，他們是否相信？或者說，他們是信你，還是信我？」

軌風傲然道：「他們必須信，他們一定要信，這是陛下的命令，任何人都不得違抗！」

影子輕蔑地一笑，道：「軌風大人想以軍部的武力來鎭壓麼？我勸你最好放棄這個念頭，這對你並沒有什麼好處。」

軌風堅決道：「有沒有好處我自己心裡清楚，並不需你操心，如果你想制止的話，以你的能力，隨時都可以殺我，但你不會那麼做，這不是你想要的。」

影子道：「你倒是分析得很透徹，認爲我一定不會殺你。是的，我不會輕易殺你，但在你動用武力殺死阿斯腓亞居民的時候，我便可以殺你了。」

軌風道：「那時我便成爲濫殺無辜的罪人，而你卻成了他們心目中的英雄。」

影子笑而不答。

這時，那些追隨而來的阿斯腓亞居民已經黑壓壓的一片站在影子身後，足有十萬之眾。

「是他們！是他們！他們是上天派來的天神！」

所有人都指著影子與姬雪喊道，一時群情激奮。

影子對著軌風道：「你聽到他們聲音中所飽含的激情麼？」然後轉過身去，對著眾人道：「你們可知我今晚將諸位引至此處是爲了什麼？」

阿斯腓亞的居民在一片喧嘩聲中，卻仍聽到了影子的聲音，而且聲音彷彿就在耳邊響起。

「是上天垂青阿斯腓亞的子民，讓我們來接受上天的恩典！」眾人齊聲高呼道，儼然把影子當成了真正的神。

影子聲音很平和地道：「不，是因爲西羅帝國發生了天大的事情，需要所有阿斯腓亞人民協力來拯救西羅帝國於危難之中。」

眾人一片喧嘩，他們從未聽到過，或者是感到過西羅帝國處於什麼危險之中，相反，近些年來，西羅帝國疆域不斷擴大，喜訊不斷傳回，有何危難之談？

影子接著道：「也許你們根本沒有感到任何危難的出現，那是因爲你們被欺騙著，我今天就是要告訴你們真相，那就是有關褒姒公主之事！」

「褒姒公主有什麼事？褒姒公主不是好好地待在皇宮中麼？」眾人大爲疑惑，不知影子到底想說什麼。

影子道：「但你們可知皇宮裡的褒姒公主是假的？」

此話一出，頓時一片靜寂。

半晌，方有人道：「假的？皇宮內的褒姒公主是假的？」顯然不太相信，但他們又把影子當成了神，並非全然不信。

影子看著眼前充滿期待他回答的眼睛，緩緩地道：「是的，真正的褒姒公主被關在軍部大牢內，需要你們去將她救出來。而這一點，褒姒公主的妹妹姬雪公主可以證明。」

影子說完，望向身旁的姬雪。

阿斯腓亞居民的目光也隨著影子的目光望向了姬雪公主，眾人原先還以爲與影子在一起的是女神，卻不料是西羅帝國的姬雪公主。而眾人只聽說過姬雪公主之名，知其性格極爲驕傲，卻從未見過姬雪的面貌，一時卻是認不出來，也不敢肯定影子所說之話是真是假，更不明白姬雪公主又怎會與影子一起停在半空中不動，難道姬雪公主也是上天派到西羅帝國的神？

眾人紛紛低聲議論著，他們對眼前神一般的女人是否是姬雪公主感到懷疑，一時之間不敢有什麼看法和意見，也不敢隨便表示自己的態度。

影子似乎看透了眾人的心事，他道：「也許你們並不相信眼前之人是姬雪公主，但這一點軍部首席大臣軌風大人可以證明。你說是嗎？軌風大人。」影子轉過身，把話頭直指軌風，讓軌風來回答眾人心中的疑問。他知道，軌風的話比任何人的說服力都大。

軌風面對眾人大聲道：「你們不要聽他胡言亂語，他居心叵測，是故意將你們引至此處的，想破壞西羅帝國的安定團結，擾亂阿斯腓亞的正常生活。你們趕快離開，不要在此逗留！」

軌風心中明明白白地知道，阿斯腓亞居民的存在是一種巨大的威脅，若是真的被影子所利用，那後果則是不堪設想，他絕對不能讓這種情況發生！

在西羅帝國，在阿斯腓亞人們的心中，軌風有戰神之稱，自從他升爲軍部首席大臣之後，西羅帝國的軍隊從來沒有嘗過敗績，西羅帝國的疆域也得到了前所未有的擴張。一直以來，阿斯腓亞人們都對軌風具有尊敬之心，有時甚至超過了西羅帝國皇帝陛下安德烈三世。故而，軌風的話讓他們不知該相信誰才好。

而此時的落日則只是站在一旁看著軌風與影子，他隱隱已覺察到了影子的真正意圖。

姬雪則完全明白了，影子的所謂道歉，所謂的送給她的禮物，其實都另有目的，只不過是在利用她，利用她來救姐姐褒姒。但他真的只是救姐姐麼？姬雪彷彿又感到了模糊觸摸不到的東西，她心中把握不住那到底是什麼……

影子並不在意軌風的話對眾人產生的影響，他微微一笑，悠然道：「軌風大人還沒有回答大家心中的疑問，你難道要讓大家對你軌風大人失望麼？還是你不願承認眼前之人是姬雪公主？」

軌風當然知道不能回答這樣一句話，如果他回答眼前之人是姬雪公主，必定會證明褒姒公主關在大牢內，皇宮內的褒姒公主是假的。如此一來，無異於承認了影子所說的是事實，讓其陰謀得逞，到時所有今天在場的阿斯腓亞居民都會相信影子的話，他絕不能讓這種情況發生，但他又不能否認眼前之人是姬雪公主這一事實。

軌風沒有理睬影子的話，他向眾人威言厲聲道：「你們速速離開此地，此乃軍部總府，任何擅自糾結鬧鬧者都是殺無赦！你們剛才只是被他的幻術所騙了，以爲他是神，其實他和我們一樣都是人，只是懂得幻術而已。現在，你們必須馬上離開這裡，否則本人不會留任何情面！」

軌風利用威言厲聲恫嚇著，並試圖說服眾人對影子是神這一錯誤認識，但他又知道短時間內是無法說服眾人的，唯一可以利用的是軍隊的震懾力。他必須儘快讓這些人離開此地。

軌風的話說完，大手一揮，早已靜候多時的軍隊手持雪亮的兵器，從左右兩邊步伐整齊劃一地向群眾逼去，人數不少於八千。

這些軍隊並非是負責軍部總府安全的，而是遇到緊急情況自由調動的機動部隊。阿斯腓亞數十萬人向軍部總府聚集，自然驚動了這些調動靈活的機動部隊來保護軍部總府的安全，只等軌風的一聲令下。

軍隊和軌風的話所帶來的威懾力自然是十分強大的，所有人都忘記了心中的疑問，也顧不得影子剛才所說的話，隨著左右兩邊全副武裝、身披鐵甲戰衣、手持長槍的軍隊逼近，他們不斷退縮著。

影子看了一眼將眾人不斷逼得往後退的軍隊，對著軌風道：「軌風大人以爲這樣做有用麼？你只不過是在浪費時間而已。」

第六章　撕碎虛空

軌風傲然道：「我知道你隨時都可以殺我，但我的軍隊正在執行我的命令，若我不收回命令，他們是絕對不會停止他們的步伐的。何況，爲了整個大局，犧牲這些阿斯腓亞的居民也是在所不惜。」

影子道：「軌風大人果然有軍人的勇敢和魄力。不過你放心，我不會殺你，也不要你收回發出的命令，但我照樣可以阻止你手下這八千軍隊的行動！」

說完，影子「嗖……」地從軌風眼前消失，身影直竄上高空，左手緩緩伸出，手心冰藍色的下弦月發出奇異的光芒。

手，破空揮擊，那輪下弦月脫手而出，化作一道迅速脹大的冰藍色月牙，撕碎虛空，直上雲天。

層層疊疊、充滿陰霾的雪空破開一道大大的口子，那清冷的月出現在了那道裂縫當中，月華透縫灑了下來。

所有人一下子驚呆了，那不斷向眾人逼近的軍隊不自覺地停了下來，望著夜空，眾人也忘了軌風及其軍隊帶給他們的恐懼，驚呼道：「神！他真的是神！是上天派來拯救阿斯腓亞的神！」

連軌風與落日也不由得再次被眼前的一幕所震驚，影子所擁有的實力實在超出他們的想像，特別是落日，體會更深。他清楚地記得當初影子與他交手時所擁有的實力，而現在，兩個多月過去，他只能用「可怕」二字來形容影子！

而這僅僅只是開始。

月華普照之下，半空中的影子雙手交疊胸前，周身盈動著一道冰藍色的光圈，他高聲喝道：「以月的名義，封禁一切罪惡的殺念！」

雙手伸開，冰藍色光芒隨著月華迅速擴展開來，將那八千軍隊完全籠罩其中。

那八千戰士陡然感到頭頂透過一道冰藍色之光，眼前看到的一切全部消失，而在意念所存在的世界裡，在一片輕揚著微風的荒漠中，一道清冷的孤月照在頭頂，四周一片漆黑，整個世界彷彿只剩下他及這一清冷的孤月，再沒有其他。無邊的空虛與寂寞在心底不斷蔓延，向身體每一處擴展，全身每一個細胞彷彿都感到了一種無助，一種全世界只剩下自己一人的無助，只有這清冷的月在無聲無息地陪著他。生命、欲念、權力、金錢、殺戮、死亡……都透過身體在消失，一切變得百無聊賴，沒有任何意義，生存與死亡只是兩個無意義的詞，在心中已經感覺不到什麼是生存，什麼是死亡。剩下的只是放棄，放棄一切，放棄自己，放棄生命，放棄……

落日、軌風、姬雪以及阿斯腓亞居民看到八千戰士手中緊握的兵器不自覺地都掉在了地上，他們坐在了雪地裡，無神的眼睛望著虛空中的冷月，表情木訥。

「神，他真的是神！只有神才可以做到讓八千戰士放下屠刀，立地成佛！」阿斯腓亞居民呼喚著。

如果說，以前他們對影子尚存著一定懷疑的話，那麼此刻，他們對影子已是深信不疑，因爲唯有神才可以做到這一切。

而落日與軌風知道，影子這是借用月的能量，以魔咒封禁了八千戰士的殺念。只是他們不知道，是什麼樣的魔咒擁有如此強大的力量，居然能封禁八千戰士的殺意。他們從未聽過有如此厲害的魔法，就算是暗魔宗魔主驚天的「昏天魔法戰陣」，也只能借用自然環境的力量迷惑人，製造幻境，將人困住而已，而不能夠有足夠的力量封禁別人的意志，這比「昏天魔法戰陣」需要的力量不知要強多少倍，而且，這個魔咒是以月的名義啓動的。

落日突然想到了傳說中的月魔一族，而他們正是自稱月的兒女，擁有月的能量。而且，每隔一千年，有關於月魔一族的神秘詛咒就會降臨到幻魔大陸，難道影子是月魔一族？

落日爲自己的想法感到無比驚訝。

而軌風也想到了這一點。

影子正是以他體內屬於月魔一族冰藍色的血液作爲契機，借用月的力量對這八千戰士實行封禁的。但這種封禁並不能與月石擁有的強大力量相比，可以將人永遠封禁，影子的封禁只能維持半個時辰。

影子自半空中落了下來，黑色的風衣迎風飄動，如天神下凡。

阿斯腓亞居民連忙長身跪地道：「感謝神對阿斯腓亞子民的救護！」儼然將影子當成了將他們救離虎口的神。

影子也不加辯白，借機道：「你們現在相信我的話了麼？」

「神所說之話，阿斯腓亞子民自然相信，阿斯腓亞子民願意接受神的吩咐！」眾人都齊聲唱道，聲音響徹整個阿斯腓亞的上空。

影子轉身面向軌風，道：「軌風大人現在相信我的話了麼？」

軌風不禁搖頭道：「你以一人之力可以封禁八千戰士的思想，能夠做到如此，我還有什麼話說？我讓眾戰士逼走這些人，卻不想反而成全了你，讓他們更相信了你，而我卻反而成了他們的敵人。」

影子道：「既然如此，那軌風大人就當著眾人的面將褒姒公主交出來吧。」

「不！」軌風斷然道：「除非你將我殺了，否則休想帶走褒姒公主！」剛才浮上心頭的失落情緒一掃而光，反而一下子充滿了無限鬥志。

影子輕蔑地一笑，道：「軌風大人還是不要作垂死掙扎的好，你已經沒有第二條路可以選了，今晚你必須給眾人一個交代！」

軌風大聲道：「那你就將我殺了吧！」

虛空中陡然升起了一股旋風，接通天地，軌風所著的紅色戰袍亦鼓了起來。

他已經利用意念召喚出了風，旋風在他面前飛速旋動著，席捲一切。

影子看著眼前出現的這道旋風及軌風身上鼓起的戰袍，道：「那你就全力向我進攻吧，看你有沒有機會阻止我！畢竟，能夠召喚出大自然元素的人不是一個簡單之人！」

軌風沒有再說話，不久前，他正是以這召喚出的旋風擊敗月戰與殘空，而此刻，在面對著強大得讓他感到渺茫的對手時，他不得不再次用這召喚出的風來對敵。這是唯一讓他感到有機會的進攻，是他孤注一擲的選擇。

他的右手抬了起來，迅速探進那道飛速旋轉的旋風當中，順勢一帶。

眾人看到，那道被軌風捕捉到的旋風以席捲天地之勢橫著向影子狂轟而去，最前端出現了一個不斷旋大的口子。

所過之處，地下的積雪、虛空的空氣無一不被吸納其中，大有將天地完全吞沒之勢。

影子輕輕一笑，道：「果然沒有讓人失望。」

話音一出就被那旋風吸納了進去，但影子的身子卻沒有絲毫移動，身上的黑色風衣因旋風發出獵獵作響的聲音。

而就在那道旋風即將吞沒影子的一剎那，影子的右手亦閃電探出，伸進了那旋風當中。那道旋風猛地擴大一倍，旋轉的速度更加一倍。

軌風一見，大驚失色，他已經料到影子接下來要做什麼了。

只見影子同是順勢一帶，那旋風卻被影子所利用，反過來以更快更猛之勢向軌風洶湧地反噬而回！方圓一里之內的積雪隨著這旋風舞動了起來，氣勢影響整個阿斯腓亞上空。

軌風見勢，紅色戰袍猛然掀開，一柄巨大的風之刃從戰袍內竄出，朝那團旋風疾劈而去。

本來，軌風是借用影子在抵抗化解那團旋風之時，借機以戰袍內化風而成的風之刃向影子發動真正的攻擊，卻不料那團旋風卻反而被影子所利用，以更兇悍之勢向自己反噬而回，不得已才將隱藏於紅色戰袍內的殺招施出。上次對付月戰與殘空兩人的進攻時，他也未將這殺招使出。

落日從這化風而成的風之刃中徹底地認識了軌風的厲害，這種能夠捕捉到無形之風，又將風化為有形的風刃需要的修為並不是落日所能夠達到的，至少他目前感到自己尚不具備這個實力。

風之刃斬上旋風，眼見那道旋風就要從中劈開，徹底瓦解，卻不料旋風之內又生起另一道旋風，反勢疾轉。

風之刃頓時轉曲變形，接著就被那道旋風吞沒其中，消失無形。

軌風大驚！

落日驚訝！

沒有人會想到，影子在那道旋風之內生起另一道旋風，而且以相反之勢旋轉。

影子似乎已料到了軌風所潛藏著的攻擊，早已做好應對策略。

強大的旋風迎面撲上，軌風避無可避，眼看就要被那旋風吞沒其中，自知在劫難逃，於是乾脆就將眼睛閉上，等待著死亡的到來。

而就在這一剎那，一道驚電自虛空劈下，一下便將那道強大的旋風劈成兩半。

勁氣失去牽引，四散狂泄，積蓄滿空激蕩飛舞，咫尺之內不見人影。

影子左手揮出，手心月光刃脫手而出，將雪霧迷漫的虛空撕下一道口子。

冰藍色光芒映照的前面，一道模糊的黑色人影立於其中。

月光刃就要擊穿那黑色的人影時，又是一道驚電自虛空中竄出，擊中了飛旋著的月光刃。

冰藍色之光與慘白的電光四射，頓將整個虛空擊得粉碎，留下一道道或冰藍色，或慘白的軌跡飛逝而去。

影子看到了一身黑衣的身影，頭上戴著斗笠，面部被紗巾遮住。

影子知道，他已經遇上了一個足以與他抗衡的強者，是這人在關鍵時刻救下了軌風。

而影子所做的這一切，不正是等待著這樣一個背後之人的出現麼？

他的臉上充滿了笑意，道：「你終於出現了。」

那人沈著聲音道：「褒姒不在這裡，要想救褒姒，跟我來！」

說完，人便從原地消失了。

其速之快，簡直超越了人們可以理解的範疇。

影子毫不猶豫地跟了上去。

影子臉上充滿了笑，智慧的笑。誠如軌風所想，他把眾人引到軍部總府，是有目的的，但他的目的並非僅僅是軌風所認為的那般，製造阿斯腓亞子民心中的神，獲得阿斯腓亞子民的心，救出褒姒，還有更重要的是讓軌風背後的人出現！

第一次，他與漠見軌風，是為了證實牢中的褒姒，也是為了認識軌風這個人，他知道軌風其實並不是他真正要見的人，軌風的「烤乳豬」讓影子認識到，他真正所要見的人是那個曾給漠烤乳豬的人！

所以，影子製造了這樣一次機會，他要讓這個人現身。

影子與那人相對而立，風，吹動著那人面部的黑紗。

此時兩人所處之地是一片雪原，遼闊的雪景無限伸展，遠處還有被積雪所覆蓋的高山，阿斯腓亞卻已不知所蹤。

雖然是在夜裡，但周圍世界的輪廓卻仍是清晰可見。

「褒姒公主呢？你不是帶我來見褒姒公主的麼？」影子首先開口說道。

「褒姒見不見都無關緊要，你的目的不就是我麼？」那人的聲音依舊低沈。

影子道：「幹嘛以紗蒙面？你是怕我認出你麼？」

那人道：「我只是不想把這個世界看得太真切，隔著面紗或許會好些。」

影子輕輕一笑，道：「這是一個智者的理由，卻不是一個可以讓人滿意的理由。」

「智者是從不會要求完美的，他知道在這個世上，失望的事情比滿意的要多。」

「正如有些人希望一輩子中有一個人能有一次欣賞自己烤乳豬的手藝，而有些人則希望一輩子都有人欣賞自己烤乳豬的手藝，其結果只會讓自己變得很寂寞。」影子意味深長地道。

那人緩緩地道：「但每個人又都是害怕寂寞的。」話語中含有無限感慨之意。

影子道：「那你現在還烤乳豬麼？」

「烤，但只烤給自己一個人吃，只有我自己才知道它的滋味好在哪兒。」

「但一個人吃多了會膩的。」

「當一種味道吃膩了的時候，人總是喜歡烤出其他的味道，所以，味道總是在不斷變化著的。」

影子道：「看來你是一個懂得生活的人。」

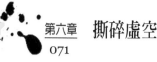

「我更認爲自己是在學會生活。」

影子忽然道：「你是誰？」眼中射出逼視的利芒，彷彿要穿透那人的身體，直窺其靈魂。

影子已經開始討厭這種捉迷藏的遊戲了，這種遊戲現在只讓他感到無比的乏味。

那人道：「你可以叫我孤獨的人。」

影子冷笑道：「這個世界上每個人都很孤獨，又何止你一個？」

那人道：「我的名字是爲這世上所有孤獨的人所取，人們總是害怕面對自己的孤獨，總是逃避孤獨，豈知這種逃避只會讓自己變得更加孤獨。」

「哈哈哈……」影子大笑，道：「你是在跟我說這些話麼？」

「難道你不孤獨麼？」那人反問道：「你獨自一人走在沒有希望的路上，四周寒風，沒有光亮，沒有人可以說話，難道你感覺不到冷麼？」

影子眼前出現了一條沒有盡頭的荒涼小路，突然忍不住打了一個冷戰，心神不由一震，心中罵道：「見鬼，竟然被他攝住了心神！」

影子定了一下心神，道：「看來你是他派來的一個說客，說吧，你究竟想幹什麼？」

那人道：「放下心中妄念，我給你一切你想要的。」

影子冷笑道：「你知道我想要什麼嗎？」

「你心中所愛，還有你的自由。」

影子又是一震，喃喃道：「心中所愛？自由？難道這些是自己想要的麼？如果不是，除此之外，自己想要的到底又是什麼？」

影子突然感到很迷茫，百轉千回的思緒紛紛湧上心頭，可他愈是想弄清自己想要的是什麼，就愈是發現自己不知道想要的是什麼。

他感到自己的頭突然間變得很痛，原來自己所做的一切都不知究竟爲了什麼。

人生茫茫，當一個人突然發現自己一直以來都沒有目標的時候，是何等的淒苦和無奈，就像行駛於大海上的一葉小舟，發現不知哪一個才是自己的方向。

「啊……」影子撕裂喉嚨，仰天長嘯。

而這時，那人突然閃電出手，一掌擊在了影子身上，影子突然失去知覺，癱倒在雪地上。

那人隔著面紗看著影子，冷聲道：「只有這樣，我才有機會將你擊倒。」

「那是因爲你利用了他心中一直放不下的妄念。他還只是一個人。」一個聲音突然響起。

天下突然出現在那人面前。

那人道：「每一個人都是放不下自己的，這是人的最大弱點。」話語之中讓人感到，彷彿他並不是一個人。

天下望著影子，沒有說話。

那人又道：「天下，剩下的事情就交給你了，我要讓他按照我們爲他安排的路走下去，絕不能讓他有邪妄的思想。」

「放心。」天下的話像雪原掠過的風一般冰涼。

連綿的群山依次排開，青山蒼翠，白雲悠悠。

湛藍高遠的天空中有幾隻翼鳥平伸著寬大的翅膀滑行著。

「一千年過去了，這裡的景色還是這麼美。」

在高高的連雲山脈的天澗峰，朝陽望著眼前無限伸展的景色，心中不禁升起感慨之情。

在他的身後，並排站著安心與驚天。

此處正是北方邊界，怒哈退守的最後一道防線。

安心在朝陽身後道：「沒想到聖主會親自駕臨。」

第七章　親臨邊界

朝陽望著山下那一帶青綠的草原道：「其實安心魔主早知我會來，只是沒料到我會來得這麼快而已。」

安心忙躬身低頭道：「聖主聖明！」

朝陽望著山下的草原，沒有說話。

驚天忍不住道：「聖主這次親身駕臨北方邊界，有何打算？」

朝陽沒有回答，卻道：「驚天魔主知道下面那一帶草原是什麼地方麼？」

驚天往下看了一眼，道：「屬下當然知道，靠我們這一邊，修建了防護城牆的，是屬於怒哈鎮守的北方邊疆，而城牆之外則是屬於妖人部落聯盟的沼澤之地。」心中卻不明白朝陽爲何會問這眾人皆知的常識問題。

朝陽繼續問道：「那驚天魔主可知在妖人部落聯盟的另一邊是屬於誰的疆土？」

驚天心中雖然不明白朝陽爲何會問這樣的問題，可又不得不答道：「是屬於西羅帝國的。」

朝陽道：「到達西羅帝國有兩條路徑，一條是穿越變成一片荒漠的幻城，另一條便是眼前妖人部落聯盟的沼澤之地。兩條路都充滿了死亡的威脅，大軍若想通過，簡直難如登天。這就是為何數千年以來，西羅帝國與雲霓古國之間相安無事，從無戰事的原因之一。而大軍要想通過幻城，不可抗拒的自然因素讓這種想法等於零，眼前的妖人部落聯盟是我們唯一的前進之路。但妖人部落聯盟的兇悍與危險絲毫不比幻城的惡劣自然條件遜色，長期以來，妖人部落聯盟從未被任何勢力消滅過，就算千年前一統幻魔大陸，通過妖人部落聯盟，只是政治策略的成功，而並非軍事上的成功。因此，對於這次通過妖人部落聯盟的危險，兩位魔主可要有充分的認識。」

驚天這才明白朝陽想說的是什麼，不敢絲毫怠慢，連忙稱「是」。

安心這時道：「聖主所擔心的是不是樓夜雨？」

朝陽望著下面妖人部落聯盟的所在地，悠然道：「樓夜雨已經不再是千年前的樓夜雨了，妖人部落聯盟也不再是千年前的妖人部落聯盟。」

說完這話，朝陽記起了一個古老的承諾，眼前不由重又浮現出一個女人站在櫻花樹下等待他的身影。

片刻，朝陽回頭望向安心，道：「現在這裡情況怎樣？」

安心答道：「現在怒哈那邊沒有什麼動靜，借助著連雲山的天險死死防守，而屬下與驚天魔主一直都在等待聖主的示下，休兵養息，戰士狀態十分良好。」

朝陽道：「我們現在的兵力有多少？」

安心道：「屯積於邊界線的有三十萬，後繼等待支援的有四十萬，另外，還有雲霓古國其他各地可以調動的有二十萬，一切按照戰事的發展進行調配，兵援、糧草、武器都很充足，只待聖主的示下！」

「那怒哈那邊情況又如何？」

「怒哈的親系部隊現在已經不足十萬，這其中包括原先秘密藏於北方邊界的四萬，及新招募的三萬，剩下的不到三萬是隨著怒哈進攻退回的殘兵。不過，這些只是怒哈的親系部隊，妖人部落聯盟對他的支援數目卻是不清，我們曾經派人暗中調查過，但派去的人卻是有去無回，因爲一直等待聖主的示下，不敢有大的調查行動，而且他們有意製造虛實的混淆，軍隊每天進進出出，難以定數。」安心答道。

朝陽道：「那妖人部落聯盟的兵力又有多少？」

「曾隨怒哈一起進攻雲霓古國的有八十萬，但據我們與他們交手的情況探出，真正去的只有二十萬左右，而且在多次交鋒作戰中，其整體實力沒有受多少影響，退回邊界的至少有十五萬。而妖人部落三大聯盟整體擁有的兵力不少於一百萬，因爲他們每一個人都是可以上戰場作戰的，長期在戰爭中成長，具有豐富的作戰經驗，絕不亞於我們的族人。」安心心中不無顧忌地道。

朝陽默然不語，他心中當然知道妖人部落聯盟的厲害。妖人部落聯盟有三大部落，分爲神族部落、魔族部落、人族部落，相傳是由人、神、魔各族的叛逆者逃離到此地發展起來的，而且這裡不再有什麼人、神、魔三族之分，三大部落互爲通婚，現已徹底融爲一體。所以，對於幻魔大陸其他的國家，都稱他們爲妖人，妖人部落聯盟也是因此而來。

但對於妖人部落聯盟，沒有一個人真正瞭解，所有的消息都只是傳說。幻魔大陸每一個國家都視他們爲天生的敵人，他們也拒絕與任何國家往來，其骨子裡透著的是戰性。否則，他們根本就沒有可能在幻魔大陸眾多國家的仇視中生存下來。

朝陽知道，這百萬妖人部落聯盟的戰鬥力遠比他所擁有的九十萬大軍的戰鬥力要強得多，硬碰硬作戰絕對沒有任何便宜可揀，且妖人部落到處都是天然的沼澤，大軍若想依靠衝殺通過妖人部落，根本沒有可能，何況，打死仗從來就不是朝陽的選擇。

朝陽看了看天色，夕陽西垂，紅霞映滿天際，他道：「現在時候不早了，我們也該回去了。」

是夜。

偌大的軍營一片靜謐，只有來回的巡衛不斷地在軍營之中巡視著。

軍營連綿數里，建在連雲山下一大片空曠之地，軍營後是連雲山的峭壁，左右是一條大道，前面二里外是一個隘口，隘口的另一端是怒哈的北方邊界所在地。怒哈正是靠此隘口方保北方邊界不失。

朝陽走出了中軍營，他望了望天，天上的星星稀稀落落，卻是分外晴朗。軍營四處，不知名的蟲子發出此起彼伏的叫聲，與寂靜的夜相映成趣。黑白戰袍沿著朝陽的身子筆直垂地，將他的身形襯托得神聖不可侵犯。來往的巡衛見到朝陽遠遠站立，肅然敬禮。

聖魔大帝的故事深深印在他們的腦海中，此刻，他們終於見到了這像神一般的人物出現在他們的面前，不禁讓他們湧起陪著他征戰天下的豪情，成就轟轟烈烈的一生。

朝陽來到一座軍營前，他站在門外沒有說話。

裡面傳來無語蒼老的聲音：「聖主來了就請進吧。」

朝陽並沒有掀簾進去，只是道：「我想邀大師一起看星星。」

無語是隨著朝陽一起來到北方邊界的。

……

朝陽與無語並排而立，望著深藍的夜幕，身後是連綿一片的白色軍營和燃起的火盆。

朝陽望著夜空道：「有一件事情我想請教大師。」

無語心平氣和地道：「既然我已經答應了聖主的事情，聖主有什麼話就不妨直說吧。」他臉上無悲無苦的神情已表明任何事情都無法引起他心靈的波瀾。

朝陽道：「我想知道星咒神殿及占星杖的事情。」

無語平靜地道：「無語早在等待聖主問這個問題。」

頓了一下，無語道：「星咒神殿在幻魔大陸的最東方，卻沒有人知道它的確切所在。自從離開星咒神殿之後，我一直都在尋找，卻沒有找到可以通往星咒神殿的路，因爲雖然它同屬幻魔大陸，卻處於不同的空間層次，平凡之人根本就不知道它的所在，除非有辦法破除空間結界，才能夠真正進入星咒神殿。而主持星咒神殿的人，或者說是神，所擁有的力量對星咒神殿空間的維護沒有人可以隨意破除，除非擁有比他還要強大的力量，但在我的認知中，還沒有人的力量比他更強大。」

對於無語所擁有的實力，朝陽是清楚的，他並不會比自己弱多少。無語話語中的敬畏之意，讓朝陽認識到了這個人的可怕。

朝陽道：「那大師見過他嗎？」

無語搖了搖頭，道：「沒有，占星家族的人都稱他爲星咒神殿的王者！」

朝陽道：「你們占星家族也是生活在星咒神殿嗎？」

「不，占星家族住在星咒神殿山下，只有當一個人要通過占星師資格考核時，才有機會進入到星咒神殿，在占星台上占卜星象，然後經過他的考核。」無語回憶著道。

朝陽又道：「那占星杖呢?占星杖代表的又是什麼?」

無語道：「占星杖是占星師占星時的法器，但不是每一名占星師都能夠擁有的，占星師只有通過考核，進入幻魔大陸歷練，然後回到星咒神殿，再經過考核，成爲星咒神殿的護法，才有資格擁有占星杖。而占星杖不但可以占星，還可以讓占星師的力量提高十倍，預知十天以前及十天之後的事情，在靈力所及的空間範疇內，可以製造與現實一模一樣的幻境，難以分出真假。」

朝陽道：「那是否說明，只有星咒神殿的占星護法才有資格擁有占星杖，而其他人根本不可能擁有占星杖?」

無語點頭道：「是的，而且擁有占星杖的占星師不是很多，只有六位，只有當六位中的一位占星護法離開的時候，才有另一位占星杖更替接位。」

朝陽道：「那是否說明，這些擁有占星杖的星咒神殿護法們是不可隨便離開星咒神殿的?」

無語道：「不錯，六位護法每人守住星咒神殿的每一小殿，是不可能輕易離開星咒神殿的。」

朝陽又道：「如果說，現在幻魔大陸有一個人手持占星杖，不知大師相不相信?」

「這不可能！」無語斷然道。轉而彷彿又明白了些什麼，望著朝陽道：「這才是聖主今晚找我的真正目的？」

朝陽點了點頭，道：「我知道一個人，他手中持著上面繡有六芒星的占星杖，而且他現在不會離我們很遠，說不定此刻正在窺視著我們的一舉一動。」

無語手指快速撚動，當他手指停下的時候，臉色變了，變得有些不可思議。是的，無語已經證實了朝陽所說的話，一個擁有占星杖的人正距離他們不遠處，占星杖靈力所涉的空間可以完全將他們囊括其中，也就如朝陽所說，他們的一舉一動都在對方的窺視之中，而無語直到現在才發覺。

無語道：「原來聖主早已知道他的存在了。」

朝陽道：「而我卻沒有辦法對付他，這一切全得依仗大師了。」

無語眉宇輕鎖，道：「他所擁有的靈力遠比我強。」這是他千年來第一次鎖住眉頭。

朝陽毫不介意地道：「大師一定會有辦法的，一個敢於叛離星咒神殿的人又豈會是一個讓人失望的人？我相信大師。」

無語沈吟不語。

朝陽續又道：「對了，差點忘了告訴大師，這個手持占星杖之人是千年前我的敵人樓夜雨，大師應該認識他。」

「樓夜雨?!」無語驚訝不已，道：「他怎麼會成爲星咒神殿的六大護法之一？」

無語感到一時之間竟無法理清頭緒，他不明白樓夜雨怎麼會擁有占星杖。

而這時，朝陽已經走了，留下無語一人在凝望星空，星空數以千計的流星正在飛逝……

他的眼中浮現出了久未有過的戰意。

連雲山脈最高的落崖峰，樓夜雨站在峰頂，他的手中正持著占星杖，雙目凝視著夜空中的星象。

夜風拂在他有些女性化的臉上，顯得異常冷毅。

占星杖頂端的六芒星向虛空散發著隱隱的淡芒，借著占星杖的靈力，他的思感已經延伸到朝陽所在的軍營駐紮地。

他「看到」朝陽離開無語向中軍營走去。

他的注意力轉往軍營的左邊，那裡是連綿一片的戰士營房。

靜夜無聲，所有戰士都酣然入睡，唯有一隊巡衛剛剛走過。

樓夜雨這時口中念道：「以無盡的野火，燃燒夢幻的世界，破除一切視覺的障礙，燃燒吧！」

「著火了！著火了！著火了……」

三十萬大軍駐紮的軍營頓時一片火海，所有沈睡的戰士都從夢中驚醒，衝出營帳外，看到其他的營帳到處都是火光沖天，唯有自己所在之地沒有被大火燃燒。

於是連忙衝出營帳救火，可剛到別處，卻又發現自己剛才所在的營帳燃燒了起來，同樣是火光沖天，而他們所到的地方卻又不見營帳燃燒起來的跡象，忙又往回跑，可跑回來一看，自己的營帳根本就沒有燃燒起來，相反，仍是其他的營帳在燃燒，只得又跑到另外的營帳救火，可跑來跑去，火總是燃燒在其他的營帳，雖然火光沖天，卻沒有任何燃燒的跡象，什麼物品都沒有燃燒起來。

三十萬大軍來回到處奔波救火，只跑得汗流浹背，而火總燃燒在另一個營帳。三十萬大軍根本不知道這是怎麼回事，又沒有人告訴他們出了什麼事，該怎麼做，慌張驚恐不已。

連綿數里的軍營駐地，猶如煮沸了的粥。

無語見勢，知道是樓夜雨用占星杖的靈力製造軍營被火燃燒的幻覺，才使人人看到四處火海一片，卻什麼都沒有燃燒起來。

驚天與安心從營帳裡跑了出來，亦感到了情況不對勁，可三十萬大軍的混亂局面，讓他們一時之間無計可施。

驚天雖然聲嘶力竭地吼著，卻沒有人能夠聽見他的話，抑或聽到又根本無法執行，只是亂中添亂，無濟於事。

只有朝陽待在中軍帳中沒有出現。

無語閉上了眼睛，他知道自己必須儘快將這製造的幻象破除掉，而要破除這幻象，他必須依借兩人的力量——驚天與安心。只有這兩人的力量，再加上他自己，才能夠與樓夜雨強大的靈力進行對抗，才有可能破除樓夜雨製造的幻象。

第八章　心靈召喚

無語用心靈召喚驚天與安心。

驚天與安心同時感應到了無語對他們的召喚。

無語道：「這是有人在製造幻象，無語需要兩位魔主的幫助，才可破除這幻象。」

驚天忙道：「大師有什麼需要儘管說吧，只要能夠破除這幻象。」

無語道：「無語要借助兩位魔主的精神力，你們將各自的精神力彙聚我一身，無語融合三人的精神力切斷他的靈力與幻象之間的連繫，這樣便可以破除幻象。」

安心與驚天同時道：「一切聽憑大師吩咐。」

說完，兩人強大的精神力透過虛空，向無語傳送過去。

兩人不斷傳送的強大精神力與無語的強大精神力相互融合，三股精神力組成的超強精神力讓無語的思想無限延伸。

他感到了樓夜雨的所在，並且「看到」了手持占星杖的樓夜雨正以占星杖的靈力傳送著製造的幻象，神情極度專注。

無語知道，這是他發動精神力攻擊，摧毀幻象的最好時機。

三人合一的強大精神力化作一道有形的極光，飛速穿越虛空，似流星一般向樓夜雨瀉去。

強大的精神力逼近，讓樓夜雨的思想空間感到了一種前所未有的壓力，心中頓有所覺，連忙收攝心神。

可三人精神力化成的極光一下子從樓夜雨的腦門穿了進去。

樓夜雨渾身一震，身子頓時不能動彈。

而三人精神力彙成的極光在他體內狂轟濫炸開來，意欲摧毀他的思維能力。

這時，占星杖上的六芒星突然奇光大盛，占星杖的靈力讓樓夜雨從片刻的思維凝滯中重新醒了過來。

他的眼中射出森寒的冷芒，充滿殺意，冷冷地道：「想與我鬥？那我就讓你們知道我的厲害！」

說完，占星杖朝山下橫指，六芒星的星芒組成一個六芒星圖疾瀉而去。

無語、驚天、安心三人精神力的彙聚還未來得及各自收回，六芒星圖便似電一般印在了無語腦門。

無語感到大腦一片空白，三人組成的精神力徹底瓦解。無語乾癟的老臉一片煞白……

驚天與安心也感到自己的精神力被一下子擊潰了，全身冷汗直冒，沒有一點力氣。

無語首當其衝承受了樓夜雨大部分的靈力攻擊。他原想以三人之力足夠摧毀對方的意志，不料卻反而被對方擊得潰不成軍。原先他只聽說過占星杖所擁有的靈力之強大，現在他終於有了親身體驗。

軍營駐地火光沖天的幻象已經消失，三十萬大軍漸復平靜，由各自將領領著回歸營帳休息。

落崖峰上，樓夜雨冷哼一聲，道：「這次便宜了你們，先放你們一馬，下次，可不會再有這樣的機會了。」

說完，手持占星杖飄然下山。

在遠離妖人部落聯盟的沼澤中心地帶，有一棵樹，是一棵高大的櫻花樹。

樹上開滿了雪白的花朵，樹下是一層雪白的花瓣。

這裡被三大部落稱爲死亡地帶，連飛鳥落下都會被沼澤無情吞沒，卻長出了一棵櫻花樹，而這方圓十數里地帶，唯獨只這裡有一棵樹。

可謂是一大奇蹟。

月光映照下，在這個埋藏著死亡的地方，櫻花樹顯得異常美麗，也異常皎潔，潔白的花朵與月光相映成輝，誰也不知道到底是月讓櫻花變得更美，還是櫻花使月變得更皎潔明亮。

櫻花樹下有一女子，潔白的裙衫飄帶勝似櫻花，臉光潔似明月。月光灑在光潔至美的臉上，上面寫滿了千年的等待，眼睛一動不動地望著西邊的方向。

身後有腳步輕踏沼澤上青草的聲響，而她卻聽而不聞。

終於，腳步聲在她身後不遠處停了下來，朝陽出現在她的背後。

朝陽道：「你是在等我麼？」

女子聽到聲音，猛地回過頭來，臉上充滿驚喜激動之情。

是的，她終於見到了那張熟悉的等待千年的臉，可突然，她臉上驚喜之情很快消逝了，不！這張臉不是她所要等的，這張臉讓她感到的是陌生。一千年來每一個細節的刻劃讓這張曾經的臉不再是她所要等的臉，不再是她心中所希望見到的臉，是陌生的臉。

同樣是一個人，難道是千年的時間已抹去了曾經的記憶？抑或是太深切的記憶讓真實變成了虛幻，使原來的人不再是要等的人？

她黯然道：「不，你不是我所要等的人。」

朝陽淡然道：「原來時間真的可以抹去一切，既然我不是你所要等的人，看來你應該繼續等下去。」說完轉身離去。

可朝陽尚未來得及走遠，那女子又道：「你認識他麼？」話語中充滿失落。

朝陽回過頭來，道：「認識，一千年前他已經死了，是他讓我來看你的。」

女子突然厲聲道：「不！他不會死的！我說過，我會等他回來，沒有我的允許，他是不能死的！你在騙我！」

朝陽道：「可他真的死了，所以他沒有兌現他的諾言，他讓我告訴你不用再等了。」

「不，你在騙我！」女子嘶吼著，全身顫抖，跪倒在地，「他是天下最強的人，他是不會死的！」說著，竟然泣不成聲。

朝陽冷聲道：「沒有人是不會死的，愈是自稱天下最強的人，死得愈早！他對你的承諾只是一個泡影，真正的強者必須達到無我之境，超越『人』，不會對任何人承諾什麼！」

女子泣聲道：「可他曾經答應過我的呀，他怎麼能言而無信？他怎麼會言而無信？」

朝陽冷酷地道：「因爲他是一個失敗者，就是因爲像你一樣的人讓他成爲一個失敗者，他心中有太多的放不下，所以他失敗了。」

「可放得下就一定能夠不失敗麼？爲什麼一定要放下？」女子望著朝陽，哽咽著道。

「對！」朝陽斷然道：「只有放得下，才不會被任何人或事所牽絆，才能夠達到無我，才能夠戰勝自己，才能夠戰勝他！」

「但一個人真的什麼都放得下麼？一個人真的能夠做到連自己都忘記？」

「可以！」朝陽傲然道：「整個幻魔大陸只有我一個人可以做到，整個天下只有我一個人才能夠達到無我之境，才能夠戰勝他！」

「『他』是誰？你爲什麼一定要戰勝『他』？」女子顯得有些驚恐地望著朝陽，朝陽身上散發著無限的戰意。櫻花樹上櫻花飛落，虛空中戰意沖天。

女子被這瘋狂的戰意逼得抱住櫻花樹。

「『他』是誰？」朝陽厲目逼視著女子，轉而仰天大笑道：「是的，誰能夠告訴我『他』是誰？」

女子突然感到眼前之人很熟悉，千年來心中所刻劃的形象不正是這個樣子麼？她忽地撲了過去，抱著朝陽，哭泣道：「是你麼？真的是你麼？我知道你不會放下我不管的，我知道你一定會回來的……」

朝陽身上的黑白戰袍一下子鼓了起來，將女子彈開，撞在櫻花樹上。

他狠狠地道：「我說過他已經死了。」

女子的嘴角撞出了血，可她不管，朝陽的話她更是沒有聽到，又撲了過去，抱住朝陽的腳，道：「我知道是你，你可知道這一千年我等得好苦？年復一年，日復一日，沒有白天黑夜，無時無刻不在等著你的出現，我的心裡好苦……」

「他死了，不要再來煩我！」朝陽吼著，一腳將女子踢開。

女子又撞在了櫻花樹上，樹上的櫻花悉數墜落，而她口中吐出的一口鮮血讓潔白的櫻花染成了淒豔的紅色。

可女子不顧這一切，她又撲來抱住朝陽的腳，哭泣著道：「我知道你這一千年來與我一樣忍受著巨大的痛苦，所有人都背叛你，所有人都離你而去，你被最心愛的人騙了，你得不到她，卻又被自己打敗了，你的心沒有人懂，你的痛只有往肚子裡咽。你不敢來見我，因爲你不想把痛苦帶給我……」

朝陽望著被淚水沾濕衣衫的女子，冷笑一聲道：「你真是很懂我！」

這一次，他的腳更用力地踢了出去。

女子直飛而出，撞在了櫻花樹上。

「咔嚓……」巨大的櫻花樹應聲而斷。

斷掉的樹幹隨著女子一起向外飛去，人和樹一起落在了死亡沼澤上。

眨眼之間，整棵櫻花樹只剩下半邊樹枝，樹幹及另一半陷入了沼澤之中，而白衣勝雪的女子身子大半已經陷入了沼澤內。

她掙扎著想爬起來，可結果只讓她愈陷愈深。沼澤巨大的吸力讓她的功力完全無法發揮，眼睜睜看著自己就要被沼澤吞沒，她無助哀怨的眼神望著朝陽，豆大的淚珠沿著臉頰流成了兩行小溪。

千年的等待難道就換來這樣的結果麼？難道這是她所想要的？她爲的就是死在所愛之人的腳下？

朝陽冷眼看著女子，臉上沒有絲毫表情。

他什麼都放得下，又豈會憐惜這樣一個女子？她注定是在等待一場空，也許死亡對她來說是一種最好的解脫。

「但爲什麼要想到解脫呢？是她的解脫，還是自己的解脫？」朝陽心中陡然出現了一個疑問，他不知道自己爲什麼會想到解脫這個詞，「既然什麼都放得下，爲什麼還想到解脫呢？是不是自己還有什麼放不下，只不過是自己在欺騙自己而已？」

他心念電轉，頭腦出現了一片混亂。

女子的身子已經全部陷入了沼澤，只剩下頭部。沼澤所帶來的巨大吸力和壓力，讓她的臉失去了所有血色，連眼淚都已乾涸，但她臉上沒有痛苦，有的只是哀怨與無助。

沼澤中腐臭的水已經灌入了她的嘴巴，慢慢地繞過她的鼻子，隨後是眼睛、額頭……只剩下長長的頭髮在一寸一寸地下陷。

朝陽忽地向女子所陷之處望去，當最後一寸頭髮被沼澤吞沒之時，他的手閃電般伸了出去，抓住了那一寸頭髮，身形飛速升空，將女子從死亡沼澤中拖了出來。

女子睜開眼睛，虛弱地道：「我知道你一定會救我的。」說完便昏了過去。

朝陽望著女子，他不明白突然之間是什麼念頭讓他將她救起，難道自己真的有些什麼放不下？抑或是其他的原因？

在來此之前，他心中一直有一種猜測，認爲樓夜雨與她是同一個人，只是以兩種不同的面貌出現。千年前樓夜雨是他的敵人，而她幫他，他一直以爲只是她玩的一個遊戲，以一個扮演著哥哥與妹妹兩個截然不同的角色。千年前他只是爲了利用她過沼澤，並沒有進行深究，也沒有去探求事實真相。只是他知道，在他將樓夜雨殺死之後，她也不見了，所謂的等待他回來也被看成了一句空話。只是，今夜在櫻花樹下，他卻真的看見了她癡癡等待的身影。

難道是這個原因才讓自己救她嗎？

朝陽不知道，他抱起了這女子，飛身而去。

而這時，樓夜雨卻出現在了這片死亡沼澤之上，他的嘴角浮現出一絲詭異的笑，道：「你以爲你真的什麼都可以放得下麼？」

第九章　掌握元素

當早升的太陽照在朝陽身上的時候，他感到了一種從未有過的放鬆。

光線讓黑幕消失，遠山變得清晰，身後是晨練武士的喊殺聲。

以前，他總是習慣於黑暗，習慣於蜷縮在一個人的世界裡，他不希望有人打擾他，也不希望有人進入他的世界，他在黑暗中觸摸著自己的傷口，也在黑暗中讓自己變得強大。黑暗賦予了他強大的力量，也讓他的內心更加孤獨。可此刻，這久違了的陽光讓他感到了放鬆，或者，誠如可瑞斯汀爲他取的名字，他本該屬於朝陽。

他面對著陽光的身影依然神聖不可侵犯，但他並沒有因爲這種輕鬆心裡有所痛快，反而讓他內心更糾纏著一個不可解決的問題：難道自己渴望著這種輕鬆嗎？是不是真的還有什麼讓自己放不下？自己殺了歌盈，是因爲自己放下了；自己看著紫霞離去而無動於衷，是因爲自己放下了。但——這真是自己放下了麼？抑或自己把她們進行深埋？

昨晚救了樓蘭讓這些問題一下子都擺在了朝陽的面前，他知道自己不應該去想它，想這些問題本身就是一種錯誤。他不應該讓自己變得如此敏感，那樣豈不是變成了「他」？

他鄙夷地自語道：「我又豈能夠變成他?!」

朝陽想起了影子，這個屬於他生命中另一半的自己，是他所要面對的最大敵人，他必須要毀滅自己的另一半，那樣，他就會變得更強大，足以與「天」戰！

朝陽面對著太陽，道：「遲早有一天，連你也是屬於我的！」

說完，黑白戰袍掀動，如同一塊黑色的夜幕，讓太陽的光彩失去了顏色。

大軍駐紮的營地陡然一片黑暗。

朝陽走進了中軍帳，驚天、安心，還有無語都在。

朝陽看了一眼三人，然後將目光停留在驚天身側的虛空中，道：「五大元素的精靈可都在？」

「風之精靈、火之精靈、光之精靈、金之精靈參見聖主！」

虛空中傳來四人的聲音。

「還有水之精靈呢？」朝陽問道。

驚天這時站起答道：「水之精靈被聖女封在了影子體內，至今未能解封出來。」聲音中有一絲怯意，因爲正是他想得到天脈，才會導致水之精靈被封在影子體內的。

朝陽看了驚天一眼，並沒有說什麼，重又對著驚天身側的虛空道：「你們現出原形吧，我可不想對著空氣說話。」

四位身高不到一米的精靈現出了原形。

火之精靈有一頭紅如烈焰般的頭髮；風之精靈全身充滿靈動的風感；光之精靈全身被一層光暈所籠罩；金之精靈全身皮膚折射出黝黑的金屬光澤。四位精靈依次在驚天身側站定，神態謙恭。

朝陽望了一眼四位精靈，道：「幻魔空間，天地兩極，都由五大元素幻化而成，萬物皆逃不過你們的掌握，你們掌握著元素秘訣，天地組成，可知爲何會落得如此模樣麼？」

四大精靈神色黯然，垂頭不語。

朝陽的話觸到了他們心底最不願提及的東西。

朝陽道：「因爲你們的存在是天地間的謬誤，你們是由自然化而生，而並非由誰創造，是不應該存在於這世上的，所以你們藏頭露尾，不敢現出自己的原形，憑藉對元素的控制躲避神族對你們的追殺。你們是永遠見不得光之人！」

「不，可我們掌握著強大的元素力量，我們共同的力量可以顛覆天地，重造一切！」火之精靈突然大聲道。

「可你們的存在是不被神族所允許的，神族決定幻魔大陸的一切。他們決定世間的一切秩序，擁有決定所有人命運的力量。而且，在遠古的契約當中，你們共同擁有的足以顛覆世界的力量早已被封禁了，否則你們必定早已化成沒有生命的物質，而不是擁有靈魂和思想的精靈。」朝陽淡淡地道。

火之精靈低頭不語。

是的，他們雖然掌握著構成天地的五大元素的秘訣，但他們已經不復擁有這種力量，他們只能靠四處逃避躲藏才能擁有自己的靈魂與思想，否則他們只怕早已變成存在於天地間的死物。

朝陽看了四位精靈一眼，接著道：「所以，你們聚於我的麾下，希望我能改變你們的命運。」

「是的，我們渴望改變自己的命運。」四大精靈同聲道。

「所以，就像千年前一樣，我們之間也必須訂立一個契約。待我消失，你們重獲自由；待我勝利，你們重新擁有失去的力量。」朝陽道。

風之精靈道：「既然我們的存在本是天地間的一種謬誤，不復存在，那我們情願將所擁有的力量都歸聖主所用，就像千年前一樣，助聖主奪得天下，待聖主勝利，再還我們自由。」

朝陽道：「難道四位不怕重蹈千年前的覆轍麼？你們可能最終什麼也得不到，甚至可能隨我一起被毀去！」

風之精靈道：「但我們更渴望擁有絕對的自由和力量，名正言順地存在於天地間。」

朝陽道：「那好，我們便以天地的名義建立契約，以血盟誓。不過，現在還不是時候，我要你們先爲我做一件事。」

四位精靈略感詫異，火之精靈道：「聖主若是擁有四大元素的力量，豈不能夠更快贏得這場戰事？」

朝陽道：「樓夜雨還不配讓我借用你們的力量。」在他眼前出現的是影子。

一直默不作聲的光之精靈道：「聖主要我們如何做？」

朝陽望向火之精靈，道：「昨晚樓夜雨以幻象讓我軍營大亂，今晚，你就送他一份真實的禮物！」

火之精靈如烈焰般燃燒的紅髮真的燃起了火光，他笑道：「屬下已經知道該怎麼做了。」

朝陽點了點頭，道：「那你們就退下去吧。」

所有人正欲離去，朝陽又道：「無語大師留下。」

無語留了下來，他面對著朝陽，而朝陽卻閉起了眼睛，把頭往後靠去。

「聖主有什麼話要說麼？」無語道。

朝陽道：「大師昨晚已經與他交過手了？」

「是的。」

「大師認爲他擁有的實力與我相較如何？」

無語道：「他已經不再是千年前的樓夜雨了。」

朝陽道：「大師的意思是說，他擁有的實力比我強？」

無語道：「聖主也已經不再是千年前的聖主了。」

朝陽睜開了眼睛，道：「這我就不明白大師的意思了。」

無語道：「他所擁有的實力氣勢看起來高於聖主，但聖主卻讓我難以揣測，一個難以揣測的人是可怕的。」

朝陽笑道：「大師什麼時候變得會拍馬屁了？」

無語道：「無語只是實話實說而已，從帝都第一次見到聖主，聖主的氣勢比以前更加內斂，這是一種來自心靈的改變。」

朝陽道：「如此說來，在大師眼中，我與樓夜雨誰勝誰敗尙是一個未知數？」

無語道：「單從實力來講，是如此，但聖主一定會勝他！」

朝陽又是一笑，道：「大師的話愈來愈讓人不懂了，不過我很高興聽到大師的話，因爲大師所說的都是實話，這場戰事，樓夜雨注定會輸！」

無語道：「但有件事我必須提醒聖主。」話中隱含擔憂。

「哦？」朝陽頗感意外，道：「大師還有什麼話要說麼？」

無語道：「他是星咒神殿的護法，也許，今天已經不再是千年前的重複，它隱隱地在發生著某種改變。」

朝陽道：「大師能夠告訴我是什麼改變麼？」

無語搖了搖頭，歎息道：「它裡面所包含的因素實在太廣，我根本無法占卜到。也許聖主面對的不僅僅是樓夜雨，而是整個星咒神殿。就像昨晚一樣，若我們竭盡全力地與之戰鬥，那麼便注定只是在與一場幻象作戰，其後果是絕對可怕的。而這種幻象，事先根本就不可能覺察到。」

朝陽無語，他陷入了一種沈思……

遼城，大將軍府門前。

兩排整齊的歡迎儀仗隊伍，一直從大將軍府前延伸到與妖人部落聯盟相接觸的防護城牆的城門口，中間鋪滿長長的代表熱烈歡迎的紅色地毯。

如此長的紅色地毯，如此隆重的歡迎儀式，這在遼城是絕無僅有的。

遼城居民意識到有什麼重大事情即將發生了，或者說，早在兩個多月前，守護北方邊界的軍隊在激昂的宣誓下進攻帝都，已經說明重大的事情發生了，只是這一次變得更爲實質而已。

在戰爭中成長的遼城居民對這等事顯然已經見怪不怪了，戰爭已經構成了他們生活中的一半，也許哪一天沒有事情發生，他們反而會變得不習慣。

堅固的防護城牆城門大開，歡迎的儀仗隊伍和紅色地毯一直延伸到外。

在城門處，怒哈騎著高高的棗紅色戰馬，身披金黃戰甲，鑲著金邊的紅色戰袍，腰佩長劍，靜候於城門口，在他身後站立的是遼城文武官員，全都盛裝以待。

城外，遠遠的，有一紅、一黑、一白三隊人馬自三個方向朝這裡靠近。

他們在遼闊的沼澤之地移動，彷彿是天空飄動著的雲，看似很慢，不過片刻功夫，便已到了城外不遠處，速度這才相繼放慢下來。

三支隊伍相會，在遼闊的天空下可以聽到爽朗的笑聲在回響。

緊接著，三支隊伍結伴向城門靠近，速度不緊不慢，笑聲不斷。

怒哈知道，他今天所要迎接的人已經來了，雖然他從未見過他們，但這三隊純種顏色的戰馬及直穿雲霄的笑聲已經告訴了他這一點。

在此之前，在他尚未有野心進攻帝都之前，在他尚未與妖人部落聯盟結盟之前，他曾聽說過三大部族族長的故事。三人都愛笑，三人都愛馬，只不過所愛之馬的顏色不同：魔族部族族長愛的是純色黑馬，神族部族族長愛的是純色白馬，而人族部族族長愛的是純色紅馬。所以，要想辨別三支隊伍屬於何人，怒哈只須辨別其馬便行。

待三支隊伍到達城門口，怒哈策馬迎了出去，臉上堆滿笑容道：「歡迎三位族長駕臨遼城。」

騎著高頭黑色戰馬、身形像一座高山一般的魔族部族族長祭澤哈哈大笑，用一隻巨大的手拍了拍怒哈的肩膀，道：「我們打了幾十年的仗，卻沒想到會有這樣相見的一天，真是世事難料啊！哈哈哈……」

怒哈只感祭澤的手每拍一下自己的肩膀，都仿若有千鈞之力壓下，欲將他全身的骨頭壓散，可臉上仍不得強裝笑容道：「祭澤族長客氣了，這得多虧大盟主給了我們這樣一次機會，化干戈爲玉帛。」

祭澤又是大笑道：「說得是，若沒有大盟主，那我們的見面不是你死，可能就是我亡了。」說著，又重重地在怒哈肩上拍了一下，以示友好。

怒哈雖然勉強撐住，可憐他胯下的棗紅戰馬發出一聲嘶鳴，全身骨頭散碎，變成了一灘爛泥倒在了地上。

怒哈從馬上跌下，差點跌得灰頭土臉。

祭澤一見，先是一愣，彷彿不明白是怎麼回事，莫名道：「怎麼回事？是不是我拍重了？」接著又是哈哈大笑道：「沒想到大將軍的戰馬竟是如此不濟，改天我專門爲大將軍送一匹來自魔族部落的純種黑色戰馬，包大將軍騎上牠，比現在更威風八面，哈哈哈……」

怒哈臉上氣得一陣紅一陣白，他知道這是祭澤有意讓他難看，卻又不好發作。他心裡深深明白，他已經不再是昔日擁有三十萬大軍的怒哈，他已經失去了與他們平等對話的機會，是一條喪家犬，但他臉上仍不得不堆上笑，仰著頭道：「那怒哈就多謝祭澤族長了。」

祭澤又在怒哈肩上拍了一下，道：「大將軍真是大人有大量，今天我一定與大將軍喝酒謝罪。」

「好了，祭澤族長就不要再捉弄怒哈大將軍了，誰不知你的手拍一下，仿若有千斤巨石壓下？一匹戰馬又豈能承受你連拍幾下？」

怒哈站在地上，循聲望去，幫他說話的卻是一名女子，騎著純白色的戰馬。

怒哈先前並沒有仔細留意，他的視線完全被面前的祭澤所吸引，不知這樣一個女子怎會與祭澤並排策馬而立，這並不是他印象中的神族部族族長，印象中聽說神族部族族長是一個男的，而眼前卻是一個女子。

怒哈望著女子道：「這位是……」

祭澤道：「大將軍不認識了吧？她可是新上任的神族部族美女族長泫澈。」

怒哈卻是第一次聽說神族部落換了族長，大盟主似乎也並沒有提到此事。

當下不容怒哈多想，忙道：「怒哈謝泫澈族長的美言。」

「看看，我說過美女不管到哪裡都是受歡迎的吧？淵域族長卻是不信。」祭澤望向身旁略為靠後的人族部族族長道。

淵域笑而不答。

怒哈注意到，淵域是一個留著短髮、嘴角常常帶笑的年輕人。至少在他看來，淵域是一個年輕人，這並非指年齡上的年輕，而是從骨子裡迸發出的朝氣。當然，淵域從外表看仍是顯得很年輕。

怒哈向淵域道：「沒想到淵域族長是如此年輕，怒哈卻有多次敗在你手上的紀錄。」

淵域面含笑意道：「大將軍也並不老嘛，只是心似乎變老了。」

怒哈心中不由得重新審視淵域，他沒想到淵域說話竟如此刻薄，而且一語便指向他心裡最脆弱的地方。

怒哈道：「怒哈當然不能與淵域族長相比了，怒哈只是一個敗軍之將，心老是在所難免的。」

淵域毫不留情地道：「老了的人是沒有用的了，更不宜上戰場作戰，不如解甲歸田的好。」

怒哈雖是敗軍之將，卻不料今日一再受到奚落，心中的怒火終於再也無法壓制。他冷哼一聲，道：「淵域族長可別忘了你今天所到的是什麼地方。所謂百足之蟲，死而不僵，淵域族長應該懂得這個道理。」

淵域輕笑，道：「哦，是嗎？不知大將軍還有幾隻足沒有僵死？」

「你……」怒哈全身的骨骼發出爆竹般的響聲。

泫澈這時道：「淵域族長就不要再與怒哈大將軍作對了，人家可是請我們來作客的。」轉而對怒哈嫵媚一笑，道：「你說是嗎，大將軍？」

怒哈終於還是強忍著即將爆發的怒火，冷哼一聲，率先拂袖而去。

剩下的那些文武百官面面相覷，一時不知如何是好。

祭澤哈哈笑道：「果然還是美女族長厲害。」說完，雙腿一夾馬腹，策馬進城。

泫澈對淵域一笑，道：「淵域族長難道不願進城麼？我們還是一起進去吧。」

淵域卻突然發現，這個新任的神族部落族長話語裡有很難讓人拒絕的東西。

他回以一笑，道：「能夠與泫澈族長並駕策行，實是榮幸之至。」

泫澈卻長笑一聲，率先策馬而去……

第十章　水火精靈

在遼城有一座高樓，名爲聽雨閣，它建在大將軍府內，建立的時間尚不到一個月。

從聽雨閣可以俯瞰整個遼城的全景，甚至妖人部落都可以看到。

說來也怪，自從聽雨閣建起之後，遼城從未下過一場雨，而在今天，在妖人部落，三大部落族長到達遼城之後，天就下起了雨。

雨不大，卻淅淅瀝瀝，有一種朦朧的詩意。

聽雨閣的最高層，有一扇窗戶洞開著，透過窗戶，可以看到牆上掛著一幅仕女圖，仕女圖上有一行字：小樓一夜聽春雨。在仕女圖下有一張桌子，桌上有一香爐，正繚繞地燃著檀香。

此時，天色已是黃昏。樓夜雨站在窗前，左手端著酒杯，右手持著白瓷酒壺，面對著黃昏的雨景。

三大族長來了，他本應該去見他們，但這場雨卻打消了這原先的計劃。

在他的生命裡，沒有什麼比靜聽雨滴聲更重要的了，就算是再天大的事情，他也可以拋棄不顧。

望著這雨景，他的表情是凝重的，彷彿沈浸於某種情緒當中——

「小姑娘，你找不到家了麼？為何一個人在這哭泣？」一個滿臉稚氣的小男孩側著頭，望向一個蹲在地上哭的小女孩問道，樣子卻顯得老氣橫秋。

小女孩望了一眼小男孩，道：「你是誰？我為何要告訴你？」

「我只是覺得，只有找不到家的人才會哭。因為在夢裡，我總是找不到自己的家，每次醒來都會發現自己臉上流滿了淚。」小男孩道，其實他在撒謊，他只是在夢裡看到一個人，卻抓不住，醒來才流淚。

小女孩又打量了一下這個有些奇怪的小男孩，道：「我喜歡哭就哭，為什麼一定要找不到自己的家？」

「喜歡哭就哭？難道哭是可以沒有來由的麼？」小男孩一副深思狀。

小女孩從地上站了起來，沒好氣地道：「只有傻子才會為了什麼事情而哭。」說完轉過身去，走出幾步，忽又跑回，不解地問道：「哭為什麼要有理由？」

小男孩自語道：「是啊，哭為什麼一定要有理由？我在夢裡哭是因為找不到自己的家麼？或者找不到家只是找不到家，而哭卻只是哭。」

小女孩嘟著小嘴，道：「莫名其妙。」說完便跑開了。

第二天。

「聽說你喜歡一個人坐在山頂，看著晚霞發呆？」小女孩跑過來對正在割草的小男孩道。

小男孩割著草，頭也沒抬起來，冷冷地道：「誰告訴你的？」

「族裡的人都這麼說。」小女孩回答道。

小男孩只是割著草，默不作聲。

小女孩充滿好奇地道：「你爲什麼喜歡一個人看著晚霞發呆？是不是晚霞上有什麼好吃的？」

「因爲她漂亮。」小男孩想到夢中出現的女人道。

「比我還漂亮麼？」小女孩將臉隨便擦了擦，站在小男孩面前道。

「比你漂亮一千倍！」小男孩頭也不抬地說。

「你在撒謊！你沒有看我，怎麼知道比我漂亮一千倍？」小女孩嘟著嘴，生氣地道。

小男孩沒有理睬她。

小女孩搶過小男孩手中的鐮刀，扔掉，大聲地道：「告訴我，是我漂亮，還是晚霞漂亮？」

小男孩看了她一眼，繞過她，卻將扔掉的鐮刀拾起，重新割起草來。

小女孩跺了一下腳，道：「我要讓你知道，我比晚霞更漂亮！」

說完，便跑開了。

傍晚，當小男孩像往昔一般坐在孤峰頂，看著西沈的晚霞時，小女孩又出現了。

她打扮得花枝招展，而身上卻有多處被劃破的痕跡，顯然是第一次上如此高的山所致。

她站在小男孩面前，擋住他的視線，道：「喂，是我漂亮還是晚霞漂亮？」

小男孩看著小女孩，面無表情，道：「你擋住我的視線了。」

小女孩毫不理睬，固執地道：「你回答我，是我漂亮還是晚霞漂亮？」

小男孩看也不看，換了一個位置，重新看著天上的晚霞。

小女孩又站在他的面前，擋住他的視線，氣極而道：「你回答我！」

小男孩調轉身，朝山下走去。

小女孩看著小男孩下山的背影，感到了萬分沮喪和失落，眼淚在眶裡打轉，然後大顆大顆地落了下來，她這才明白原來哭是真的需要理由的，只不過看是否來自內心深處真正的哭。

她拭去眼淚，對著小男孩遠去的背影大聲道：「我一定要征服你，我一定要你親口告訴我，我比晚霞更漂亮！」

一天、兩天、三天、四天……

一年、兩年、三年、四年……一千年……

沒有人告訴小女孩，她比晚霞更漂亮，只是在每個下雨的夜裡，她會靜靜地聽著雨滴落地面，分崩離析毀滅的聲音。

……

「一千年的等待不一定會是在一棵樹下，但會在一個人的心裡。」樓夜雨喃喃念道。

「這雨又讓你感懷往事了麼？」一個聲音傳進了聽雨閣的最頂層。

樓夜雨轉過身來，見一個身著黑布素衣、頭戴斗笠的人走上樓來。

樓夜雨淡淡一笑，道：「你來了。」

來人摘下斗笠，抖了抖身上的水珠，道：「這雨下得真不是時候！」

抬起頭來，展現在樓夜雨眼前的是一個有著高挺鼻樑、寬額頭、充滿陽光之氣的俊美男子，身上散發出來的氣質與身穿的素衣有著天壤之別。

樓夜雨幫他接過斗笠，然後親自沏上一杯熱茶，遞到他手上，道：「你總是喜歡把自己打扮得像個鄉下人。」

來人道：「我本來就是一個不問世事的鄉下人，卻經不住你的再三誘惑，來到這城裡逛逛。」說完，笑了笑，露出一排整齊的白色牙齒。

樓夜雨略帶嗔意地埋怨道：「你這不是打趣我麼？能夠將你請來，真是老天爺給了我天大的面子。」

來人笑道：「沒想到你的嘴說起話來還是這麼甜，真是死性不改。」

樓夜雨道：「我爲什麼要改？這樣不是很好麼？你開心，我也開心。」

來人喝了一口熱茶，將杯子放下，道：「說吧，有什麼事要我幫你？」

樓夜雨笑道：「幹嘛說得這麼白？難道不可以請你來喝喝茶，聊聊天麼？」

來人亦笑道：「你不用拐彎抹角了，既然我曾經答應過會幫你，就一定會幫你！」

樓夜雨臉上的笑收了起來，他望向窗外下著雨的夜幕，道：「我要你幫我殺了他！」

他的聲音比外面下著的雨還要冷。

來人顯然知道樓夜雨口中指的「他」是誰，他正色道：「可殺他並不是一件容易的事。」

樓夜雨充滿自信地道：「你放心，所有一切我都準備好了，只待時機一到，我們便可以動手。」

來人看了一眼樓夜雨，道：「但你的樣子告訴我，你對他依然有著不忍，我可不想你重走千年前的舊路。」

樓夜雨冷冷地道：「你放心，我不會再像千年前一樣愚蠢，關鍵時刻心慈手軟，我一定會讓他死在我的手下！」

來人重又喝了一口茶，道：「你能夠如此想就最好。你的所爲不單是爲了自己，還擔負著星咒神殿的使命，你應該珍惜這次得來不易的機會，你的生命曾經中斷過一次，這次若是失敗，就不會再有下次了。」

樓夜雨斷然道：「這次絕不會失敗！」

正當兩人談話之間，大將軍府的某處，卻有七弦琴的聲音傳來。

琴聲中充滿一種欲語還休的蒼涼，像是一首古老的戰場上的曲調，使人不自覺想起一幅悲涼的場景：在一片血流成河、屍骨堆積的戰場上，一個人拄著劍，從死屍堆中站起。在他身旁，是一面破碎不堪、將欲倒下的旌旗。

來人與樓夜雨相對而視，不知何人會在這個時間，彈出這種曲調的曲子。

曲子是從泫澈的房間裡傳出的，彈琴的自然是泫澈。

樓夜雨推門進了房間，冷眼望著泫澈道：「姑娘彈的曲子很好聽。」

泫澈望著這個冒然闖入者，微微一笑，道：「謝謝誇獎。」

樓夜雨道：「不知姑娘是何人？怎會在這大將軍府彈曲子？」

泫澈道：「我是神族部落新任族長泫澈，奉大盟主之命前來大將軍府。」

「哦？」樓夜雨頗感意外，仔細打量著泫澈，道：「神族部落的族長不是幽逝麼？我卻不認識你。」

泫澈道：「就在來這之前，幽逝老族長退位給我了。」

「是嗎？幽逝何以會突然退位？我卻從沒聽說過。」樓夜雨感到事情似乎並不那麼簡單。

泫澈望著樓夜雨道：「你一定是大盟主吧？老族長原本打算親自來見大盟主的，可在出發之前，突然得了一種怪病，躺在床上不能動，所以只好傳位給我，讓我來見大盟主。」

樓夜雨道：「幽逝得的是什麼病？」

泫澈搖了搖頭，道：「族裡沒有人可以查出老族長得的是什麼病，只是四肢無力，眼睛昏濁，看不清東西。」

樓夜雨思索著泫澈的話，半晌，他望著泫澈道：「你與幽逝是什麼關係？他爲何要將族長之位傳給你？」

泫澈道：「我是他的外孫女，至於他爲什麼將族長之位傳給我，我卻不知道了。」

樓夜雨心中思忖著，卻從未聽到幽逝有外孫女這一回事，也不知他有女兒，不知道泫澈說的話是真是假。

樓夜雨道：「你母親又是何人？」

泫澈答道：「我母親在我很小的時候便死了，我是一個人跟著奶奶長大的。」

樓夜雨感到泫澈之話有太多的問題，雖然不敢肯定她是在說謊，但是在她回答的背後，到底還包含著其他的什麼東西，那就不得而知了。況且，她的話題總是在擴散，再問下去也不會有什麼結果。

樓夜雨整理了一下自己的思緒，道：「你剛才彈的是什麼曲子？很好聽，是誰教給你的？」

泫澈一笑，興奮地道：「這曲子是我自己編的，大盟主喜歡聽麼？」

樓夜雨感到自己的問題又白問了，她的回答滴水不漏，無隙可尋，根本找不到絲毫破綻，這樣一個人絕對不是一個簡單之人。

樓夜雨道：「時間不早了，泫澈族長還是先休息吧，有話明天再說。」

說完，便向門外走去。

泫澈在背後道：「大盟主喜歡聽我的琴聲麼？你還沒有回答我呢！」

就在樓夜雨走出泫澈的房間之時，一個矮小之人匆忙趕來，道：「稟報大盟主，朝陽已經發起進攻了，通往北方邊界的隘口受到安心所率軍隊的猛烈攻擊。」

樓夜雨臉上露出笑意，道：「他終於動手了，我所等待的就是他的動手！」

矮小之人道：「大盟主可有什麼應對策略？隘口處締造的結界已經被破，另外，守住隘口的將士受到對方的攻擊，死傷慘重，而且……」

樓夜雨打斷了矮小之人的話，道：「就讓他們突破隘口進來吧，他們不就是想進來嗎？」

矮小之人道：「可是……」他沒有再說下去，因爲他知道樓夜雨的判斷一向是正確的，他根本就無須對樓夜雨的話有任何懷疑。

樓夜雨接著道：「給我傳令下去，除守護隘口的將士，其他將士都在今晚睡個好覺，不得有任何異動。」

矮小之人終於還是忍不住道：「可隘口是遼城最重要的防線，也是最後一道防線，若失去了隘口，遼城無疑等於失去了天然屏障，完全暴露在他們的攻擊之下。」

樓夜雨一笑，道：「你放心，在他們攻進隘口內兩個小時，便會自動退回。他們是不敢孤軍深入的，而且，通過了隘口，還有一條長達二里的狹小山道，他們是沒有膽量率領大軍通過這條山道的，特別是在沒有遇到任何抵抗的情況下。況且，我早為他們準備了一份禮物。」

矮小之人不明白對方在沒有遇到任何抵抗的情況下，怎會不敢通過那段狹小山道？但彷彿又有些明白。而樓夜雨口中的禮物更讓他感到神秘莫測。

樓夜雨拍了一下矮小之人的肩膀，道：「你還是回去好好地睡一覺吧。」

「屬下遵命。」矮小之人剛欲轉身離去，樓夜雨卻又道：「我讓你準備的大型水盆可有準備好？」

矮小之人回答道：「已經按照大盟主的要求，做了一個深三米、直徑五米的水盆，裡面已裝滿了水。」

「很好。」樓夜雨滿意地道。

矮小之人迷惑地道：「但屬下不明白大盟主做這樣一個水盆有何用處？」

樓夜雨神秘一笑，道：「待會兒你就明白了。」說完便舉步離去。

矮小之人望著樓夜雨離去的背影，不知他肚子裡到底賣的什麼藥。正待他轉身離去之時，耳際卻又響起了樓夜雨的聲音。

「你幫我查一下爲什麼幽逝這次沒有來，而泫澈又是什麼身分？」

天在下著雨，半空中有一頂斗笠在移動著，而斗笠下卻沒有人。

斗笠移動的方向是遼城，準確地說，是遼城的大將軍府。

大將軍府很靜，只有幾間房裡亮著幾盞微弱的燈光。

雨落在屋頂上，發出嘀嘀噠噠的響聲，絡繹不絕，有種爭先恐後的味道。

移動的斗笠在大將軍府上空定了下來，斗笠下傳出得意的笑聲，並道：「今晚，我便讓這裡化爲灰燼！」

話音方落，斗笠下出現了一個全身有著火焰般顏色、身形不到一米、額頭上有著火焰圖案的矮小之人。

他正是火之精靈。

夜正濃，雨正疾。遼城大將軍府的正殿突然升起一道火舌，更迅速漫延成一片火海。

火之精靈興奮不已，整個人彷彿都變成了一團燃燒著的烈焰，隨即火舌連吐，整個大將軍府每一處都被烈焰所吞沒，變成了一片熊熊燃燒的火海。

「著火了，救命啊！」

「快來救火！」

「怎麼會這樣？怎麼會這樣？」

火海中的驚恐呼叫聲此起彼伏，大將軍府裡的人到處亂竄，慌忙逃遁，卻又找不到方向……

「哈哈哈哈……」火之精靈狂笑不已，這逃竄的人，這燃燒的火，總是能夠喚起他全身的興奮暢快。這毀滅所帶來的快感總是讓他想起當初擁有無窮的火之力量，馳騁幻魔大陸的時候，現在，他彷彿又一次重溫了這種感覺。

正當火之精靈得意之極時，他的笑聲卻戛然而止，彷彿突然被人掐住了脖子一樣。

他看到一個人不知何時已經站在了他的面前，正意味深長地看著他，他知道此人正是樓夜雨。

第十一章　天生相剋

樓夜雨道：「笑啊，你笑啊，很好笑麼？怎麼突然之間又不笑了？」

火之精靈驚恐地道：「你早知道我會來？」

樓夜雨道：「鼎鼎大名的火之精靈大駕光臨，我樓夜雨又怎麼能夠不知道？我這不是親自歡迎來了麼？」

火之精靈不解地道：「可你爲什麼讓我把這裡全部都燒了起來？」

樓夜雨不屑地一笑道：「你以爲你真的能夠神不知、鬼不覺將這裡燃燒起來麼？你這是被你自己的眼睛給騙了，傻瓜！」

火之精靈望了一眼四周烈焰熊熊的模樣，道：「這不可能，這火不是明明燃燒起來了麼？」

樓夜雨道：「你再仔細看看。」

說話之間，他的手揮了出去。

一道白光閃過，剛才熊熊燃燒、雞飛狗跳、呼喊聲震天的大將軍府一下子恢復成一片靜謐，沈睡在這下著雨的夜裡。

火之精靈恍然大悟，道：「原來我剛才看到的大將軍府是你製造的幻象！」

樓夜雨得意地點了點頭。

火之精靈不可思議地道：「你竟然可以將幻象製造得如此逼真，連我都欺騙了！」

樓夜雨不屑地道：「你以為你是誰？如果連你都無法騙過，我也沒有必要再重回幻魔大陸！」

火之精靈鎮定了一下心神，他知道自己是徹頭徹尾地被樓夜雨玩弄了，心中不由得氣極，冷哼一聲道：「既然你早已知道我的存在，還用幻象欺騙我，你不覺得多此一舉麼？」

樓夜雨絲毫不惱，道：「你不是喜歡火麼？你不是希望整個世界染滿火的色彩麼？你不是喜歡火的毀滅給你帶來的快感麼？那我何不成全你，滿足你這個願望？我樓夜雨並非是一個沒有人情味之人，何況……」

樓夜雨停了一下，沒有再繼續說下去。

「何況什麼？」火之精靈迫不及待地道。他知道自己既然已經落在人家手裡，就不怕樓夜雨再玩什麼把戲。

樓夜雨神秘地一笑，反問道：「你很想知道麼？」

火之精靈毫不在乎地道：「大不了被你打得形神俱滅，這有什麼了不起的！」

樓夜雨道：「我是不會讓你死的，我已經準備了一份特大禮物送給你。」

「特大禮物？」火之精靈揣度著樓夜雨的話到底是什麼意思。

「是的，特大禮物，包管你見了一定會喜歡。」樓夜雨意味深長地道。

說話之間，火之精靈感到自己晃了一下，眼中景象急轉。接著，他感到冷雨從四面八方落在自己身上，化作白氣，而身體卻忍受著一冷一熱的急劇轉換。

他身爲掌握火之元素秘訣的精靈，與水天生相剋，每一滴水都會消耗他生命的能量。此時，樓夜雨將他帶到雨地裡，生命的能量在一點點消耗，全身不住發抖，忍受著極大的痛苦。

樓夜雨望著火之精靈，道：「這種滋味好受麼？」

火之精靈知道自己根本就沒有從樓夜雨手下逃脫的機會，卻也並不感到害怕，他大聲喝道：「你到底想幹什麼？」

樓夜雨笑道：「這不過是開始而已，你想知道真正的大禮是什麼嗎?你往前看看!」

火之精靈順著樓夜雨手所指的方向望去，他看到了一個高約三米、直徑約五米的圓形水盆，他混身開始簌簌抖動。

樓夜雨看著火之精靈的樣子，道：「我想你一輩子都沒有嘗過游泳的滋味，在這樣一個下著雨的夜晚，我就讓你嘗嘗什麼是游泳的滋味，哈哈哈……」

「嗖嗖嗖……」數十道火舌相繼向樓夜雨攻來，上上下下將樓夜雨包圍。

火之精靈對樓夜雨發動了攻擊，雖然他知道自己不是對方的對手，但還是發動了攻擊。他不能坐以待斃，更不能嘗試「游泳」的滋味，寧死也不！

這數十道火舌皆是火之精靈以自身精氣引燃的，足以焚金燃石。虛空中下著的雨尚未接觸到火舌，皆被火舌散發的高溫化成了霧氣。

而數十道火舌一到樓夜雨身邊便似火繩一般，將樓夜雨纏繞成一團，變成了一個烈焰焚空的火球。

火之精靈見勢，也不再進行攻擊，眼下之形勢，唯有儘快逃離這是非之地。

紅光一閃，他那不到一米的身形倏地變成了虛無，連忙逃竄。

雨幕中，有一道白色的霧氣向虛空深處延伸。

「轟……」一聲爆炸聲響，緊緊纏繞著樓夜雨的火舌飛碎，散落消失。

樓夜雨看著虛空中不斷延伸的白色霧氣，他知道那是火之精靈讓落在身上的雨化為霧氣逃離所留下的軌跡。

「想逃？你覺得有這種可能嗎？」

樓夜雨右手猛地探出，五指箕張，一隻化氣而成的手脫離「手」本身的限制，閃電般向火之精靈逃離的軌跡追去。

轉瞬之間，那隻化氣而成的手閃電收回，逃竄的火之精靈又落在了樓夜雨手上。

也不待火之精靈有說話的機會，隨手一摔，「撲通」一聲，巨大的木盆內濺起了水花。

「救命啊！」木盆內傳來撕心裂肺的痛苦喊聲。

樓夜雨冷笑道：「你今晚就盡情地喊吧！」

說完大笑離去……

驚天與安心並排站在一起。

在他們面前，擺滿的是堅守隘口的樓夜雨軍隊的屍體。身後，則是己方軍隊。

這時，前面有一位將領模樣打扮之人急忙奔來，單膝跪地，道：「回稟兩位將軍，堅守隘口的五千官兵全部被殲，一個不剩！」

安心望著驚天，道：「你有什麼看法？」

驚天道：「事不尋常，怎會沒有一個人來救援？」

安心望著堆積成山的死屍，道：「是啊，我也是這麼認爲的，以樓夜雨的智慧，我們不可能這麼容易就攻下隘口的，可問題到底出在哪兒呢？」

安心的樣子顯得百思不得其解。

驚天望著前方道：「前面是一條長達二里的狹小山道，兩旁是峭壁密林，我們要不要再前進？」

安心知道，這是擺在兩人面前最迫在眉睫的問題，但他也同樣沒有肯定的答案。

兩人都沈默著，冷雨落在火把上，發出劈叭的響聲。

這時，驚天忽然彷彿想起了什麼，他望向安心，道：「聖主臨行前可有說什麼？」

安心搖了搖頭，道：「聖主只是讓我們今晚對隘口發動進攻，其他的什麼都沒有說。」

驚天亦知道，朝陽從來只是叫他們去做一件事，卻從來不給任何明確的指示，和解釋為什麼。

驚天望著安心問道：「安心魔主認為我們應該再繼續前進嗎？無論樓夜雨有著什麼樣的陰謀，我們畢竟是要走這二里狹小山路的。」

安心道：「但軍隊只要走進那條狹小山道，有可能永遠都出不來了。」

驚天道：「安心魔主是不是認為軍隊不應該繼續推進？」

安心道：「恰恰相反，我認為愈快推進愈好，時間愈長，所藏的變數就愈多，愈不能夠做出正確的判斷。」

驚天道：「那還等什麼，無論是刀山火海，龍潭虎穴，我們都得闖一闖！」

安心道：「但問題卻是，我們該如何通過這條狹長山道？沒有周全的計劃，冒然行兵，只可能是有去無回。」

驚天道：「你的腦子一向比我好，那你就想個辦法出來吧，我們可不能老窩在這裡等！況且，無論樓夜雨想什麼辦法，有什麼陰謀，大不了只是在狹道兩邊設有埋伏，諒他也玩不出什麼新花樣，我們只須小心行兵便可以了。」

「不。」安心搖了搖頭道：「我已經利用精神力感應過，在這周圍一里的範圍內，根本就沒有什麼伏兵，甚至連一個人的氣息都沒有。」

驚天沒好氣地道：「這一點我也知道，不用安心魔主提醒。樓夜雨可能早料到我們精神力所能感應到的範圍只有一里，所以將伏兵埋在一里之外。」

安心道：「聽我把話說完。我的意思是，在這二里長的狹小山道，他可能連一個伏兵都沒有設下。」

「一個伏兵都沒有？」驚天顯得有些不可思議，道：「那樣豈不是白白讓我們過去？」

安心沒有理睬驚天的話，道：「他敢如此大膽讓我們攻破隘口，便有可能在這狹長山道不設一個伏兵。而他之所以如此大膽，必是有所依持，這依持的東西必然給了他極大的信心，他才敢如此做。對我們現在而言，也許最重要的不是怎麼通過這狹長山道，而是弄清樓夜雨所依持的是什麼。」

安心的話讓驚天心中驚醒，其實，他並非沒有想到這一層。他早知道沒有什麼事情是簡單如白紙的，只是他腦海中尚未如安心一般形成有效的思維。

驚天道：「所以，首先必須有一個人涉險深入，弄清楚樓夜雨所依持的東西是什麼。」

安心點了點頭，道：「這才是我一直想說的。」

驚天道：「看來這個人只能是我了。」

安心道：「不，我比你更合適。」

說完，飄身而起，向那幽深的狹長山道掠去……

第十二章　占星法杖

朝陽的臉色很陰沈，在他面前是單膝跪地的驚天。

無語坐在一旁輕輕地品著茶。

空氣中流動著一種難受的沈默。

良久，朝陽把目光轉向無語，道：「大師對這件事有什麼看法？」

無語道：「他早已知道我們所有的一切行動，他所擁有的占星杖的力量完全壓制了我，讓我無法看清事情發展的方向。」

朝陽冷笑一聲，道：「那我留大師在身邊又有何用？」

無語很平靜地道：「無語早就對聖主提及過，星咒神殿的占星護法所擁有占星的力量遠遠比一般占星師強。」

朝陽嘲諷著道：「難道大師就是那一般的占星師麼？我還以爲你是有『無語道天機』之說的三大奇人之一呢！」

無語道：「如果聖主覺得無語不能夠給你帶來什麼幫助，無語隨時可以離開。」

朝陽反問道：「我說過這樣的話嗎？大師何時聽我說過這樣的話？相反，這使我認爲，大師自覺無能，想趁早離開，免得壞了自己的名聲。」

無語沒有再說什麼。

朝陽轉向不知單膝跪地多長時間的驚天，道：「驚天魔主還是起來吧，跪壞了身體可沒有人爲我衝鋒陷陣了。」

驚天站了起來，接著又跪了下去，道：「請求聖主給驚天一個戴罪立功、救回安心魔主的機會。」

朝陽輕視地道：「你連安心魔主到底發生了什麼事都不知道，憑什麼去將他救回？」

驚天道：「憑驚天的命！」

朝陽不屑地道：「你還是起來吧，我可不想你重蹈安心魔主的覆轍。」

驚天不敢有所違逆，只得再度起身。

朝陽又把目光投向無語，道：「大師有何高見？」

無語並沒有在意朝陽的嘲諷之意，他道：「昨晚行動，安心魔主沒有回來，火之精靈亦沒有回來。顯然他已知道我們所做的每一件事情，事先已經做好了準備，甚至在我們沒有作出任何決定和行動之前，他已經知道了我們會怎樣做。以星咒神殿護法和占星杖的靈力，完全可以占卜到未來十天內發生的事情。這一點，無語早就向聖主提到過，聖主當時並沒有在意。」

朝陽問道：「那大師以爲我們眼下該如何應付才好？難道不採取任何行動？這樣他便占卜不到我們會做什麼了？」

無語道：「不。」

朝陽道：「哦？」

無語道：「我們可以在行動中取勝。」

「行動中取勝？既然他早已占卜到我們的行動，自然早已有了應對策略，那我們的行動豈不是送羊入虎口，自取滅亡麼？」朝陽道。

無語解釋道：「占星術作爲一種預知未來的法術，其特性是『預知』，而不代表未來的事實。衡量一個占星師擁有靈力的高低標準，就是衡量他對未來的預知能力與準確性，任何占星師占卜到的結果並不一定代表必然會實現的事實。也就是說，一個高明的占星師占卜到的結果只是代表未來最有可能出現的結果。而未來的發展永遠是在不斷變化的，任何微小的差異，都會影響到未來事情發展的方向。」

朝陽道：「大師的意思是說，在既定的發展方向中，我們可以創造出一種或多種因素改變方向，讓結果向另一種可能性發展？」

無語點了點頭，道：「重要的是，在關鍵的時刻作出出人意料的抉擇，就算他占卜到了也沒有用。」

朝陽仰起了頭，臉上展露出了笑意，他似乎知道了自己該怎麼做……

朝陽走出了中軍營，來到了一頂漂亮的營帳前。

在營帳門前有些青草，雖然經歷過無數次踐踏，但它們還是倔強頑強地生長著。

朝陽踏著這些青草，掀開了營帳的簾子。

營帳內，樓蘭正躺在床上，呼吸均勻。

朝陽走了進去，在床邊坐下，雙目注視著樓蘭睡得很安詳的臉，久久，一動不動。

也不知過了多長時間，樓蘭睜開了眼睛，她看到了朝陽。

樓蘭對朝陽出現在她床邊並不感到驚訝，她道：「我剛才做了一個夢。」

朝陽道：「是嗎？每一個人睡覺都是要做夢的。我以前老是做同一個夢，夢中見到同一個人，但是現在不做了。」

樓蘭道：「想知道我夢到了什麼嗎？」

朝陽道：「如果你想說的話，我不介意聽。」

樓蘭道：「我夢到了自己小時候，我夢到自己小時候老被一個人欺負。」

朝陽道：「他打你嗎？」

樓蘭搖了搖頭，道：「沒有，他從沒打過我。」

朝陽道：「我想他是經常罵你。」

樓蘭道：「也沒有。」

朝陽道：「那定是他……」

樓蘭打斷了朝陽的話，道：「什麼都沒有，他只是不理我。」

朝陽道：「我想他是一個喜歡孤獨的人，不喜歡理睬別人。」

樓蘭道：「我也是這樣想的，但我卻不能忍受別人對我不理不睬，我一定要他對我說一句話，爲了這樣一句話，我每天都去找他。一天、兩天、三天、四天……一年、二年、三年、四年……」

朝陽道：「所以你會在那棵櫻花樹下等我一千年，你是一個固執的人。」

樓蘭道：「想知道我要他說的是一句什麼話麼？」

朝陽道：「一定是想讓他告訴你，你是世上最漂亮的女人。」

樓蘭搖了搖頭，道：「不是。」

「那是什麼話？」

「想知道？」樓蘭望著朝陽的眼睛道。

「如果你不想說，我也不勉強。」

樓蘭一笑，道：「是的，我現在不想說，但遲早有一天，我會告訴你的。」

朝陽道：「我會等到那一天的。」

樓蘭從床上坐了起來，伸出手摸著朝陽的臉頰道：「知道嗎？你今天很乖。」

朝陽道：「你是第一個對我說這句話的人。」

樓蘭道：「是的，我也是第一次發現你像今天這麼乖。」

朝陽道：「你很瞭解我？」

樓蘭道：「我只是在這一千年把你想遍了而已。我想好了等到你後，每一種見面的可能，每一種可能所要說出的話，包括『你很乖』。」

朝陽道：「你有沒有想過我會殺你？」

「沒有。」

「但我真的差點殺了你。」

「我知道你一定不會殺我的。」樓蘭的樣子充滿了自信。

「爲什麼？」

「不爲什麼，只是從來沒有想到而已，沒有想到的事情自然是不會發生的。」

「沒有想到的事情是不會發生的？」朝陽覺得這句話很有意思。

「是的。」

「但我真的想過要殺你。」朝陽十分堅決地道。

「但你畢竟又將我救了起來。」

朝陽道：「我現在有些明白爲什麼那人小時候不理你了。」

「什麼意思？」樓蘭不解地道。

「因爲你是一個征服欲很強的女人。一個女人征服欲太強，是不會讓男人喜歡的，男人要征服天下，他不想被任何人征服。」

「爲什麼男人可以征服天下，而女人不可以征服男人？」

「因爲一個驕傲的男人是不容許世間有一個比他更強的人的，無論男人女人都一樣。」

「但女人只是想征服一個男人。」

「有時候征服一個人比征服天下更難，而你在那棵櫻花樹下等了我一千年，這讓我想到了你要征服我，所以我當時想殺你。」

「但你又爲什麼要救我？」

「因爲當你陷入沼澤的時候，你讓我感到你只是一個弱者，需要我才能夠讓你活過來。」

「但你有沒有想過，這可能也是一種征服的手段？」樓蘭盯著朝陽的眼睛道。

朝陽的臉色瞬間變得很陰沈，道：「當一個人讓我有這種感覺的時候，我會毫不留情地殺了他！」

「咯咯咯……」樓蘭笑道：「我只是跟你開玩笑而已，我當時真的感到很絕望。一千年的等待只是讓我死去，但能夠見到你，我已經很滿足了。」

樓蘭的眼中閃著很能夠打動人的東西。

朝陽道：「我不想有人再對我說同樣的話，特別是一個女人。」

樓蘭道：「你以爲我真的是一個征服欲很強的女人麼？我只是想找一個能給我依靠，能關心我的男人，只要他能夠對我說一句：我是他生命中最重要的女人。就算是讓我死，我亦無憾。」

樓蘭的眼睛溢出了兩行淚水。

當一個女人在說一連串模棱兩可的話之時，她是會說一句真話的，因爲她所有的話都是爲這句話而準備。

朝陽無聲地爲樓蘭擦去兩行淚水，道：「知道我爲什麼來見你麼？」

樓蘭搖了搖頭。

朝陽道：「因爲我不能夠給你想要的，所以，我要送你回去。」

「回去？回到哪兒？」樓蘭心中感到了一種痛。

「回到你的家。」

「何處是我家？」

「我要送你回你哥哥樓夜雨的身邊，他是你的親人，他能給你想要的家。」朝陽道。

「不！我沒有家，沒有人能給我家，只有我自己才能夠找到自己的家！我等了一千年，就是爲了等到能給我家的男人！」樓蘭近似歇斯底里地道。

「可我不能夠給你想要的，我不知道何爲家，我也不會給任何人家，如果你想成爲我眾多女人中的一個，我也並不反對，但我不能夠給你想要的，你也不可能得到你想要的。在我的生命中，沒有任何感情的給予。」朝陽的眼睛望著帳篷之頂，緩緩說道。

樓蘭彷彿一下子受到了極大的打擊，失魂落魄地道：「你說什麼啊？我不明白你的意思。」

朝陽道：「我不會將我的話重複第二遍。在天黑之前，我會送你回你哥哥樓夜雨的身邊，如果你選擇留下，我不在乎多你一個女人。遲早，幻魔空間所有的一切都會屬於我。」

說完，朝陽起身，往帳篷外走去。

樓蘭呆呆地坐在床上，她的臉蒼白如紙……

遼城，聽雨閣。

「你已經占卜到了麼？」

「是的，他會這樣做的。」回答的是樓夜雨，而問話的是那衣著素樸、臉上充滿陽剛之氣的男人。

那人微微一笑，道：「那你的對策是什麼？」

樓夜雨道：「還沒有想好。」

「哦，這倒是出乎我的意外。在我的印象中，你應該是走一步、看十步之人。」那人略為調侃道。

樓夜雨一笑，道：「你不要取笑我了，我是真的沒有想好。不過不要緊，他今天不是說過要在行動中創造機會嗎？那我就看看他到底能創造出什麼樣的機會，看是否能超出我的意料。」

那人道：「我的意思是說，你想和他面對面地玩？」

樓夜雨悠悠地道：「一千年過去了，我也想看看，他是否還是昔日的他，看他還配不配成為我的對手！」

那人看了一眼樓夜雨，道：「我看你還是別玩火自焚了，一不小心，又陷進去了，想爬也爬不起來。」

「不會的，這樣的情況不會再發生。我已對他沒有任何感覺，我只是想看看他敗在我手下會露出怎樣痛苦的表情，會不會對我搖尾乞憐！」樓夜雨臉上現出冷酷的笑。

「好吧，我也不多說什麼了，其實我知道，在你心裡早已有了應對策略，也早已料到會發生什麼事，我的操心只是多餘的。只是有一點我必須告訴你！」那人最後一句話顯得很鄭重。

樓夜雨道：「你想說什麼？」

「無語。」那人吐出了兩個字。

「你是說無語？」

那人點了點頭，道：「無語絕對不是一個簡單的人，一個可以背叛星咒神殿，長期遊蕩幻魔大陸之人，絕對不是一個簡單的人！」

「可他擁有占卜星象的靈力已經完全被我壓制，無法發揮，從昨晚他們的行動結果不是已經證明了麼？而從今天他與朝陽的談話來看，不是也已證明他的束手無策麼？」樓夜雨道。

那人道：「你不要小看他，他能夠存在，其本身就是一個奇蹟。況且，以朝陽的智慧，能仰仗他，也決非偶然。」

樓夜雨想了想，點了點頭。他也知道，以無語的身分，能存在於這個空間本身就是一個奇蹟。而他目前所認識的無語，顯然與背叛星咒神殿、身爲幻魔大陸三大奇人之一的身分不相符。他心中忖道：「是不是他在故意隱藏著什麼？」卻又絲毫找不出什麼端倪。

但一想到自己所擁有的實力，他臉上又露出了輕蔑的笑。他對自己的實力有著足夠的自信，道：「不要緊，就算他再怎麼掩飾自己的實力，也不可能逃脫我的控制。」

那人道：「如此甚好，但如果萬一哪裡出現了紕漏，等到事後發現可就遲了。」

樓夜雨卻道：「我發現你很像女人，婆婆媽媽的。」

那人亦笑道：「嫌我囉嗦了?當初又何必請我來?你應該知道我的性格。」

樓夜雨道：「我當然知道，要不是你的囉嗦，我也不會請你來。有時候人是需要聽一些囉嗦的話的，這樣才可以時時地提醒自己。」

那人笑了笑。

「對了。」樓夜雨忽然想起了什麼：「我還沒有謝謝你昨晚幫我將安心擒下，要是讓我單獨面對他，也沒有百分之百的把握可以將之擒獲。如此一來，無異折斷了朝陽的左右臂，從他今天的表現來看，可以看出安心對他的重要性。」

那人由衷地道：「安心確實不是一個容易對付之人，他的心思細如毛絲，我也是好不容易才打開他心靈的空隙，趁機將之制服。」

樓夜雨饒有興趣地道：「你是採取什麼方法將他制服的?我倒有興趣借鑒借鑒。」

那人道：「我只是重複了千百次錯誤，然後給了他一個更大的錯誤，於是他自己便將自己打倒了，心靈出現空隙。」

樓夜雨恍然大悟道：「你是用他自己騙自己?」

那人道：「不錯，當他以爲不可能出現真的驚天，心裡感到重複的厭倦時，我便給了他一個真的人。」

「真的人?誰?」樓夜雨充滿興趣。

「他自己。」那人道。

「他自己？」樓夜雨感到不可思議：「他怎會自己被自己所騙？況且，他明明知道所有出現的一切都是假的！」

那人道：「但我讓他看到的確實是真的，是他自己，所以，他才會出現心靈的空隙。」

樓夜雨道：「這我就不懂了，一個人怎麼會看到另一個真的自己？」

「用他的眼睛看自己的身體。」那人道。

第十三章　心靈空隙

樓夜雨顯得更爲茫然了，一個人的眼睛怎麼能夠看到自己的身體而被騙呢？

那人繼續道：「我只是給了他一面鏡子而已，他看到的只是鏡子裡面的自己。」

「他被鏡子所騙了？」樓夜雨顯得不可思議地道：「以他的智慧，怎麼會被鏡子所騙？」樣子顯得一本正經。

那人這時卻突然哈哈大笑，道：「是你被我騙了。」

樓夜雨一愣，隨即明白了是怎麼回事，佯怒道：「好啊，原來你一直都在吊我的胃口，騙我，看我饒不饒你！」說罷，拳頭如雨點般落在那人的身上。

那人卻突然抓住樓夜雨的雙手，眼睛死死地盯著樓夜雨的眼睛。

樓夜雨一愣，隨即雙頰變得緋紅，他從那雙眼睛裡感受到了什麼。

那人這時卻順勢一拉，將樓夜雨拉到自己懷裡，火熱的雙唇印在樓夜雨有若櫻桃的小嘴上，雙手一下子便滑進了樓夜雨貼著身體的內衣，觸摸到了一對圓實的肉球。

那是女人才有的乳房！

原來樓夜雨是個女的。

樓夜雨一震，心神出現瞬間的空白。當那人的手滑過衣衫，觸摸到她敏感的雙乳時，她立即明白了是怎麼回事，反抗意識頓生。

「啪！」一個耳光摑在那人臉上。

那人不禁停止了所有的動作，望著樓夜雨。

「下流！」樓夜雨怒叱道。

那人摸了一下自己的臉頰，什麼話都沒有說。

突然，那人猛地用雙手捧著樓夜雨的臉頰，火熱的雙唇瘋狂地親吻著樓夜雨。

樓夜雨連忙掙扎，用力掰開那人的手，卻又掰不開，情急之下，一柄匕首從衣袖滑至手心，隨即狠狠地刺了出去。

那人的動作再度停止了，樓夜雨一把將之推開。

那人往下看去，看到了一把匕首刺進了自己的腹中，正是從這裡傳出的疼痛讓他停止了所有動作。

樓夜雨望著他，面現冷傲之色。

那人拔出了匕首，也不止血，充滿陽光的臉現出沈痛之色，道：「你真的對我一點感覺都沒有麼？」

樓夜雨冷冷地道：「你別以爲幫了我，便可以對我爲所欲爲，沒有人可以勉強我做任何事！」

那人望著手中的匕首，自嘲地一笑，道：「原來一直都是我自作多情，你我之間的距離還存著這一把匕首，看來你對他還是沒死心！」

樓夜雨冷然道：「這與他沒有任何關係，在我眼中，天下的男人連一隻狗都不如！」

那人搖了搖頭，悲痛地道：「你別自己欺騙自己了，你仍忘不了他！」

樓夜雨道：「就算我忘不了他又怎樣？你永遠也不會有機會，就死了這條心吧！」

說完拂袖而去。

只剩那人悲痛地望著她的背影……

夕陽已有西垂之勢，朝陽望了一眼天上那即將出現晚霞的地方，又掀開了樓蘭所在營帳的門簾。

朝陽走了進去，在樓蘭面前站定，道：「你可有想好？」

樓蘭此時坐在桌前，她抬起頭望向朝陽，道：「我已經想好了，你送我回到哥哥樓夜雨的身邊吧。」

朝陽道：「那我們走吧。」

樓蘭道：「但我還有一個條件。」

朝陽道：「我不願與任何人討價還價。」

樓蘭道：「我不是討價還價，而是要求你。」

「沒有人可以要求我！」朝陽道。

「但我偏要要求你。」樓蘭固執地道。

朝陽望著樓蘭，眼神很犀利，而樓蘭卻毫不在意，迎視著朝陽的目光。

半晌，朝陽終於退讓道：「什麼條件，你快說。」

樓蘭並沒有勝利者的笑容，她道：「我還以爲真的沒有任何人可以要求你，原來你只是在欺騙自己，欺騙別人。」

朝陽任由樓蘭說著，並不出聲。

沒有人告訴樓蘭，此時她是真的處在死亡的邊緣。

樓蘭見朝陽沒有反應，也沒有再繼續說下去，轉入正題道：「在我離開你之前，我要在我的肚子裡留下你的骨肉，即使我不能擁有你，我也希望擁有你的孩子。」

朝陽望著樓蘭道：「這是你的條件？」

「是的！」

朝陽顯然沒有料到樓蘭會提出這樣的要求，他道：「孩子不是想要得到便可以得到的！」

「但我願意嘗試，我要給自己一次機會。」

「就算你擁有我的骨肉也不代表什麼。」

「你放心，我不會拿孩子來要求你什麼，我只是要一個孩子。」樓蘭道。

朝陽道：「那好吧，我答應你。」

樓蘭臉上綻出了笑意，也許，對她來說，這才是真正的勝利。

她站了起來，走到朝陽身前，溫柔地道：「我爲你寬衣。」

說完，雙手伸至朝陽胸前，解開了黑白戰袍的繫帶……

隨後，衣衫一件一件地脫落，堆積在營帳內的地毯上。

最後，只剩下兩人赤裸的身軀面面相對著。

朝陽用手抬起樓蘭的下巴，對著她道：「知道嗎？你是第一個說要爲我留下骨肉的女人，我希望我的另一種生命會在你體內得到延續……」

遼城的黃昏很美，一大片殷紅的光灑落下來，照得遙遠的妖人部落平原一片淒豔，有一種痛徹心肺之感。

而天際，與沼澤平原相接的地平線，層層疊疊的浮雲愈疊愈高，彷彿一不小心就會坍塌下來，落滿塵世大地。

遼城的子民是懂得欣賞美的，雖然自從有歷史以來，長年戰事不斷，但他們還是捨不得離開這樣一個地方。他們知道，離開這裡，無論在哪裡，都找不到遼城這麼美的晚霞。

遼城的子民顯然是樂於享受生命的，他們知道，人生在世，能夠真正擁有的東西並不多，生生死死，死死生生，誰也不能夠真正意義上擁有自己的生命。既然今天可以看到落霞之美，又何必在乎明天是否會有太陽？

真正懂得生命的人是滿足的。

朝陽出現在了遼城，筆挺的黑白戰袍包裹著他，腳步均勻緩慢，臉上孤傲之情不怒而威。在他的身旁，則是白衣勝雪的樓蘭。

通往大將軍府的大街上，路人不由自主地爲兩人讓開道，眼睛隨著兩人腳步的移動而移動。

這本是一個平常不過的傍晚，習慣等待著夕陽西沈的遼城子民不得不轉移了他們注意的焦點。如果說，前兩天妖人部落聯盟的三位族長出現在遼城是一種喧鬧的震驚的話，那麼，朝陽的出現，則是一種憋著氣、無法呼吸的感覺。是的，整條大街的人都憋著氣，整條街都很靜。世上的人千千萬萬，而有些人只會有一個，一眼就能夠將他與其他人區分開來。他們今天看到的，正是這樣一個人。

大將軍府門前，樓夜雨站著，她的目光隨著朝陽腳步的移動而拉近。

她在等待著朝陽的到來，而朝陽也真的來了。

當朝陽與樓蘭在樓夜雨面前站定之時，樓夜雨開口道：「你終於來了。」她的目光傲然地看著朝陽，不曾看過樓蘭一眼。

朝陽道：「我曾經說過，我會去看她。現在，我把她送還給你。」

「是嗎？那你就替我謝過他吧，妹妹。」樓夜雨仍沒有看樓蘭一眼。

樓蘭沒有說任何話，她只是低著頭，從樓夜雨的身側走進了大將軍府。

朝陽轉身欲離開，樓夜雨這時卻道：「聽說你小時候喜歡看晚霞，遼城的晚霞是最美的，難道你不想與我一起看看幻魔大陸最漂亮的晚霞麼？」

朝陽道：「我看晚霞有一個習慣，那就是從來就我一個人。」

樓夜雨道：「我小時候也認識這麼一個人，喜歡一個人坐在山之巔，看著晚霞映滿天際，只可惜他現在已經死了。」

朝陽道：「那他應該死得滿足，在他生命中曾出現過晚霞，他定是看著晚霞而死去的。」

樓夜雨道：「所以，這些年我一直想找一個愛看晚霞的人，與他一起欣賞幻魔大陸最美的晚霞，重溫小時候的那段時光。」

朝陽道：「可在我心裡的晚霞已經消失了，這個世上已經沒有什麼東西可以留在我心裡了。」

樓夜雨一笑，道：「你這是不敢麼？怕我吃了你？看來你已經不再是千年前的你了。你現在已經開始變得膽小了，你已經輸了一場，失去了安心與火之精靈，你害怕連你自己怎麼輸在我手裡都不知道。」

朝陽望著樓夜雨道：「你這是在激我？」

樓夜雨反問道：「你怕我激你麼？」

朝陽望著樓夜雨，沒有說話。

「你認為遼城的晚霞比你曾經看到的美嗎？」樓夜雨站在與妖人部落相接的北方邊界線牆上，面帶笑意，意味深長地看著朝陽問道。

朝陽望著前方如血般淒豔的晚霞，道：「當一種東西美至極致時，也是它消亡的時候。」

「為什麼？」

「因為太完美了，太完美的東西是不允許存在於世的。」

樓夜雨笑了，然後道：「這樣的話是不應該出自你口中的，這話太宿命，而你卻是一個與宿命抗爭的人。」

朝陽道：「這並非宿命。一種東西、一件事物之所以美，是因為其存在的短暫性和稀少性，不能夠永遠地擁有。否則，是不能夠稱為最美的。」

樓夜雨道：「你是想說，所謂美，是得不到的和已失去的？」

朝陽沒有回答。

樓夜雨又是一笑，道：「你今天似乎很低沈，是害怕了麼？」

朝陽望向樓夜雨，道：「你覺得我很低沈麼？」

「是的。」樓夜雨的口氣十分肯定。

朝陽沒有作出任何辯解，他道：「面對一個失敗的人，無論什麼樣的狀態都並不重要。」

「哈哈哈……」樓夜雨大笑道：「這是我聽到的世上最可愛的話。」她轉而又變得十分鄭重地道：「你知道我今天爲什麼要帶你看晚霞麼？」

朝陽沒有出聲。

樓夜雨續道：「因爲我想帶你見一個人，就像小時候所見到的一樣。」

朝陽平靜地望著樓夜雨，而樓夜雨卻把目光投向了天邊的晚霞。

晚霞之中，一個身著紫衣的女子飄然飛來。

朝陽的眼前陡然出現小時候，孤峰之巔，翩翩從雲霞中飛至的紫霞。而此刻，他所看到的也正是紫霞。

是那晚離去的紫霞？

看著晚霞的人們不由得發出一陣驚呼。

紫霞站在了朝陽面前，十分恬靜地看著朝陽。朝陽感到了一種曾經的記憶在身體四處蔓延……

朝陽想起了曾經，想起了少年時的夢，少年時的等待，少年時的諾言……

他曾經認爲，自己真的什麼都放得下。所以，面對那晚紫霞的離開，他可以做到不在乎，他甚至可以殺了歌盈，但爲什麼要殺歌盈呢？難道是真的不允許任何人對自己的忤逆和冒犯麼？抑或是在欺騙著自己，做給紫霞看的？所謂的什麼都放得下只是一種自欺，而深埋著的是痛苦的掙扎！他以爲，自己的心唯有自己能懂，自己可以做到滴水不漏，不會讓任何人察覺，但真的可以做到欺騙麼？而這欺騙的，到底是自己，還是別人？原來，有些人是永遠都不可能真正放得下，只是那根最敏感的神經尚未觸及到而已。

爲什麼？爲什麼要重現這一幕？朝陽的腦袋感到分裂般的疼痛，他雙手抱住了自己的頭……

而樓夜雨卻站在一旁露出詭異的笑意。

「爲什麼？爲——什——麼？」

痛苦的嘶吼聲直沖雲霄，撕裂天際的晚霞。

朝陽縱身朝虛空中飛步踏去……

望著朝陽漸成黑點的背影，紫霞卻變成了那臉上充滿陽光氣息的男人。

「爲什麼不殺了他？」他道。

「現在還不是時候。」樓夜雨意味深長地道。

「是不是因爲他認出了我是假扮的紫霞？」

「他早就知道你只是假扮的，但他放不下。他以爲自己什麼都放得下，其實他最是放不下。他能夠再次出現在幻魔大陸，是因爲不滅的欲望在支配著他，是欲望讓他獲得了重生。他來到這世上，是爲了重新得到，又怎會真的放得下呢？他只是在欺騙著自己，欺騙著別人而已。這就是他的心魔！」樓夜雨傲然道。

「接下來他會怎樣？」那人道。

「接下來他會在行動中尋找機會，全面發動對我們的進攻，而這正是我所需要的，也正是我今天不殺他的原因。我要他一敗塗地！」樓夜雨的眼中露出了十足的恨意。

這時，遼城上空響起了樓夜雨所熟悉的蒼涼的曲子。

樓夜雨腦海中立即浮現出泫澈的樣貌……

西羅帝國，阿斯腓亞。

這是幻魔紀年的十月一日，對於西羅帝國的子民來說，今天是一個不平常的日子。這天的天氣很好，一大早便出現了太陽，這讓習慣了寒冷的阿斯腓亞居民感到了少有的溫暖。

而這溫暖也並非僅僅來自陽光，更重要的是來自皇宮的一件喜事。

褒姒公主嫁了，西羅帝國最富才情的褒姒公主嫁了，嫁給了影子，一個令所有阿斯腓亞居民都陌生的名字。

而正當所有人都對影子感興趣的時候，影子與褒姒坐在有著純白毛色的嘯雪獸背上走過阿斯腓亞的大街。這兩頭高大的嘯雪獸是幻魔大陸僅有的兩頭被馴服的嘯雪獸，是在牠們很小的時候被人撿到送往皇宮餵養大的。

阿斯腓亞居民沒有想到世上最兇殘的動物走在大街上竟是如此溫馴，這也是他們第一次見到活著的嘯雪獸。

當然，最吸引他們注意的並不是兩頭嘯雪獸，而是影子。

影子的俊朗與內斂的氣質自不必言，最重要的是那晚影子讓夜空變成冰藍色，被阿斯腓亞居民當成神的化身。

阿斯腓亞居民清清楚楚地記得那晚影子所做過的每一件事，所說過的每一句話，而此刻，他們見到的影子竟然娶了褒姒公主。他們感到不解，為何那晚影子指出褒姒公主在兵部大牢中，而現在又娶了她？那晚與軌風的交戰中，他又怎麼會突然消失，現在卻出現在了皇宮？

疑問存在於人們的心中，各種猜測自是紛至而來，有人認為影子是為了錢，為了地位；有人認為是被逼的；有人認為是那晚在與軌風的決戰中失敗了，所以不得不娶褒姒公主，以證明那晚所說之話全是虛言……但有一點被阿斯腓亞居民認同的是，沒有人再把影子當成神！那晚的出現只是一個夢，只是一個被編織的童話。

正當阿斯腓亞居民看著這對新人紛紛猜測之時，燦爛的陽光突然被雲層所遮蔽，風雪隨即揚至。

這是不平常的一天，注定要發生不平常的事情，雲層帶來的不僅僅是風雪，還有一個令西羅帝國舉國悲傷的惡訊。

偉大的安德烈三世不幸逝世，死於疾病。

這場突然襲至的風雪顯然異常大，鋪天蓋地，瞬間便將大街上的人們吹散，將緊隨兩頭嘯雪獸背後的儀仗隊吹得東倒西歪。

唯有兩頭嘯雪獸，因為這風雪，發出天生屬於牠們本性的興奮嘶鳴，聲音穿透風雪，久久迴盪於風雪之中……

第十四章　魔主之子

阿斯腓亞使節別館內。

天衣靠在躺椅上，他的面前生著溫暖的火爐，妻子思雅斜倚在他的身上，而他的眼睛則望著屋頂上的一個蛛網發呆。

這麼冷的天，蜘蛛早已不知所蹤。

見天衣半天沒有動靜，思雅仰起了她的俏臉，然後伸出潔白如玉的手，輕輕地撫摸著天衣剛毅的臉頰。

天衣收回心神，朝思雅展顏一笑。

思雅開口道：「自從你來到阿斯腓亞，我一直都未見你開心過，你是不是有什麼心事？」

天衣伸手捏了一下思雅的小瑤鼻，笑道：「傻丫頭，能夠再次見到你，是我這輩子最高興的事，又怎會不開心？你不知這些日子來我是多麼想你。」

思雅道：「那你有心事爲何不向我提起，難道又要像上次一樣獨自承受麼？」

天衣將思雅緊緊摟在懷裏，憐惜地道：「怎麼會？我怎會讓你再次受到那樣的傷害？我怎會讓你再次離開我？」

思雅感動地道：「那你有什麼話就對我說吧，有什麼事情我們一起分擔，好嗎？」

天衣摸了摸自己胸前，在那個位置，有他深植在體內的魔族標誌。他又怎能向思雅說，他是魔族陰魔宗魔主安心之子？是陰魔宗未來的魔主？一直以來，妻子都以他是最優秀的人族之人而自豪，她能夠接受這個現實麼？

天衣不語。

思雅道：「是不是雲霓古國發生了什麼事？你不是告訴我，古斯特率領雲霓古國的子民將怒哈趕到北方邊界，收復了所有被侵佔的疆土麼？而且古斯特深受幻魔大陸子民的愛戴，連西羅帝國的子民都爲之歡呼，說他是聖魔大帝轉世，將代表人族統一人、神、魔三族。」

天衣有些煩躁地道：「不要在我面前提他。」

「爲什麼？」思雅睜大眼睛道。天衣平時很少以這種口氣與她說話的，除非是心中不暢之時。

天衣發現自己的語氣過重，用手撫摸著思雅的俏臉，道歉道：「對不起，我的語氣太重了。」

思雅固執地道：「我不要你跟我道歉，我要的是分享你心中的痛苦。」

天衣眼中淚光盈動，嘴唇輕輕顫動著。

思雅接著道：「說出來吧，說出來我們一起承擔，沒有什麼問題可以難倒我們，我們已經體驗過生離死別，說出來你會好受些的！」

天衣眼中轉動著淚珠，看著思雅，道：「你真的想分享我心中的痛苦？」

思雅點了點頭。

「你不後悔？」

「就算是死也不後悔！」

天衣道：「好，那我就告訴你，其實我並不是人族，我的真實身分是魔族陰魔宗魔主安心之子，從小便被寄養於人族，其實我是魔族。」

思雅聽得愣住了，她呆呆地看著天衣，半晌，她道：「天衣，你這是在跟我開玩笑是嗎？」

天衣吼道：「你看我這樣子是在開玩笑嗎？我知道你從小就痛恨魔族，因爲最疼你的奶奶就是被魔族中人殺死，卻沒料到自己的丈夫是魔族，這實在可笑是吧？哈哈哈……這實在真他媽的可笑！」

天衣的嘶吼中含著無比的淒苦，長久的壓抑和痛苦掙扎，像火山一般爆發了。

思雅的眼淚似斷了線的珍珠，不斷地流了出來。是的，她痛恨魔族，因爲魔族奪去了奶奶的生命，可她能痛恨自己最愛的丈夫麼？爲什麼這世間最難以決斷的痛苦要發生在他們兩人身上？沒有人可以回答思雅。而此刻的天衣讓她感到自己的心都碎了。他是一個多麼堅強的男人，而此刻的他卻像一個無助的孩子，自己能夠接受他麼？能夠化去骨子裡根深蒂固的仇恨麼？

思雅的心很亂，她不知眼下的自己應該做什麼，她不能放棄對天衣的愛，也無法頃刻間化去對魔族的恨，她只是望著天衣，任憑著淚水在流。

天衣發洩過後又平靜了下來，他看著思雅的樣子，冷笑道：「我早知你無法接受自己的丈夫是魔族，而我卻偏偏是魔族，你能夠與魔族一起分享痛苦麼？我想你是做不到的。不過這樣也好，從此大家各走各的，也不必再爲誰是什麼人而感到痛苦，忍受內心至痛的折磨。你走吧，從這一刻起，我們已經沒有任何關係。」

思雅跪在天衣的身邊，一動不動，任憑淚水不斷地流，而天衣閉著眼，看也不看她。

半晌，見思雅沒有反應，天衣從躺椅上站了起來，道：「好，你不走我走！」說罷，便大步向門口方向邁去。

剛要出門，思雅從背後一把死死的抱住天衣，用臉貼住他的背心，哭泣道：「不要走，天衣，你不要走，我不能沒有你！」

天衣仰起了臉，淚水終於忍不住奪眶而出，他道：「這是何苦呢？既然相聚如此痛苦，爲什麼還要在一起呢？還是分開吧。」

「不！我不會讓你離開我的，我永遠不會讓你離開我的！我已經忍受過失去你的痛苦，我不能夠再失去你！不管你是什麼人，不管你是魔族，還是人族，我都是你的妻子，我只能是你的妻子！我求求你不要走好嗎？不要再離開我。」思雅死死地抱著天衣，泣不成聲地道。

天衣道：「你真的不在乎我是魔族？」

「不，我不在乎，無論你是什麼人，我只知道你是我的丈夫！」

「可我在乎，我不能忘記我是魔族。我今後會殺很多人，全部都是人族，我會看到許多人族在我的劍刺中他們胸膛時，露出痛苦的表情。他們哀求著我，而我卻不放過他們，或許，他們之中還有你的親人，有你的奶奶，難道你不怕麼？」天衣掰開思雅的手，回過頭來，狠狠地盯著思雅的臉，面顯猙獰之態。

思雅不由得退了兩步，此刻她眼中看到的天衣竟是如此陌生。「這是自己的丈夫麼？」她心中不禁問道。

天衣兇殘地笑道：「你怕了，你終究是怕了，沒有人會不怕，整個幻魔大陸的人族都會懼怕魔族，因爲魔族帶來的是黑暗，是死亡，是毀滅，是讓人族飽受失去親人的痛苦！你願意有這樣一個丈夫麼？」

思雅癱坐在地，她的雙唇顫抖著吶喊：「天衣，這是你嗎？這是你嗎，天衣？」

天衣笑了，仰天瘋狂地大笑，笑聲中他走出了使節別館……

長街上大雪彌漫，三米之外不見人影，卻絲毫不影響阿斯腓亞的居民，來來往往的人穿著禦寒風衣，在風雪中穿梭著。

天衣仰起頭，任憑寒冷的風雪冰凍眼角的淚水，雙腳狂奔著在風雪中移動著，也不管一路上撞倒撞飛多少人。

天衣是嚴謹的，一絲不苟的，這種人的情感往往積沈得很深，他不會讓人看到自己受傷的模樣，他只會在暗夜一個人獨自舔著自己的傷口。可當一個人的人生價值被全部摧毀，以前所有的一切全部被否定，甚至不能夠擁有自己時，剩下的，他還有什麼？只能是一無所有！

一無所有的天衣，一無所有的思雅。

「為——什——麼！」風雪中，天衣大聲地喊了起來，聲音撕破風雪，又隨風雪飄到阿斯腓亞的每一個角落。

可誰又能夠給天衣答案呢？

第十五章　死亡地殿

客棧。

一個人踉踉蹌蹌，連走帶跌從客棧裡出來。

可剛出客棧門，撞上一個急匆匆走進客棧之人，身子轉了一個圈，站立不穩，倒在了雪地裡，半天沒有動彈。

風雪正急，大街上的人來去匆匆，沒有人去理睬這樣一個倒在雪地裡的醉鬼。

片刻，大片大片的雪花就將他埋在雪地裡。

這時，一個女子在大街上自由地、忘我地在風雪中旋動著舞步，伸開雙臂，自我陶醉地作出飛翔狀。

風雪彷彿是爲她而來，爲了襯托出她的忘我和自由。

愉快的笑聲伴隨著飛翔的雙臂在風雪中穿行。

世界此刻只是屬於她的。

突然，女子的腳踢到了被雪覆蓋的醉鬼。

醉鬼翻了一個身，露出一張長滿鬍鬚，削瘦、憔悴的臉，仔細看去，他正是天衣，而他的樣子已不能夠再讓人想起昔日雲霓古國威風凜凜的禁軍頭領了。

女子低下身子，望著天衣的眼睛，道：「睡著了麼？」

天衣睜開眼睛，看到大大的一雙眼睛從上面看著自己。

「要不要一起飛翔？」女子道，並伸出手臂，作出像鳥一樣飛翔的姿勢。

天衣重又閉上了佈滿血絲的眼睛，翻身撲在了雪地裡。

女子一下抓住了天衣的手，道：「來吧，我帶你去一個好玩的地方，去體驗真正的飛翔。」

話音未完，天衣便身不由己地被女子從雪地裡抱起，飛速地在風雪中穿行。

天衣想睜開眼睛，但迎面而來的風雪根本無法睜眼，耳際響起的是呼嘯而過的聲音。

天衣昏昏沈沈的腦袋體驗到了一種從未有過的速度……

當一切停下來，天衣睜開眼睛時，他看到自己站在了一條索道上，凜冽的風從身體的空隙呼嘯而過，下面是萬丈深淵，風雪瀰漫。

天衣記得，這是連接西羅帝國前後皇宮的索道。

女子望著天衣道：「想不想體驗真正的飛翔？」

天衣的酒已醒，或許，他從未醉過，回望著女子道：「你是誰？想幹什麼？」

女子道：「我想讓你體驗一下真正的飛翔。」

天衣道：「我沒有興趣與你打啞謎，有什麼目的不妨直接說出來。」

女子一笑，道：「我看你活著很痛苦，倒不如死了算了。這萬丈深澗是一條通往死亡的長長的路，或許你在死亡前能想清楚一些什麼。」

天衣道：「你到底是什麼人？」眼前這個陌生人顯然對他十分瞭解。

女子道：「我叫漓焰，來自死亡地殿，喜歡幫助那些對生命絕望，或是活得很痛苦的人。」

「死亡地殿？」天衣從沒有聽說過這樣一個地方。

「死亡地殿是所有人生命的歸宿，也可以說是生命以另一種形式存在的地方。用你們的說法，死亡地殿存在的都是鬼。」漓焰道。

天衣冷聲道：「你以爲我是三歲小孩麼？」

漓焰笑道：「你還並不笨。」

天衣冷哼一聲。

漓焰道：「關於死亡地殿，我可以告訴你的是，那是一個可以幫助人解脫的地方，也是一個令人重生的地方，你心中有太多的痛苦，恰好，死亡地殿可以幫助你。」

天衣毫不領情地道：「我爲何要你的幫助？我的事情自己可以解決！」

漓焰道：「你真的可以解決麼？別欺騙自己了，你不願承認自己是魔族，你不敢回家，不敢面對自己的妻子，整天把自己灌得大醉，逃避所有的事情，你還認爲可以自我解決……」

「別說了！」天衣嘶吼道。

「死亡地殿可以不再讓你爲自己是誰而痛苦，可以讓你脫離生命對你的牽絆，讓你獲得重生。」漓焰繼續道。

「你爲什麼要找上我？我不想獲得什麼重生，我情願就這樣痛苦地活著，直到死去！」

「難道你可以放得下你的妻子思雅麼？」

「思雅？」天衣一下子靜了下來，他不知道多長時間不再讓自己想起這個名字了，被酒精麻醉的痛苦一下子全部甦醒，令他無法承受。

「爲了你妻子，你必須改變自己身爲魔族陰魔宗魔主安心之子的身分！」漓焰道。

「難道一個人的身分是可以改變的麼？不，沒有人可以改變！這是宿命的安排，是永遠都不可能改變的。」天衣自言自語般道。

「但死亡地殿可以改變世上所有不可能改變的一切，那裡可以通向死亡，也可以走向重生，一切可以從零開始！」

天衣又一次道：「你爲什麼一定要找上我？我說過，我不想獲得什麼重生，我情願就這樣痛苦一輩子。」

漓焰道：「因爲你是空悟至空所看中的人！」

「師父?!」天衣驚駭不已，不明白師父與眼前之人，與死亡地殿有什麼關係。

漓焰道：「是的，你師父空悟至空正是來自死亡地殿。他的生命已經終結，死亡地殿需要一個替代他的人。他生前選你作爲其弟子，死後，他的位置理當由你來替代。」

天衣不敢相信地道：「師父死了?!他怎麼會死？他的智慧已經超越生命，悟空世間一切，怎麼會死？」

漓焰道：「因爲他根本從未悟空過，他走上了一條永遠沒有希望之路，注定會走向死亡。」

天衣望著漓焰，不明白漓焰所說的話是什麼意思，爲何師父空悟至空會走上一條永遠沒有希望之路？爲什麼要找自己替代……？

正當天衣思索著漓焰的話時，漓焰將天衣從索道上推下了萬丈深澗……

在聖殿的後殿，有一個人在跪著。飄落的雪花已經在他身上堆積厚厚的一層，而他卻一動未動。

他是殘空，已經在這裡跪了好多天，也已經餓了好多天，但沒有人理睬他，就在影子大鬧軍部總府的那晚，他與月戰離開了軍部大牢，然後，月戰便帶他來到了這裡。沒有人告訴他是怎麼離開軍部大牢的，只是離開了而已。

聖殿的前殿與後殿之間很寬敞，寬敞的廣場上只有殘空一個人，一個一生追求劍，對劍癡迷不悔的人。

人，一生總是在追求些什麼，但不是每一個人都能夠得到他想要的。

殘空能夠得到自己想要的麼？沒有人能夠回答他，所以他仍在等待著……

傻劍與落日正在一間客棧內喝酒。

傻劍道：「落日兄對今天之事有何看法？」

落日明白傻劍所指的是褒姒公主嫁給影子，而安德烈三世在同一天暴斃之事，他道：「我不知道，再說我對這種事並不感興趣。」

傻劍道：「落日兄不覺得此事有些蹊蹺麼？似乎看來並不那麼簡單。」

落日無所謂地道：「簡不簡單是人家的事，與我們又有何干？我們只須吃飯喝酒便可，何必操那麼多心？時間對我們來說是很寶貴的，誰也不能保證我們還能不能夠見到明天的太陽。」

傻劍道：「一定見不到！」

落日詫異地道：「爲什麼？」

傻劍呵呵一笑，道：「因爲明天下雪，沒有太陽。」

落日沒好氣地啐了一口，道：「誰有心情跟你開玩笑？無語大師可說我們的時間並不多了。」

傻劍道：「無語大師何曾說過？只是你心裡老想著它，覺得時間在一天天縮短而已。」

落日道：「難道傻劍兄真的不怕見不到明天的太陽？」

傻劍道：「有什麼好怕的，大不了一死嘛。」

落日道：「我只怕死得不明不白。男兒在世，應該死得轟轟烈烈才是，雖然我並不是一個很看重名利之人，但總不能死在床上。」

傻劍沒好氣地道：「落日兄今天怎麼老說這喪氣的話？是不是被什麼觸動了某根神經？」

落日道：「安德烈三世的死亡，讓我突然感到自己的生命已經不長了。」

傻劍訝然道：「爲什麼？」

落日鄭重地道：「我感到有一種無形的力量正在向我逼近，雖然我不知道這是一種什麼樣的力量，但它卻讓我聯想到了死亡。」

傻劍不敢再開玩笑，道：「爲何我什麼都沒有感覺到？」

落日道：「那是因爲這種力量並不是針對你來的，沒有對你的心靈造成影響。」

傻劍顯得十分鄭重地道：「那我們該如何做？」

落日茫然地搖了搖頭，道：「我不知道，也許，當真正的死亡降臨時，任何人都無能爲力。」

傻劍顯得有些手足無措地望著落日，想出言安慰，卻又發現任何言語都是單薄的。

落日喝了一杯酒，望向傻劍，道：「如果我死了，傻劍兄準備怎麼辦？」

傻劍道：「我……我……我一定會坐在落日兄的墳前陪落日兄說七天七夜的話，喝七天七夜的好酒，談七天七夜的女人。」

落日道：「爲什麼要談七天七夜的女人？」

傻劍道：「因爲落日兄生前沒有一個女人，我不想你死後太寂寞，也爲了來世讓你找到一個女人。」

落日道：「很好，有傻劍兄這一句話，我已經知足了，我一定會記住傻劍兄對我的恩情。」

傻劍道：「落日兄還有什麼遺願未了麼？傻劍一定會盡力幫你做到，讓落日兄可以安安心心地走。」

落日道：「我的確有一件事藏在心裡一直沒解決，在我死後，我希望傻劍兄能幫個小忙。」

傻劍豪氣干雲，信誓旦旦地道：「有什麼事落日兄儘管說，傻劍赴湯蹈火，在所不辭。」

落日無比沈痛地道：「如果可以的話，傻劍兄便將這桌酒錢付了吧，我身上已沒錢了。」

「什麼？」傻劍差點從座位上跌了下來，直到此刻，他才知道自己被落日耍了，自己成了一個超級大笨蛋。

此時的落日笑得前俯後仰。

傻劍正了正自己的坐姿，然後十分認真地望著落日。有些問題他必須確認一下，他可不願心中的猜測變成事實，道：「落日兄身上不是真的沒有錢了吧？」

落日注意到傻劍的樣子，停住了笑，道：「傻劍兄這話是什麼意思？」

傻劍道：「因爲我身上只剩下最後一枚帝國銀幣了，尚不夠付這桌酒錢，我想落日兄剛才是在跟我開玩笑。」

落日道：「雖然我是在開玩笑，但我身上沒有錢是事實。」

兩人頓時變得啞然，因爲他們知道，如果他們身上不夠錢付這桌酒菜，很可能被罰在這家客棧裡刷洗一個月的廁所，這是幻魔大陸對待吃白食者共同採取的方法。

以兩人堂堂幻魔大陸著名遊劍士的身分，自然是不能夠去洗一個月的廁所的，而吃了飯不給錢溜走，又不是他們一貫的作風。

傻劍於是道：「落日兄認爲我們該怎麼辦？」顯出一臉的無助樣。

落日想了想道：「看來我們得找這家客棧的老闆談一談了，看他能不能寬容一下。」

於是落日叫來了一位服務人員，然後告訴了他想見客棧老闆的意思。

服務人員打量了一眼兩人，然後道：「兩位是不是遊劍士落日與銘劍？」語氣顯得極爲從容。

傻劍奇道：「你怎知道我們？」

服務人員卻道：「老闆早有吩咐，若是兩位用完餐，便讓小的帶兩位去見她。」

傻劍望向落日，眼神分明在道：莫非他早已知道我們沒有錢付賬？

落日望向那服務人員，道：「既然如此，就麻煩你帶我們去見見你們老闆。」

落日與傻劍跟著那人登上了通往二樓的樓梯，然後走上一條長長的通道，左右轉了四次彎，最後在靠最東邊的一間客房門前停了下來。

服務人員在門前恭敬地道：「老闆，你要見的兩位客人已經帶來。」

裡面傳來一個女人的聲音，道：「那就請兩位進來吧。」聲音中帶著一點慵懶的味道。

服務人員轉身對落日與傻劍伸出右手，作出「請」的姿勢，並道：「兩位請！」然後，腳步往門側移了兩步，讓開了身。

落日與傻劍對望了一眼，他們沒有料到這家阿斯腓亞最大的客棧的老闆竟會是一個女的，而且從目前看來，她似乎早在等待著他們的到來，這不禁讓兩人心中產生了好奇之感。

落日與傻劍推門走進室內，服務人員立即將門重又關上，然後，便聽到了腳步離去的聲音。

而落日與傻劍走進房間內，立即產生了一種異樣的感覺。

雖然這是一間普通的房間，裡面的擺設裝飾與其他的客棧房間並沒有什麼區別，但這房間的窗戶卻關得嚴嚴實實，並全都用黑布蒙上，房間裡唯一的亮光是一盞點在中間桌上的燈。

昏黃的燈光在兩人眼睛裡閃爍跳動，在燈光的背後，有一個身披白色嘯雪獸風衣的女子坐在桌前，是漓焰。

漓焰指著桌前繪有圖案的紅木凳子，依然有些慵懶地道：「兩位來了，就請坐吧。」絲毫不在意這房間在他們心裡產生的反應。

落日與傻劍並不認識漓焰，也從未聽人講起過世上有這樣一個女人。她的樣子雖然顯得很隨意，有些慵懶，但讓人想到的不是她的無禮和輕慢，而是突出了一個擁有強大力量的人對自己的自信。或者說，正是由於這種自信，使人忽略了她帶給人的無禮與輕慢。

落日與傻劍在凳子上坐了下來，在他們面前的桌上，已經斟滿了一杯碧綠色的茶水，茶水在昏黃的燈光下映出落日與傻劍對漓焰充滿期待的樣子。

漓焰自始至終都沒有看過兩人一眼，她端起自己面前的一杯茶，轉動著手中小巧的白瓷杯，望著茶杯裡碧綠色的茶水，半晌才道：「我想兩位是喝酒的，但我這裡只有茶，希望兩位不要介意。」

這時，傻劍呵呵一笑，道：「姑娘真是一個奇怪的人，大白天將窗戶關得緊緊的，卻又在房間裡點上燈，讓人感到不可思議。」

漓焰望向傻劍道：「你一定想知道這是爲什麼吧？」

傻劍毫不避諱，道：「是的。」

漓焰道：「有些人只有在黑暗中才能夠給自己找到安全感。我想你應該懂我的意思。」

傻劍呵呵笑道：「你的意思我能夠明白，我只是感到奇怪而已，對於比較奇怪的事情，通常我是一下子難以接受的。我可以知道你叫什麼名字麼？」

漓焰道：「漓焰。」

「漓焰？」傻劍道：「好名字。」

漓焰追問道：「不知好在哪兒？你能夠告訴我麼？」

傻劍又是呵呵一笑，有些不好意思地道：「我也不知道，只是覺得好聽而已，比傻劍這個名字好聽。」

漓焰沒有理睬傻劍的話，轉而面向落日道：「你又認爲如何？」

落日卻道：「你不是這裡的老闆。」語氣顯得十分肯定。

漓焰對落日的話沒有感到絲毫的詫異，道：「爲什麼如此肯定？」

第十六章　死亡逼近

落日道：「一個開門做生意的人是不會在黑暗中尋找安全感的。你找我們有何事？」他不想與漓焰囉嗦什麼，這個謎一樣的女人，讓他一下子想起了十年前所看到的海市蜃樓中那個女人的背影，也是他一直在苦苦尋找的那一個背影。落日想，眼前的漓焰一定是他曾經見到過的那個女人，但他表現得很冷靜，並沒有讓心中一直珍藏的那份特殊情感表露出來。

漓焰道：「你的分析很有道理，但，有時候做老闆的人不一定要會做生意，只須懂得怎樣用人便可。」

落日道：「你也並不屬於這裡，你不應該生活在阿斯腓亞。」

漓焰饒有興趣地望著落日，道：「你又是怎樣知道的？」

落日道：「十年前，我看到了一個女人離去的背影，那個女人就是你。」

漓焰道：「你是說你曾經見到過我？」

落日道：「那時，你走在陽光下，周圍是燦爛的花海。」

漓焰道：「而我卻從沒見過你。」

落日道：「是的，如果是在現實的場景中的話，十年前你就應該見到我了，現在整整已經晚了十年。」

濎焰看著落日，道：「我有些不明白你話中的意思，什麼叫做『現實的場景』？」

一旁的傻劍也對落日的話摸不著頭腦。

落日道：「因爲我是在海市蜃樓中見過你的背影，我已經找了你整整十年。」

濎焰頗感詫異，道：「是嗎？」

落日所說的話顯然不是濎焰曾想到過的，但落日的話卻又讓濎焰感到真實。同時，也證明了濎焰並非是一個在黑暗中尋找安全感的人，她的生命應該是在陽光和鮮花中尋找注解的。這無疑中又說明，若不是濎焰在說謊，那麼，那個在黑暗中尋找安全感的人並非指的是濎焰自己，這個房間內還有其他的人，這個黑暗的房間是爲了「其他的人」所準備的。

而這個人是誰呢？他，抑或是她，爲什麼喜歡在黑暗中尋找安全感？

落日不清楚眼前的女人爲什麼會見自己，也不清楚她懷著什麼樣的目的，但這又有什麼重要？他可以用十年的時間去尋找海市蜃樓中曾出現過的背影，還會在乎其他的一切？還會在乎她是一個懷著什麼樣目的的女人？他突然間想到的是，在他生命即將終結之前，他得到了他一生中所追求的東西。這種得到是一種結束，是否又意味著是另一種開始？

落日的嘴角露出了笑意，他在感謝命運的安排，這裡面包含著極爲奇妙的力量：生與死，一種開始，一種結束。

濂焰看到了落日的笑，但她的心是冷的，她無法也沒有必要去捉摸落日的笑所包含的東西。她道：「知道爲什麼讓你們兩人來麼？」

「我想我要死了。」落日很輕鬆地道。

傻劍突然感到落日的這種輕鬆是來自骨子裡的釋然，並沒有絲毫輕挑之意，是比任何真誠都要誠實的話，如果說先前落日的話帶有戲謔成分在內的話，那麼現在……

傻劍感到了害怕，他道：「落日兄說什麼話來著？」

落日毫不在意，道：「傻劍兄不用擔心，我是真的感到死亡的力量在逼近，但你卻沒事。」

傻劍陡然又明白，原來落日在喝酒時說的話都是真的，他早已感到了死亡力量的逼近，只是不想將氣氛弄得太沈重。

傻劍於是忙道：「落日兄你……」

落日舉手示意，打斷了傻劍的話，他看著濂焰道：「不知我說的是否正確？」

濂焰道：「你說的一點都沒有錯，你的確是快要死了。我原想在你們當中選擇其一，現在看來已經沒有選擇的必要了，就是你，你就是我要選擇的人！」

落日道：「因爲我可以事先感覺到死亡？」

「不錯，一個對死亡如此敏感之人便是我要找之人，因爲一個知道死亡之人是可以避免死亡的。」漓焰道。

落日不解地道：「我不明白你的意思。」

漓焰道：「你不用明白，你只要知道你現在必須死便可。」

傻劍陡有警覺，手以最快的速度按住劍柄，準備拔劍刺出。

他的速度無疑是快的，但劍尚未拔出一半，他的身子便從門處飛了出去，失去了所有知覺。

門，重又關上，而落日卻倒在血泊中……

漓焰望著倒在血泊中的落日，道：「你錯了，我真的是一個在黑暗中尋找安全感的人，你看到的只是我的一面……」

夜。

風雪停歇。

殘空尙跪在聖殿後殿的廣場上。

寂靜的廣場悄無聲息，混沌的夜空閃著雪芒。

一隻不怕冷的甲蟲「篤篤……」走到殘空面前，側頭看了他一眼，隨即又「篤篤」地走開了，留下一長串細小的足印。

這時，姬雪公主從後殿走了出來，在殘空身側坐下，望著夜空，半天不說話。

也不知過了多長時間，姬雪開口道：「為什麼這裡的天氣一年四季都這麼冷？」

沒有人回答她的話，她的話不知是對身旁的殘空所說，還是對她自己說的。

又不知過了多長時間，姬雪又道：「是不是每一個人總是喜歡等待一些得不到的東西？」

殘空道：「姑娘這是在和我說話麼？」

「不，我這是在和自己說話。」姬雪望著夜空道，她眼前出現的是那晚冰藍色的夜空，夜空下，影子攜著她一起飛翔。

殘空沒有再說話。

姬雪道：「如果一個人是在欺騙你、利用你，你可以不愛他嗎？」

殘空沒有出聲。

姬雪望向身側的殘空，道：「我在和你說話，你怎麼不回答我？」

殘空道：「我以為你是在跟自己說話。」

姬雪道：「我是在問你。」

殘空道：「我不能夠回答你的問題，因為我從未愛過一個人，除了我妹妹。」

「從未愛過一個人？除了你妹妹？」姬雪頗感意外地道。

殘空道：「是的，我一生求劍，劍是我全部生命意義之所在。而我妹妹是一個可憐的人，我沒能夠好好照顧她，我欠她太多。」

殘空想起了法詩藺，他爲了劍，爲了見天下，竟然沒有想到妹妹。他的心一直在受著折磨。

姬雪道：「既然你如此愛你的妹妹，又爲什麼不好好照顧她？」

殘空道：「我沒有這個能力，我只有在成爲超越先祖不敗天的劍手後，才能夠好好照顧她。」

「爲什麼一定要超越不敗天才能夠照顧她？」姬雪顯得有些不解：「爲了某些所謂的目的，難道就可以放棄其他麼？可以忽略其他人的感受麼？」她想到了自己。

殘空道：「你不懂的，男人立於世上，是必須超越一些東西，擁有超強的力量，才可以獲得別人的認可，才能證明自身的價値，這樣才是一個眞正的男人！」

「眞正的男人？難道男人都是活在別人的眼光裡？男人眞可憐！」姬雪同情地道。

殘空不由得心神一怔：「男人眞可憐?!男人眞的可憐麼？難道自己一直是一個可憐的人？不，一個小女孩又怎能懂得男人！男人活在世上就是要讓天地都知曉，受萬人敬仰，這樣才算是一個眞正的男人！」殘空絕對拒絕做一個平庸的男人。

姬雪這時問殘空道：「你已經在這裡跪了三天，是不是想見天下師父？」

殘空道：「是的，我要超越現在的自己，就必須見她，這是我現在唯一的機會。」

姬雪道：「但天下師父卻不在。」

「不在？」

「是的，自從我上次回來後，就一直沒有見到她。」姬雪道。

「但月戰卻讓我一直在這裡等。」殘空感到不解，但隨即他又有些明白了，這是天下對他的考驗，沒有任何東西是可以輕易得到的。

姬雪卻道：「天下師父是不會見你的，你的等待注定是一場空。」

殘空道：「爲什麼？」

姬雪道：「天下師父今天留了一封信給我，讓我告訴你，她不會傳你任何劍術，除了姐姐褒姒，她不會收任何人做弟子，也不會教任何人劍術，你與她沒有緣。」

殘空只聽得腦袋「嗡……」地一聲便空了，曾經的希望，追求的夢想，就像是一片不可企及的白雲，緩緩地離自己遠去，剩下的是什麼都沒有的虛無，連自己的身體都在這虛無中開始一片片飛碎，直至最後的消失……

「怎麼會這樣？怎麼會這樣？……」殘空不停地問著自己，接著，他吼道：「不！不會的！我一定要見天下，我一定要見到天下！」

聲音在夜空下久久回響，可聲音聽起來也是如此的無力，沒有任何依託，不可把握地慢慢消散。

一切皆是空。

姬雪看著殘空，殘空的頭仰望著夜空，跪在雪地裡的雙腳已經與積雪連在了一起。冷，已經讓他的雙腳失去了知覺，彷彿這雙腳已經不再屬於自己了，他沒有站起來的意思，雙眼充滿了堅毅的神芒。他一生求劍，一生爲劍，支撐著他的是從不懈怠的意志。在他的概念裡，從來沒有「放棄」二字，能夠走到今天，是不懈的努力與堅持。生命屬於他的是什麼，不是用生命來換取對劍道的追求麼？他絕不會放棄，也絕不能放棄！

他望著夜空堅決地道：「我一定會讓你見我的，我絕不會放棄！」

姬雪站起了身，離開殘空，往後殿走去。她心裡道：「你不放棄又有什麼用？我不放棄，他不也是一樣不屬於我麼？他終究是屬於姐姐的，明天，他就會權傾天下……」

……

殘空還在等。

是的，他還在等，誰又能夠告訴他等待的結果又會是什麼呢？或許，什麼結果都沒有，而他所擁有的只是等待。

一個生命中只剩下等待的人是可悲的，他生命的力量在一點點凝聚，也在一點點消散，誰也不能夠告訴他這種力量可以支撐多久，一年？十年？一百年？一千年……抑或是一輩子？時間是沒有什麼意義的，當生命消逝，當一切消亡，只剩下一個等待的姿勢，誰又能夠說清楚這個姿勢又有什麼意義？

這是一個執著於劍道、執著於超越的男人的結局麼？

不，當命運之輪轉到頂點，要麼停下來，要麼永遠地終結，要麼換一個方向，重新轉動，而現在出現在殘空眼前的，是一個可以改變他命運方向的人，是漓焰！

漓焰冷冷地道：「你醒了。」

「我醒了？」殘空感到有些奇怪，因爲他從未睡過去，又從何說「醒」？

殘空望了一下四周，卻發現不再是在聖殿後殿的廣場上，而是在一個四周散發著陰森氣息的大殿上，大殿最上方端坐著一個雕刻精緻、形像猙獰恐怖的神像，它有著人的身子，頭卻是傳說中的神獸之態，獠牙突出很長，眼睛大如銅鈴，頭髮則仿如一條條的小蛇，爬滿臉上。而大殿的兩側同樣站滿了人身獸頭的怪物雕像，並且手持利器。

殘空惶恐地道：「這是哪兒？」

站在他面前的漓焰回答道：「這裡是死亡地殿，你來到了死亡地殿。」

「死亡地殿?!」殘空從沒有聽說過，「明明跪在聖殿後殿的廣場上，怎麼會來到死亡地殿？」

他望向自己，自己依舊雙膝跪地。

漓焰道：「你已經死了，在等待中死去，端坐在最上方的是掌握死後靈魂與重生的黑暗之神的雕像。」

殘空隨著漓焰手指的方向重又望向那最上方面目猙獰恐怖的怪物，道：「他是黑暗之神？」在傳說中，他曾聽到過有關黑暗之神的故事，卻不想竟是這副模樣。相傳，黑暗之神是脫離三界之外的邪惡之神。

漓焰道：「不錯，他就是黑暗之神。」

殘空又一次道：「我怎麼會來到這裡？難道我真的死了？我怎麼一點感覺都沒有？」

漓焰道：「如果你不信，你的手可以摸向自己，看看是否能觸摸到自己的身體？」

殘空真的依言去觸摸自己的身體，而手卻穿透身體而過，什麼都沒有觸摸到。

殘空驚恐地道：「怎麼會這樣？怎麼會這樣？」他不敢相信自己已經死了的事實，他還有好多事情沒有做，還沒有成爲超越先祖不敗天的劍客，怎麼能就這樣死了呢？

從未流過的淚水此刻洶湧著奔流而下，卻未有一滴滴落地面，看來他是真的已經死了。

漓焰望了殘空一眼，道：「想知道我爲什麼讓你來這裡嗎？」

殘空沒有任何反應，思維仍舊沈浸在不可接受的事實當中。

漓焰接著道：「不是每一個死了的人都可以來到死亡地殿，你是第三個來到這裡的人。」

「第三個？前面還有誰？」殘空一下子醒了過來，問道。

漓焰道：「他們都是你所認識的人，就在你的身後。」

殘空忙轉身望去，他驚住了，他看到的是落日與天衣，落日與天衣此刻正看著他。

殘空忙道：「你們怎麼會來到這裡？難道你們也已經死了嗎？」

落日與天衣沒有出聲，漓焰替他們回答道：「是的，他們也都已經死了。」

「那他們爲什麼不說話？」殘空道。

「因爲他們沒有得到允許，他們在接受指令，在完成黑暗之神賦予他們的使命。」漓焰答道。

「黑暗之神賦予他們的使命？什麼使命？」殘空感到驚訝不已，眼前發生的事情已經超越了他能夠想像的範疇，他從沒有想到，人死後，還可以有自己的思維，還可以接受使命。

漓焰沒有回答殘空的問題，她道：「你也是接受使命的人之一。」

「爲什麼？到底是什麼使命？」殘空道。

「你不要問這麼多，到時你自會知道。」漓焰冷冷地回答道。

殘空道：「我爲什麼要接受黑暗之神的使命？不！我不會接受任何人的使命，我只知道自己背負著暗雲劍派的使命。」

漓焰道：「你沒有選擇，使命決定力量。有了使命，你就可以獲得重生，去完成尚沒有完成的事情，包括成爲暗雲劍派有史以來最偉大的劍客。」

「暗雲劍派有史以來最偉大的劍客？」殘空的心不由得動了一下，他一直追求的不正是如此麼？但……但自己能夠獲得重生麼？接受的又是什麼使命？使命又決定著什麼樣的力量？

殘空的心裡充滿疑慮。

第十七章 力量象徵

殘空的疑慮也只是從他腦海中一閃而過，他道：「我可以不問是接受什麼樣的使命，但我必須知道你們爲什麼選擇我？如果我重生，我又是誰？」

漓焰回答道：「你仍是你，選擇你是因爲你身上潛藏著執著的力量，這種力量可以讓人不畏任何艱險，直達目的爲止。」

殘空有些明白，他指向落日與天衣，道：「那他們呢？」

漓焰望向落日與天衣，道：「落日遊歷幻魔大陸，在死亡邊緣成長，有著對死亡的敏感和對生命的豁達；天衣代表的是一種矛盾和掙扎，他可以在分不清方向、辨不清問題時從對立面思考問題，做到逆向思考，還有他的嚴謹和一絲不苟都是我選擇他的原因。你們三人的性格就是你們所擁有力量的象徵，另外，還有一個人，他將與你們一起，共同去完成這項使命。」

「還有誰？」殘空問道。

漓焰道：「到時你自會知道。」

殘空知道她若是不願說，再問也沒有什麼答案，只是他不明白爲何需要四人方可去完成這項使命。第四人又是誰？使命又是什麼？而最讓他感到好奇的是眼前的女人到底是什麼身分？爲什麼要讓他們去完成使命？

而漓焰彷彿知道殘空的心思，她看了他一眼，然後道：「我可以告訴你一件事情，或許可減少你心中的疑問。」頓了一下，接著道：「在你們的認識中，幻魔空間是由雲霓古國、西羅帝國、妖人部落聯盟，以及其他的若干小國組成，其實你們認識的只是幻魔空間的一個層面，就你們的意義上講，你們所認識的只是幻魔大陸，而幻魔大陸只是幻魔空間的一部分。真正的幻魔空間遠比你們想像的要大，你們知道存在神族，但真正意義上的神族你們根本就沒有見過，他們才是幻魔空間真正的主宰。千年前的所謂聖魔大帝一統人、神、魔三族，只是聖魔大帝戰勝了被貶下幻魔大陸、失去神族力量、卻自稱代表神族的人，妖人部落聯盟的神族就是被貶的神族繁衍的後代，他們除了比人族擁有更長一些的壽命和更高一些的智慧外，並不能代表真正的神族，真正的神族沒有人可以戰勝！千年前，聖魔大帝之所以突然從幻魔大陸消失，是因爲他發現了真正的神族，企圖顛覆神族對幻魔空間的統治，結果卻形神俱滅。而現在的朝陽是他不滅魔意經歷千載後的重生，欲再度與神族抗衡。」

殘空聽得驚訝萬分，他沒有想到自己所認識的這個世界只是幻魔空間的一部分，更沒有想到千年前聖魔大帝的消失是因爲神族所致，而幻魔空間到底有多大？自己此刻所處的死亡地殿似乎也是幻魔空間的一部分，他以前卻從未聽說過這些。

殘空於是將心中的疑問說了出來。

濁焰道：「你說的沒有錯，死亡地殿也是幻魔空間的一部分，至於幻魔空間到底有多大，我可以告訴你的是：幻魔空間有四大護法神殿，這四大護法神殿分別是星咒神殿、月靈神殿、日之神殿，還有你現在所處的死亡地殿。它們各維護一方空間，而四大神殿又共同維護著神族至高無上的權威。幻魔大陸便屬於星咒神殿維護的範疇。要想顛覆神族對幻魔空間的統治，就必須首先突破四大神殿。」

殘空望向濁焰道：「那你又是如何知道這些的？」

濁焰道：「因爲我是神。」

「神?!」殘空終於明白了一切，幻魔空間是由神族主宰的，神的力量可以決定一切！但神族又爲什麼要讓自己與落日、天衣擔負什麼使命呢？這個問題又擺在了殘空面前，同時殘空再一次將這個問題問了出來。

濁焰沈吟了片刻，然後抬起頭，道：「好吧，告訴你也無妨，我要你們四人幫助影子。」

「幫助影子？」殘空不解。

濁焰仰起頭來，深吸了一口氣，道：「是的，我要你們幫助他。」卻不回答爲什麼。

殘空道：「以你擁有的力量爲何要我們幫助他？我們能夠做什麼？」

濁焰幽幽地道：「有些事情是不能夠自己親自去做的，也只有你們才能夠幫助他。」

「爲什麼？我們能幫他什麼？」殘空道。

漓焰道：「我要你們幫助他成爲幻魔大陸的王者，然後突破四大護法神殿！」

「什麼？」殘空嚇了一跳，還以爲自己的耳朵聽錯了，但漓焰的眼神告訴他，他並沒有聽錯。

他道：「你身爲神族中人，卻要我們幫他突破四大護法神殿，我實在不明白你這樣做到底是爲什麼？」

漓焰冷冷地道：「你不用知道爲什麼，也沒有必要知道我是誰，只須按照我對你說的去做便可。而當你們獲得重生後，你們就會忘記在這裡發生的一切，包括我所說的話，你們所擁有的是足以戰勝一切困難的力量。」

「但……」殘空似乎還想說什麼，可突然間從死亡地殿四面八方湧來的巨大力量讓他無法開口，隨即便失去了所有思維知覺……

漓焰望著殘空，眼神卻顯得很悠遠，道：「現在只剩下他一個人了。」

阿斯腓亞最大的客棧。

傻劍醒了過來，他發現自己的頭很痛，拍了拍腦袋，隨即想起了下午發生的事情。他望向窗外，發現天還沒有亮，連忙向外跑去，跑到下午與落日共同到過的那間房，一腳將門踹開。

房只是一間普通的房，裡面不再有蒙著門窗的黑布，也沒有那盞燈，更不見落日與漓焰。有的，只是一個男人與一個女人突然間驚醒，相擁著發出了兩聲尖叫。

「怎麼回事？難道自己走錯了房間？」他的腳步走出房間，重新張望，得到的結果是肯定的，正是下午來的這間房。

他重又走進房內，用劍逼著床上的男女，厲聲道：「你們是什麼時候住進來的？」

那男子顫顫巍巍地道：「大……大爺，我……我們下……下午剛……住進來，求……大爺饒……命，要錢我……我都給……給你。」

傻劍收回了劍，一切皆如他心中所想。他匆忙跑出了客棧，向著皇宮所在的山上飛掠而去，他必須馬上見到影子。

皇宮幻雪殿。

幻雪殿前的那棵櫻花樹靜靜佇立，悄無聲息。

殿內，影子與天下靜靜對坐，在天下身側，褒姒站著。

三人似乎這樣已經僵持了很長時間，終於，天下開口道：「我所說的條件不知你有沒有考慮好？如果你答應明天登基，成爲西羅帝國新一代的君王，我便幫你解開全身被鎖的一半功力。」

影子側眼望著天下，冷笑道：「你認爲我會答應你麼？你應該知道我從不會向任何人屈服，更不會受任何的要挾！」

天下平靜地道：「可你現在完全落在我的手上，你已經沒有任何資本，不再擁有可以與我討價還價的力量。」

影子道：「我可以拒絕！」

天下道：「是的，你可以拒絕，但你應該知道，沒有力量，我可以讓你連拒絕的機會都沒有。」

影子冷笑道：「如果你想這樣做，早就這麼做了，但你不會，你需要的不是一個沒有自我思維的植物人，你要的是我，我的智慧，以及我所擁有的力量。」

天下道：「你很自信。」

「是的，我應該自信，特別是面對大名鼎鼎的天下！」影子笑著道。

天下道：「你說得沒錯，你是應該自信，但自信變成自負就無藥可救了。任何一個深悉皇道、天下興衰之秘的人，是不會將所有的希望都繫在一根繩子上的。你別忘了漠尚在我手上，我可以讓他重新活過來，也可以讓他永遠都這樣沈睡下去，甚至我還有第三條路可以走。」

影子道：「那你就選擇另外兩條路吧，何必在此與我浪費口舌？」

天下道：「難道你不想讓漠重新活過來？」

「想，但我不會愚笨到拿自己去換他，對我來說，那樣什麼也得不到。」影子道。

天下道：「可你知道第三條路是什麼嗎？」

影子道：「如果第三條路比第一條路好，你早選擇了第三條路，而不是現在跟我談的這一條。」

天下道：「我只是給你一次機會而已，我不想讓路走得太窄，但前二條路走不通，我必定會走第三條。」

「是嗎？我卻不知道你是如此好心，我甚至不知道有沒有所謂的第三條路，抑或只是在玩弄你欺騙的伎倆。」影子冷笑不已。

天下道：「我所準備的第三條路是……」

「師父，你真的準備走第三條路？」褒姒這時開口道，樣子顯得有些擔心和急切。

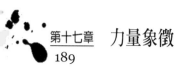

天下道：「我已經沒有什麼辦法了。」

「但是，師父……」

天下制止了褒姒繼續說下去，她望向影子道：「我最後給你一次機會，你是否答應明天登基，成爲西羅帝國的君王？」

褒姒急切地望向影子。

影子望了兩人一眼，冷笑道：「師徒倆的雙簧戲倒是演得好，只可惜我是一個看戲之人，更是一個善於看戲之人，你們的伎倆根本騙不了我。」

天下始終不忿不驚道：「那好吧，我現在便告訴你我所要走的第三條路：西羅帝國需要一個君王，你既然不答應，我便只有讓褒姒的哥哥漓渚登上皇位，權傾天下！」

影子道：「你是說那個唯有生活於玄武冰層才能夠活到今天的人麼？你認爲有這種可能嗎？」

天下道：「也許在你出現之前不可能，但現在卻變成了可能。」

影子略感意外，道：「哦？你這話是什麼意思？」

天下道：「我可以讓他借用你的身體，而你的元神卻留在玄武冰層。」

影子哂然一笑，道：「如果漓渚可以成爲你要的人，你還會等到現在麼？不，漓渚並不是你想要的人，或者換種方式說，你無法控制漓渚，你的實力沒有給你這種自信。」

天下道：「看來你倒分析得很透徹，但你別忘了，在這個世上還存在『合作』二字。」

「『合作』二字換一種說法就是利用，而利用的雙方，誰會成爲最後的勝者，起決定作用的仍是彼此的實力。就像你現在封住我全身的經脈，爲的就是控制我。漓渚則不同，他同樣是一個聰明人，且是一個遠遁世事的人，他更清楚，只有擁有強大的力量，才能夠真正地保護自己，更別說是一個病人，他的自我保護意識只會更強。因此，你犧牲我換漓渚，並不能得到什麼好處。」影子信心十足地道。

天下道：「你怎麼如此肯定我與漓渚之間一定會產生出一個勝者？難道我們不能夠成爲共同的勝者麼？」

影子笑道：「你這個問題還要問我麼？時間已經證明了一切，你不可能讓漓渚成爲西羅帝國的君王，漓渚與你之間永遠只可能是敵人！你清楚地知道，如果漓渚的病好了，離開了玄武冰層，你就是他第一個要對付的人。」

「爲什麼？」天下的樣子依然顯得很平靜，而她身旁站著的褒姒，臉色卻變了。顯然，影子的話已經道出了一些不該從他口中道出的東西。

影子自信地道：「如果我所猜沒錯的話，漓渚之所以自小便得了這種怪病，必須活在玄武冰層，一定是拜你所賜。」

褒姒的臉色變得更厲害，但天下卻依然平靜地道：「理由？」

影子道：「理由就是你的身分，他的病。」

天下沈吟了一下，道：「你說得沒錯，你的猜測也沒錯，你的分析更是到位，能夠在短短十數天內從各種蛛絲馬跡中去繁去雜，看清事情的本質，你確實是一個天才般的人。你看到我是一個懂得皇道及天下興衰之秘的人，不被我所製造的事件擾亂視線，確實不簡單。是的，漓渚是我讓他從小得上這種病，關在玄武冰層的。」

「爲什麼？」影子問道。

「因爲他是一個不該出生在幻魔大陸的人，他的存在是一個錯誤，必須在玄武冰層待著，否則他唯有死！他的存在本身就是一個謬誤。」天下彷彿想起了什麼，眼神顯得有些悠遠。

「爲什麼？」影子又問道，他的眼睛密切注意著天下表情的細微變化。他已經聽到天下說了兩個意義相仿，卻又不盡相同的詞「錯誤」與「謬誤」，一個像天下這樣的人是不會犯語言上的錯誤的。

天下收回了悠遠的眼神，她望向影子道：「這件事是不會讓你知道的，你不用枉費心機再問下去了。」

影子彷彿一下子洩了氣，他的猜測和推論沒有錯，漓渚是不會無緣無故得什麼怪病的，其中一定有什麼原因，而且與天下有關，但天下的話讓他不得不終止自己的思維在這件事上延伸下去。

影子定了一下心神，重理思路，然後道：「如此說來，你的第三條路是走不通的。」

天下卻道：「但我更願意漓渚成爲我的對手，而不是你。」

影子的表情頓時有些僵硬，天下的話一下子宣佈了影子重新尋找機會，意欲爭取主動的可能性變成了零。雖然在表面看來，影子言語的連續進攻佔有主動優勢，但實際上什麼都沒有，他的進攻是建立在一片空中樓閣上，等同於虛無，而天下所擁有的才是真正的優勢，她不慍不躁，在影子的進攻中保持著自己優雅的姿態。

所以，天下的這一句話，一下子就宣佈了影子的「死亡」。

半晌，影子都沒有說一句話。

而天下卻道：「在我沒有帶你去玄武冰層之前，你還有機會。只要你答應明天登基，成爲西羅帝國新上任的君王！」

影子沈吟著，又過半晌，他抬起頭來，望向天下道：「你真的很害怕我麼？」

天下毫不避諱，平靜地道：「是的。」

影子道：「那你爲什麼要我成爲西羅帝國新任君王，而不乾脆殺了我？」

天下道：「幻魔大陸是由許多人共同組成的，每一個人都有他存在的價值。我從不殺一個人。」

影子道：「你沒有回答我的問題。」

天下道：「我該說的已經說了，剩下的是不應該說，也不能說的。」

影子冷笑，彷彿明白了些什麼，道：「其實你怕的並不是我。」

天下頗感意外，道：「你說我怕的是什麼？」

影子道：「你怕的是你藏著的秘密被我知曉，你總是在企圖掩飾著，轉移著我的視線，你怕的是你藏著的秘密被人所知曉！」

天下道：「你有豐富的想像力，但猜測只是猜測，猜測的結果什麼都代表不了。不過，我還是勸你放棄，不要再想一些徒勞的事情，在我這裡，你不可能得到什麼……」

「你害怕了。」影子打斷了天下的話：「因爲我說中了，你感到緊張是麼？就算你不告訴我，我遲早都會知道的，既然是針對我，就沒有秘密是可以永遠守住而不讓我知道！」

天下歎息了一聲，道：「看來是必須走第三條路了……」

皇宮最底層的玄武冰岩層。

影子隨著天下、褒姒站在了那堵將漓渚與他們隔離的玄武石面前。

褒姒開口道：「哥哥，褒姒來看你了。」

隔著玄武石壁，裡面傳來漓渚的聲音：「這次來的，可不只你一個人。」

褒姒低聲道：「是的，師父也來了。」

「師父?!」漓渚的聲音中含有詫異之色：「什麼師父，我以前可從未聽你說過？」

話音剛落，有著超強的力量滲過玄武石壁，向影子和天下逼進，氣勢滔滔若水，連綿不絕，充滿十足的攻擊性。

影子與天下雖站立不動，但強勁的風卻將兩人的衣衫和長髮吹得獵獵作響，臉型也因爲勁氣而肌肉浮動，不斷變化扭曲。

片刻，攻擊性的勁氣停了下來，漓渚道：「這是兩個不簡單的人，一個的氣息運行告訴我，是你上次帶來之人；另一個氣息沈而不發的想必就是你師父吧？」

褒姒答道：「哥哥所說沒錯，正是褒姒的師父天下。」

「天下？」漓渚顯然對這個名字並不陌生，軌風曾告訴他，幻魔大陸有三大奇人，其中之一便是天下。

天下道：「是我，我這次來此，是欲幫你離開這裡……」

「幫我離開這裡?!」漓渚驚詫不已，可轉而，他又顯得十分冷靜地道：「你可以幫我離開這裡麼？」

天下道：「是的，只要你願意。」

「為什麼？」

天下道：「因為你想離開，而我又找到了一個人，可以讓你離開。」

漓渚的聲音道：「你是說他？」

顯然，這個「他」所指的是影子。

天下道：「不錯，以他的身體，完全可以承受你無處宣洩的力量，而不會發生爆裂，你完全可以不必借用玄武冰層的冰寒之氣來封禁他體內的力量。」

原來，漓渚所謂的病是他的身體無法承受天生的力量，所以必須借用這玄武冰層的天然陰寒之氣對體內的力量進行封禁。而所謂的在發病之時可以在他所在的空間做任何事，是因為儘管有玄武冰層的陰寒之氣進行封禁，但每隔一段時間仍必須釋放一次，否則，他的肉體仍是無法承受。

這正是漓渚無法像正常人一般生活的真正原因。

漓渚卻道：「你不用騙我了，這個世上根本找不到可以承受我體內無窮力量的人。」

天下道：「不信你可以先將我們面前的這塊石壁破除，試一試他的身體是否可以承受你的力量。」

漓渚道：「若這玄武石壁被破除，只怕封禁我體內力量的陰寒之氣便會外洩，得不償失。」

天下道：「如果你連這種嘗試的膽量都沒有，看來你只有一輩子終死在這玄武冰層了。」

天下的話讓漓渚心中一陣惻動，半晌他都沒有說一句話。「是的，難道自己真的要在這玄武冰層終老一生嗎？難道自己真的不能像普通人一樣自由地馳騁於天地麼？」

漓渚道：「好，既然有這樣的機會，我又豈能錯過？我要看看他的身體是否真的能承受我所擁有的無窮力量！」

話音方落，「轟……」一聲巨爆，那一整塊比鋼鐵還要堅硬的玄武冰岩便化成了粉末，彌漫在空氣中。同時，徹骨的陰寒之氣迎面撲至，這種寒冷，彷彿將體內的血液和真氣都瞬間凝固，手腳更是不能動彈分毫。

第十八章　締造結界

褒姒雖早有心理準備，但她此刻唯有思維可以活動，影子全身經脈被制，可以活動的同樣只有思維，唯天下顯得無礙。

而在破碎的玄武石壁裡面，一條長達百米的狹小石道盡頭，一個人手腳被巨大的寒鐵鏈所鎖，冰封於玄武寒冰層當中；身上無半寸遮體之物，銀白的長髮及地，眼神似冰稜一般冷峻，富有穿透力；臉型稜角分明，彷彿刀削的冰面。他就是漓渚。

這是褒姒第一次見到漓渚，在她以前的想像中，漓渚是一個身形瘦弱、疲憊不堪、眼睛無神、身處幽暗室內的模樣，而眼前的漓渚肌肉強壯，稜角分明，身體每一處都透著一種力量。特別是眼神，更是透著征服的欲望。雖然漓渚並不是她真正意義上的哥哥，但在這些年的交往中，彼此之間已經建立了某種感情。而褒姒此刻看到的差別，讓她感到了一種陌生。

影子從來到這裡到見到漓渚，一直都顯得很平靜，他看著玄武冰層內的漓渚，臉上仍是沒有什麼表情，彷彿天下與漓渚之間所說的話，他什麼都沒有聽見。更何況此刻，失去了力量的他，連臉上的表情動一下也無法做到。

漓渚並沒有立即試探影子是否能夠承受他強大的力量，而是詫異地道：「他的經脈被封鎖？」說話時他的嘴根本就沒有動。

天下道：「是的。」

「為什麼？」漓渚問道。

「因為他和你一樣，擁有著令人害怕的力量，也只有這樣，你才有機會擁有他的身體。」天下答道。

漓渚知道事情並沒有如此簡單，但事情到底怎樣又與他有什麼關係？重要的是他可以擁有影子的身體。

只見漓渚的眼神射出一道神芒，眼睛眨動一下，在一股強大力量的作用下，「嗖……」地一聲，影子身不由己地站在了漓渚的面前。

漓渚道：「看著我。」

影子的頭便身不由己地抬了起來，望向漓渚。

而漓渚兩眼穿透玄武冰層的神芒一下子沒入了影子的雙眼中……

強大的力量通過雙眼滙至影子體內，充斥各處，而漓渚注入影子體內的力量彷彿奔騰入海的江水，根本就無法探清影子的身體到底有多大的容量，簡直深不可測。

漓渚興奮不已，這正是他所要找的人，天下並沒有說謊，照這樣看來，影子的身體確實可以容納他強大的力量。

力量，通過雙眼不斷地滙入影子體內……

縷縷紫霞之光從玄武冰層時隱時現，淡淡散開，影子身體四周則散發著白氣。

天下這時提醒道：「在你沒有足夠的力量控制他之前，最好不要解開他被封鎖的經脈，因爲你所擁有的力量並不一定能夠戰勝他。」

而漓渚彷彿根本沒有聽到天下的話，他對自己有著足夠的信心，更重要的是他並不是一個愚笨得需要提醒的人。二十多年囚禁般的生活是可以完全消磨一個人的意志的，同時也不斷地積蓄著對自由的渴望，當真正的機會擺在面前時，其興奮之情是無法用言語來表達的，更不會讓它錯過。

而影子呢？這是影子的命運麼？這是影子所等待的結局麼？他真的願意身體被漓渚借去，而永遠待在這充滿陰寒之氣的玄武冰層？

影子沒有回答，他似乎也不能回答。而天下，則更密切地注視著影子，她似乎在等待著什麼……

這時，一串銀鈴般的笑聲卻傳進了天下的耳朵。天下的心陡然警覺，她回頭望去，看到漓焰滿臉笑意，步態盈然地從彎曲的石階上走下來，並道：「想不到這裡變得如此熱鬧，來了這麼多人。」

天下對漓焰的出現感到十分意外，道：「你怎麼會來到這裡？你不是已經離開了麼？」

漓焰走至天下面前，笑意盈盈，卻又意味深長地道：「難道走了之後就不能再回來麼？」

不待天下有所反應，又笑著向冰封於玄武冰層的漓渚的方向走去。

「站住！」天下喝止道。

漓焰回過頭來，道：「你還有什麼事嗎？」

天下道：「這個問題應該是我來問你才對，難道你也要插手此事？」

漓焰笑著道：「我不是早已經插手了麼？空悟至空，不正是我送給你的禮物麼？」

天下道：「那是你們死亡地殿自己的家事，而這件事，早有使命，由我一手負責。」

漓焰道：「誰下的使命？」

天下道：「你心裡很清楚，何須多此一問？」

漓焰笑道：「我正是不清楚才有此一問。」

天下鄭重地道：「難道你想違背『他』的旨意？」話語之中帶著威脅。

漓焰顯然知道天下口中所謂的「他」指的是誰，她已不再笑，正色道：「沒有人可以違背『他』的旨意，但我卻必須做一些事情。」

天下道：「你想做什麼？」

漓焰道：「讓漓渚死去。」

天下嚇了一跳，道：「你要讓漓渚死去？你可知他是什麼人？」

漓焰一笑，輕淡地道：「我知道，他是可以幫助影子突破四大神殿之人。」

天下驚駭地道：「你既然已經知道，爲何還要讓他死？他死之後，意味著什麼，你可知道？」

漓焰毫不介意地道：「正因爲知道，所以我才要讓他死。只有他死後獲得重生，才能控制他所擁有的無窮力量。而我也知道，你是奉『他』的旨意，不讓漓渚死去的。」

天下恍然大悟，道：「看來你這是公然違背『他』的旨意。」

漓焰卻道：「你有你的旨意，我也有我的旨意。」

天下疑惑道：「什麼意思？」

漓焰道：「你不用明白，你只要知道這件事便可。」

天下定了一下心神，道：「如此說來，爲了各自的使命，我們必定要成爲對手？」

漓焰道：「如果你企圖阻止我的話，情況大概就是如此了。」

天下道：「但我仍不明白，你爲何會公然違背『他』的旨意？你這樣做到底是爲什麼？」

漓焰道：「你不用明白，有些事情不但連你不清楚，連我也不一定非要明白不可。如果你連這一點都不能夠參透，實在有負『天下』之名。」

天下若有所悟道：「我明白了。」

漓焰道：「你明白就好。」

話音剛落，漓焰的右手伸出，修長纖細的中指自空中一點，光點一閃，一道無形透明的結界便從手指所點之處擴展開來。

天下見狀，雙腳飛速移動，同時空氣中無形的陰寒之氣迅速向她右手聚合，倏忽之間，一柄化寒氣而成的光劍便出現在她手中。

功力聚放，光劍便發出耀眼的光芒，拖起一道烈陽般的白芒，隨著疾速運行的步伐向那迅速擴展的結界疾劈而去，企圖在結界完全形成之前，阻擋結界的形成，進入結界內。

「鏘……」光劍劈中結界，金鐵相交之聲刺人耳鼓，金星四射。

而一道完整的結界屏障正好形成，將天下與漓焰隔離開來，結界絲毫無損。

天下撞在了結界上，只差一點點她便可以在結界形成之前進入結界內，只可惜功敗垂成，差了一點點。

天下一向從容自若的臉色不禁出現了懊悔之色，以她的修爲，根本就不可能突破這道結界。何況，漓焰來自死亡地殿，一個可以界定兩種不同生存方式的地方，誰又能夠輕易破除他們所締造的結界？

天下顯得有些無可奈何。

漓焰展顏向她露出了極爲燦爛的笑，然後便極爲優雅地轉過了身去，留給天下一串笑聲。

漓焰面對著漓渚，漓渚正將力量源源不斷地輸進影子體內。

漓焰望著漓渚道：「你是不應該想通過這種方式自由行走世間的，你的身體之所以不能夠承受你所擁有的力量，是因爲你還沒有想到你的使命，使命可以讓你重生。所以，你必須死。」

話音落下，漓焰的手指伸出，往虛空中一點，空氣似層層波浪般四散湧開，手指所點之處出現了一個小小的旋轉著的黑洞。

「生命輪迴黑洞！」結界外的天下不由得一聲驚呼，可又似乎顯得無可奈何。

此時，黑洞迅速脹大，向封禁在玄武冰層的漓渚吞噬而去。

漓渚毫不理會，力量通過雙目不斷輸入影子體內。

而事實上，他是根本無法理會。因爲就在漓焰向他發動攻擊的時候，漓渚看到了一件不可思議的事情，通過雙目灌入影子體內的力量彷彿看到了一片空寂靜謐之地，一輪冰藍色的下弦月高懸於空。他的力量則延伸到這一片冰藍色空間，立即變得虛無，根本無法感覺到自身強大力量的存在。

每一個人，相對於神秘莫測的宇宙而言，在他體內都有一個「小宇宙」，這「小宇宙」貯藏著人體各種潛在的力量和已經開發的力量，意即習武之人所認爲的丹田。但丹田的認識只是相對於人體「小宇宙」的一部分，只是練氣和貯藏功力，「小宇宙」的概念遠比這要強大得多，它是人體與宇宙萬物聯繫的一個契機體。

此刻，漓渚感到了自己的力量已經進入了影子體內的「小宇宙」內，這是一個完全相異於人體七經八脈和穴位構成的世界，是如此的陌生。他看到了另一個影子立於這一輪冰藍色的下弦月之下，仰望著那一輪彎月，神情孤寂冷漠，卻又彷彿充滿著無限的戰意。

漓渚不明白自己的力量怎麼會輕易闖入了影子的「小宇宙」內，並看到了另一個影子。他知道，「小宇宙」相對於每一個人而言，是力量和生命之源，即使是一個最爲普通之人也不可能輕易讓之進入的，力量對人的控制最多只是對於丹田這個層面。漓渚的身體之所以無法承受力量，是因爲他「小宇宙」內潛藏的力量根本不受自身的控制，所以才讓肉體無法承受，而影子在身體七經八脈被天下所制的情況下讓他自由進入，根本不會有力量外洩，無法控制的情況發生，而且，他的力量進入影子「小宇宙」內平白無故地消逝至無。

漓渚突然想到了一件事情，這件事情讓他無比的害怕。

影子的被制只是一個假像！或者說，影子被制的只是七經八脈，而這被制的七經八脈對於影子根本不會有絲毫的影響，他可以自如地控制著「小宇宙」和「小宇宙」內潛藏的力量，他裝著被制服只是在等待著什麼。

這種猜想得出的結果，讓漓渚的心不由得一陣戰慄。

「他所擁有的力量遠比自己所擁有的不可控制的力量要強大得多！他這樣做到底是爲什麼？」

不容漓渚再多想，當務之急，便是收回自己的力量，退出影子的體內……

思維的變化只是在瞬息之間。

當漓焰發動對漓渚的攻擊，到漓渚感到漓焰的死亡威脅，也正是他想退出影子體內的時候，可這種想法只是一個空想，他根本已是身不由己。潛藏在他「小宇宙」內的力量不可控制地湧進影子體內，而漓焰的「生命輪迴黑洞」已經讓他感到死亡的到來，他無力作出任何反抗。

「難道自己就這樣死去？」漓渚心有不甘地忖道，眼睜睜地等待著死亡的來臨。

就在生命懸於一線間，漓渚感到自己所在的空間迅速倒轉，不斷切換，面臨的死亡威脅頓時瓦解。與此同時，他感到了另一個強者站在了他與影子的前面。

是的，就在漓渚要被漓焰所製造的生命輪迴黑洞吞噬時，一個人以「空間轉移大法」救了漓渚。

來人身著黑色素衣，頭戴斗笠，遮住面部，正是那晚製造影子的心靈空隙，並將影子擊倒之人。

漓焰看著這突然出現在眼前之人，臉色有些凝重地道：「是你?!」

事先，她一點都沒有感覺到他是什麼時候來到這裡的。她所締造的結界一點都沒有破，天下依舊在結界外，難道他早已經存在這裡？

來人聲音低沈地道：「你可知，你是走在一條錯誤的路上？」

漓焰調整了一下心緒，平靜地道：「錯誤與否，只有自己知道，別人無權評判。」

來人道：「說得好，但往往好聽的話並不是有用的話。很多事情不是你想改變就可以改變的，既然設置了方向，它只會按照既定的軌道運行，沒有人可以改變。你這樣做，無異於飛蛾撲火，自取滅亡！」

漓焰哈哈一笑，道：「什麼叫做飛蛾撲火，自取滅亡？你做你的事，我做我的事，各有各的目的，互不相干，何須這麼多廢話？」

來人眼中射出深沈之芒，道：「難道你真的想背叛『他』麼？你借用收復空悟至空之口，以死亡地殿的名義介入這件事當中，其實你的最終目的是爲了助影子找到可以幫助他的四人！如果我說得沒錯的話，四人現今只剩下漓渚一人。你讓他們死去，就是爲了死後讓他們重生，逃避『他』對他們命運的控制，而這樣才可以幫助影子突破四大神殿。你說我說的是也不是？」

漓焰笑道：「是與不是現在又有什麼關係？我漓焰只做自己喜歡做的事情，率性而爲之，難道你不想看看這個世界變個樣子麼？」

的？」

「不！」來人道：「以你還沒有這樣做的膽子，更沒有這個能耐，到底是誰讓你這樣做

滴焰意味深長地望著來人道：「你想知道？」

「是的。」來人毫不否認，這才是他最想弄清楚的問題。

滴焰道：「我可以告訴你，但你首先必須回答我兩個問題。」

「什麼問題？」來人顯得十分謹慎。

滴焰道：「爲什麼一定要影子成爲西羅帝國的君王，這其中有著什麼秘密？」

「還有一個問題。」來人道。

滴焰道：「你先回答我第一個問題。」

來人冷冷一笑道：「原來你和影子的問題一模一樣。」

滴焰心中一驚，卻裝著若無其事的樣子道：「一樣又怎樣？如果你不能夠回答我的問題，我們也就沒有這樣繼續下去的必要了。」滴焰有意想轉移岔開來人的話題。

來人卻絲毫不上當，道：「如果一樣，我便可以肯定一件事情。」

「什麼事情？」

來人的眼神透過斗笠，透視著滴焰，道：「你們在和我演一場戲！」

滴焰的心「咯噔」了一下，笑著道：「『你們』？什麼『你們』？！你能講清楚點麼？」

「你，影子，還有空悟至空。」來人一字一頓地道。

結界外的天下聽得心中一震，她心中忽然想起了什麼，有種豁然開朗的感覺。

漓焰冷冷一笑，並不否認，也並不肯定，道：「你的想像力讓我佩服。」

「難道不是麼？」來人逼人的神芒透過斗笠變得更強。

漓焰輕淡地道：「我想這一直是你想要的答案吧？如果你真的以爲是這樣，我也無須作什麼辯解，只是對你這種想法感到好奇。」

來人沒有作任何解釋，他回頭望向影子，道：「你不用再裝了，從一開始，你就從未被我擊倒過，更未被制服過，你只不過是隨勢，將計就計，想探清我們這樣做的目的到底何在，想引出背後的人和事。從你一開始進入阿斯腓亞，就一直在表演，因爲你知道，沒有任何事情可以逃過我們的耳目，所以你唯一可以做的是隨著事情的發展而表演。」

「難道你不也是在表演麼？」

影子突然開口道，漓渚通過眼睛進入影子體內的力量這才得以控制，與以往全身充滿無窮力量相比，他感到現在全身空蕩蕩的。

影子轉過身，平靜地望向來人，道：「銘劍兄，你現在可以掀開你的斗笠了，大家已不是第一次見面，用不著藏頭露尾。」

來人摘掉頭上的斗笠，果然露出的是傻劍的容貌，只是他的嘴角不再帶有那憨厚的笑意。

傻劍道：「看來你早已知道我的身分了。」

影子道：「也不是很早，以前只是懷疑，那晚在軍部總府才得以確定。」

「爲何？」

「識別一個人其實並不難，不管怎樣掩飾和隱藏，總有一些蛛絲馬跡是可以暴露的。難的是，怎樣才能讓你現身。」影子道。

傻劍一笑，道：「是了，我忘了你一直都在懷疑我，既然懷疑，便會一直留意我的一舉一動。這樣看來，那晚所發生的事情，只是爲了證實你心中的猜測和懷疑。」

影子道：「也可以這麼說。總之，不是你出現，必定會有其他人出現。」

傻劍道：「看來在這一場較量當中，我是輸給了你。」

影子道：「不，你從未輸過，除了逼你現身，我任何有價值的東西都沒有得到，你一直都是勝利者，掌握著主動權，就好比今晚，我還是讓你識破了所做的一切。」

傻劍嘴角浮起一絲不該有的苦笑，道：「你早就對我有懷疑，而我在今晚通過澌焰的一句話，才突然間想起了所有的一切都是你精心編排的，只是我不明白的是，澌焰怎麼會與你合作？而空悟至空……」

這時澌焰道：「澌焰之所以答應與影子合作，是因爲空悟至空。前提是空悟至空必須回到死亡地殿見死亡地殿之主——黑暗之神，這也是我們倆的交換條件，包括殘空、落日、天衣及濟渚的重生，都是空悟至空回到死亡地殿見黑暗之神的條件，而並非如你所想，是有何人指使我這樣做。」

一切對於傻劍來說，都已經明白了。他所擔心的空悟至空看來確實是被黑暗之神傷至如死人一般，這讓他暫時免除了對空悟至空的後顧之憂，他還以爲連空悟至空的被擊傷也是影子事先精心的安排。

傻劍道：「以前，我們都在表演，現在看來，表演已經到了盡頭，是該用實力說話的時候了。」

影子道：「看來你仍是不願說出逼我成爲西羅帝國的君王到底背後藏著什麼樣的目的。」

傻劍道：「是的，這不是我能夠回答的問題，也不是我應該回答的問題。每個人不都有自己的使命和目的嗎？我所要做的是讓你成爲西羅帝國的君王！」

「那你的真實身分又是什麼？」影子道。

「星咒神殿鳳凰護法！」

「原來你是星咒神殿之人。」

「幻魔大陸所有一切事情都屬星咒神殿管轄，我之所以成爲一名遊劍士，是爲了知道幻魔大陸所發生的一切事情，而我的最終目的就是等待你的出現，讓你成爲西羅帝國的君王，這是不可逆轉的天命。」傻劍正色道。

影子冷笑道：「但你應該知道，我從來都是一個與命運抗爭之人，沒有人可以勉強我做任何事。既然我從你這裡什麼都得不到，我現在唯一可以做的便是讓你們死去，看『他』到底是怎樣設定我命運的方向！」

「沒有人可以逃脫『他』所設定的命運方向。」

說話之間，傻劍手中金光一閃，一柄渾身通透雪亮的占星杖便出現在了他手中。占星杖所指，頂端的六芒星形脫離而出一道六芒星的金光，迅速撞向漓焰所締造的結界。

金光閃過，那道透明的結界應聲破解。

天下、漓焰、傻劍、影子四人相對。

無盡的沈默預示著即將爆發的戰鬥。

但四人都只是相視而立，誰也沒有動，是找不到出手機會嗎？抑或在等待著什麼？誰也不知道四人此刻的心裡在想些什麼，四人的對峙之中也並無高手之間對峙的那種氣勢的散發。相對於四人而言，他們所擁有的實力修爲實已超越了武學本身的限制，上升至「虛」與「無」的境界。他們所追求的也不再是形式的較量，而是來自靈魂深處的決戰，是以捕捉對方的心裡活動而找到瞬息之間的攻擊點，也是一場智慧的決戰。

在無盡的沈默之中，四人之間的決戰其實已經開始……

寂靜無聲的玄武冰岩層內，空氣凝滯不動，褒似身上覆上了一層薄冰，不能動彈，思維卻在不斷地轉動著。她聽到了他們之間的那些對話，自是知道接下來會發生什麼事情，但在這死一般的寂靜中，讓她的思維根本想像不到發生了什麼事。

封禁在玄武冰岩層內的漓渚緩過了神來，重新升起的力量讓他全身虛脫的感覺漸漸消失，身體重又充滿了力量。

第十九章 無聲之戰

漓渚睜開了眼睛，看著站在他面前的四人，憑藉著他敏銳的捕捉能力，已經明白他們之間發生了什麼事。他的體內有著無窮的力量，這是他作爲一個強者的資本，作爲一個強者，他深深明白這無聲的對決實比真刀真槍的決戰更要驚險萬分，只要思維的運轉有一絲的漏洞，那帶來的便是死亡的結局！

漓渚觀察著四人，剛才影子四人之間的對話，他也聽得一清二楚，知道此刻自己是他們爭奪的目標：影子、漓焰想自己死，而傻劍與天下要阻止他們的舉動。自己雖然不是他們的最終目標，但此刻自己是他們爭奪的焦點則不會錯的。

漓渚不太明白這其中到底有著什麼樣玄妙複雜的關係，他曾以爲自己所擁有的力量無人可及，儘管他並沒有像正常人一樣認識這個世界，但他也知道，還沒有一個人像他一樣無法承受體內所擁有的強大力量，這是他的驕傲，也是他的悲哀。

但今晚所認識的世界，讓他有一種無法把握自己命運的感覺，而且這種感覺還十分強烈，甚至讓他感到比不能控制自己所擁有的力量還要讓人擔心，儘管這種擔心是模模糊糊，若隱若現的。

漓渚不是一個束手就擒、任人處置之人，他知道，自己的命運應該掌握在自己手中。眼前的四人，無論哪一方贏得勝利，對他而言，都不是一件好事。而眼前靜默對峙，以心和智慧在進行暗戰的四人對他來說，也是一個機會，以四人身心的投入來看，正好是他的下手機會。他要趁他們無法顧及其他的時候，對他們猛下殺手，這樣，才可以把握住自己的命運。

思忖至此，心念一動。

那些散落在四處石壁、地下的冰柱冰棱隨著漓渚意念所動，全部都凝於半空中，一動不動，包圍在四人周圍。

一道精光自漓渚眼中一閃而過，那些冰棱、冰柱彷彿突然間接到指令，全部啓動，向四人激射而去。

可就在這些冰棱、冰柱即將接觸到四人，穿透四人身體之時，卻又突然受阻，失去了前進的動力。

緊接著，那些冰棱、冰柱調轉頭來，似飛逝的流星，快不可言地向漓渚反射過來。

漓渚大驚，他沒有料到四人在對峙的時候，還能分心應付自己的突然襲擊，並且在第一時間化解了自己意念對這些冰棱冰柱的控制，實行反擊。

而漓渚卻不知，這些冰棱冰柱的反擊全都是影子一個人以意念所驅。

就在這些冰棱冰柱對漓渚實行反擊之行，傻劍的意念趁勢一下子侵入影子大腦內，手中的占星杖突然發出十分耀眼的金光。

占星杖正以強大的力量，摧毀著影子大腦的思維活動。

而影子渾身一震，全身沒有一點反抗的力量。

此時，天下與漓焰同時化靜爲動，以兩人相當的修爲，這樣耗下去，很難在短時間內找到下手機會，所以她們選擇了化靜爲動，同時出手。

天下手中再次出現了那把化陰寒之氣而成的光劍。

劍舉起，寒氣四溢，劍氣森寒，整個空間一片肅殺。

劍出，撕天裂地，虛空一分爲二。

漓焰被隱於一片雪亮耀眼的寒芒之中，劍鋒所指，唯留額前一線肉色，亦正是天下的攻擊點所在。

額前一線乍現乍滅，天下手中之劍已經脫手而出，直指漓焰額前而去。

漓焰見勢不敢怠慢，手心之處不知何時凝有一晶瑩之球體，內裡如有烈焰在燃燒，殷紅詭異。

球體隨手而起，迎向飛至的光劍。

就在球體與光劍即將相接的一刹那，光劍突然碎斷分裂，轉瞬如煙雲般消失不見。

漓焰心中一驚，不知這是何故。而正在這時，漓焰又看到那柄光劍在她手背後重新凝聚而起，劍鋒所指仍是額前一線。

漓焰大驚不已，天下似乎早已料到她所要採取的應敵策略。而天下手中這種光劍已經達到與她的意念同步，隨意念而生，隨意念而動，收發控制自如。

漓焰何曾有著天下這般心思縝密，工於心計？甫一交手，她已經完全落於天下的控制之中，眼睜睜地看著這柄光劍刺入自己的額前腦門……

此時，傻劍神色專注肅然，占星杖所給予他的強大能量正在全力摧毀影子的思維活動。可就在這時，那些因影子意念所驅對漓渚施以反擊的冰棱冰柱並沒有對漓渚實行毀滅性的攻擊。

那些冰棱冰柱只是在漓渚猝不及防之際，借用冰封著他的玄武冰層，以反彈之勢，更快、更凜冽的速度全力攻向傻劍。

正在全力摧毀影子大腦思維活動的傻劍，頓感全身四周每一寸空間都被相互倚托的澎湃氣勢所迫壓，凜冽的殺意已經侵入他的肉體。他雖有天罡之氣護體，但這凜冽的殺意告訴他，自己是無力阻止這無數冰棱冰柱的殺勢的，他必須借用精神力調動潛藏於丹田之內的功力，但如此一來，對影子大腦思維活動的摧毀必然受到影子的伺機反撲，而他目前所取得的優勢便會功虧一簣。

傻劍陡然間明白，影子之所以以意念驅動冰棱冰柱對漓渚施以反撲，讓思維出現空隙，使自己有所趁之機，是故意爲之，等待自己上當。而就算自己沒有上當，這些反撲而至的冰棱冰柱也必會讓自己採取一定的防御措施。這時，影子便可以對自己發起毀滅性的進攻。無論怎樣的選擇，自己面臨的都只是一種被動的結果。傻劍不得不佩服影子的思維縝密實已達到滴水不漏的地步。在戰略上，他無疑輸了一籌。

這使得傻劍不得不回收精神力調動深貯丹田的力量。

這是唯一的選擇，也是必然的選擇。

精神力回收，傻劍的身體頓時散發出耀眼的強光。

強光刺目，傻劍的人彷彿成爲了一個擁有巨大能量的能量體，伴隨著耀眼的強光，澎湃無匹的氣勢四散激蕩。

這位於皇宮最底層的玄武冰層響起了彷彿雷鳴般的聲音，又彷彿萬千戰鼓齊鳴，鐵馬奔騰。

那些激射向傻劍的冰棱冰柱去勢頓止，凝於空中，緊接著那些冰棱冰柱便像煙霧一般化爲水氣蒸發消散。

而與此同時，傻劍的身體發生了奇怪的變化。從丹田處，一個猶如火球般的能量團緩緩升起，將他的身體照得通透，一直升到胸前才停止，接著一下子爆炸消散，整個人一下子輕盈透明了，金光四射。

影子就在傻劍精神力退出的一剎那思維已恢復正常，此時，他望著發生著變化的傻劍，右手已探出，散發著冰藍色的光芒，手心的月光刃躍躍欲出。

他早已精確計算好，只要傻劍精神力回收調動丹田的能量以抗冰棱冰柱的襲擊之時，他的月光刃便以最凜冽之勢，將傻劍一分爲二。但他此時並沒有這樣做，因爲傻劍此刻的變化是讓他陌生的。傻劍竟然將作爲能量源泉的「小宇宙」碎裂，再四散到全身，這不是無異於自尋死亡嗎？

作爲一個人，或是神、魔，人體「小宇宙」既是能量的源泉，也是生命的源泉，「小宇宙」的破碎無異於等同生命的毀滅。

影子不明白傻劍突然間爲什麼要讓自己死去，但他知道事情並不那麼簡單，所以他沒有趁機出手。

隨著人體「小宇宙」的碎滅，傻劍彷彿真的死去，思維看似停止，身體不存在一絲力量，只是那占星杖尚握在手中。

而令人不解的是，他的人並沒有倒下，而是隨著人體「小宇宙」破滅之後所產生的強光慢慢飄了起來，飄到半空中，然後靜止不動。

而此時，天下的光劍隨著「哧……」地一聲刺進了漓焰腦門。

漓焰渾身一震，收縮的瞳孔緩緩放大，身體一動不動。猝不及防之下，她死在了天下劍下，這連天下都感到意外。

但她真的就這麼死了麼？

不，情況就在這時突然發生改變。

漓焰本已散開放大的瞳孔陡然射出精光，天下心神一怔，立即感到有所不妥，意守元神……

可這時，似乎已經晚了。

漓焰手中所握的那個內裡燃燒著火焰的晶體，隨著她右手的重重轟出，擊在了天下腹部丹田處。

天下頓感一團烈焰在丹田處燃燒，隨即炸開，而她丹田處蘊藏的力量因這晶體炸開而受到牽引，整個丹田發生了一次更大、更爲猛烈的爆炸，整個身體七經八脈亦受到牽連，發生了整個人體的爆炸。

如火般的熱勁隨著爆炸四散的力量，從天下的眼耳口鼻和毛孔四溢散開，身上的衣衫化成一條條細布片，如蝴蝶般在空中飛舞。

一聲淒厲的慘叫在這飛舞的「蝴蝶」間穿行。

天下的身體隨即緩緩倒在了地上，全身沒有一寸衣衫，但奇怪的是，她身體的皮膚並不像她的臉那麼老，反而顯得十分光潤柔滑，只是從毛孔滲出的血使之看上去顯得十分恐怖。

瀉焰看著死去的天下，冷冷地道：「你忘了我來自死亡地殿，更忘了死亡地殿有一種武功叫做『涅槃重生』。」

是的，瀉焰正是利用「涅槃重生」才又重新活了過來，將天下擊殺。對於死亡地殿的人來說，當死亡降臨時，只要你的心不死，便有再活過來的機會……

影子看著懸浮於空中的傻劍，他知道事情不會這麼簡單，而事情也確實不簡單。

傻劍在慢慢地發生變化，他手中的占星杖突然一分為六，化為六段。

銀光一閃，占星杖最尾端的一段消失，而在傻劍的雙腿和雙手突然套上了銀白的護甲和戰靴；第二段消失，傻劍的身上又穿上了銀白的戰甲；第三段消失，銀白的護肩躍然生成；第四段消失，傻劍的頭上便戴上了傳說中的神獸——鳳凰的「鳳翅天翔」的銀冠；第五段化為六芒星狀的護心銀鏡……

第六段占星杖落在了傻劍手中，它緩緩地在拉長，倏地，一聲鳳凰的鳴叫，第六段占星杖變成了一柄銀亮的長劍。而與此同時，傻劍的眼睛睜開，他又重新活了過來，以比以前更強的姿態活了過來，身披銀白鳳凰戰甲，手持鳳凰戰劍，站在了影子面前。

漓焰不由得驚呼道：「鳳凰護法的真實戰身！」

這是影子，也是漓焰第一次看到星咒神殿護法的真實戰身，沒想到，占星杖竟然是護法的戰甲，他們一直以爲，占星杖是用來占卜星象，及提供給人巨大的能量，卻沒有料到可以變身爲戰甲及戰劍。

身披戰甲的傻劍看上去比影子已高出了一個頭，他手持戰劍，彷彿變成了另外一個人一般。他望著影子道：「你身負主神所賦予的天脈，又聽說獲得月魔一族的能量，今天，我們就來盡情一戰吧，看你到底擁有多大的實力，有沒有能力改變這個世界！」

說完，戰劍指向影子。

影子頓感從劍尖有一股無法抗拒的強大壓力向自己迎面撲來，讓人有種喘不過氣來的感覺。

影子冷眼審視著傻劍，沒有說一句話。

此時站在他面前的傻劍儼然是一個完美無缺的整體，強大的能量層層交疊其身，沒有一絲破綻，而影子感到自己站在他面前連反抗的欲望都沒有，渾身都是破綻，彷彿赤裸裸一絲不掛，任人宰割一般。

這種感覺是他從未有過的，此刻的傻劍好像是一座不可逾越的高山矗立於他的面前，影子這才真正認識到神的實力，認識到星咒神殿，認識到他最終所要面對的敵人——主宰命運的、擁有至高無上力量的主神該是怎樣一個不可想像之人！

而他現在所面對的，僅僅是受命於主神的四大神殿之一的一個小小護法。

瀉焰此時則看著影子，想知道影子是怎樣面對鳳凰護法的，她要看看影子是否真的有實力改變一切，改變這個世界。

影子審視傻劍半晌，終於開口道：「我找不到你的破綻，但你今天一樣會敗在我手上！」

傻劍道：「你憑什麼如此自信？」

「憑我的智慧！」

「嘯……」話音未落，一聲尖銳的鳴嘯撕裂虛空，冰藍色的氣浪將整個玄武冰層渲染得十分詭異，月光刃破浪而出。

碎空、碎氣，生出一往無回的殺勢，挾著神秘莫測的詭異，月光刃深深嵌入虛空中，與虛空同在。

傻劍——此時稱之爲銘劍應該更爲合適。他嘴角現出一絲冷笑，這樣的攻擊對他來說，顯然不被放在眼裡。

他手中戰劍揮了出去，一片銀芒隨著戰劍劃過的軌跡，在一片冰藍色的詭異中撕開一條口子，使冰藍色的虛空一半又變成了銀白色。

劍，平平淡淡，隨意而出，毫無花巧，卻又玄乎其玄。

「鏘……」金鐵交鳴之聲刺人耳鼓，月光刃與銘劍的銀白戰劍相交，銀白與冰藍色的火花飛濺四射。

而就在火星四濺之時，冰藍色的月光刃突然一滑，抑或說月光刃與戰劍相交就是爲了這一滑。

月光刃疾速滑下，直擊銘劍腋下，砍銘劍右臂而下。

「鏘……」又一聲銳鳴。

月光刃擊在了戰甲之上，可以洞穿鋼鐵金物的月光刃卻沒有在戰甲上留下一點痕跡，而銘劍對此卻是嗤之以鼻，彷彿是故意讓影子擊中。而與此同時，銀白戰劍卻已經刺破了影子的護體真氣，真真切切地在影子左臂留下了一道血槽，鮮血直流。

可在銘劍手中的銀白戰劍卻又似乎根本沒有動。

一個矛盾的對立出現在影子面前。

影子知道銘劍手中的劍根本沒有動，剛才看到的只是劍意在傷自己。他雖早有提防，但沒有料到對方的劍意還是刺穿了護體真氣，可見自己的防護對銘劍根本是沒有用處的。影子亦認識到，如果銘劍剛才要殺自己的話，那留下血槽的地方可能就不是手臂，而是胸口了。

銘劍顯然並不把他放在眼裡。

影子突然想到，一柄占星杖可以十倍地增加人的功力，而當占星杖化爲戰甲與人合爲一體時，其所賦予人的力量又怎樣呢？顯然已經超越了這個範疇，更重要的是重生了另一種力量，屬於戰體本身的千百萬年所累積的力量。戰體的喚醒，便是這千百萬年累積力量的重新醒來，無怪乎銘劍可以如此自傲，這種驕傲是一代代星咒神殿的鳳凰護法賦予鳳凰戰甲的，而鳳凰戰甲又賦予銘劍的。

這種世代傳承的力量顯然讓銘劍有驕傲的理由，也是影子真正要面對的敵人。剛才試探性的交手，已經讓影子認識到戰甲是由眾多殘存的意志共同彙聚而成的強大力量，這對影子顯然是一大收穫。但這是不是影子所要找的破綻呢？影子心中仍不能夠有肯定的答案。

銘劍這時不屑地道：「你是不是怕了？你覺得自己還有力量與我抗爭麼？你無論怎樣思考，憑你目前所擁有的實力，根本不是我的對手。想改變一切，你根本沒有這樣的機會！既然如此不濟，那我乾脆就讓你死去，你已經沒有在幻魔大陸存在下去的價值，去死吧！」

「銀鳳天翔——劍疾！」

銀白戰劍刺出，虛空開裂，勁氣四洩，猶如萬劍齊發，攻向影子。所有的空間都被劍氣所填滿，影子眼睛所及，皆是一片銀亮的劍芒，刺目異常，甚至在影子心靈的空間，亦有著一柄巨劍在一寸一寸地推進，每推進一寸，他的心都在一寸寸的收縮，想避無處避，想逃無處逃，想躲無處躲，完全暴露在巨劍的攻擊下，不能動彈分毫，無可奈

第廿章　寸寸侵進

影子的心靈完全被控制住，想還手都沒有一絲空間，完全被壓制著。此時銘劍所表現出來的精神力完全是壓倒性的優勢。

滴焰的心為之懸著，她沒有料到鳳凰護法強悍至如斯地步，影子在他面前竟連半點發揮的餘地都沒有，而她對影子所擁有的實力是有所瞭解的，她沒有料到兩者的差距竟如此大。以她的估計，影子至少在十招之內可以保持不敗，但現在看來顯然不是這樣。

影子不明白為何自己整個心靈都被壓抑住了，精神力則隨同心一起被壓制著，他隱約感覺到，銘劍這一劍所包含的，不但有著強大的功力和精神力，似乎還有著魔咒，在不知名的魔咒催動下，他的心才一寸寸收縮，精神力在一點點收縮。

在一招的攻擊下，包含著武功、魔法和精神力，這在影子看來是前所未有的。

萬劍逼進，讓影子感到了一種絕望，一種束手無策、無可奈何的絕望。

但他能夠就這樣敗麼？他能夠這樣死去嗎？他答應過月魔的事，他對法詩藺的感情，還有他一直反抗的宿命，與之抗爭的命運……這些又怎能讓他放得下？

他感到自己孤立起來了，徹底地孤立起來了，整個世界只剩下他一個人，走在一條茫茫無盡頭狹小的路途上，沒有人陪他，沒有一根草、一棵樹，只有黑漆漆的一切，只有移動著的腳步讓他感到自己是存在的，它們還能夠發出一點聲音。

這是他所要走的路，這是他的心靈之路，是他爲之抗爭的命運。死亡和生存代表著什麼？那只是虛無不真實的概念，在這樣一條路上沒有死亡與生存，有的只是繼續走下去，有的只是求道者應該唱的一首悲歌。沒有人可以陪他，也沒有人會陪他，只有一路走下去，一路孤獨地走下去，既然一個人來，就應該一個人一路走下去……

難道還有比這更讓人絕望的麼？

影子抬起了頭來，他猛地看到一輪清冷的孤月一直在頭頂上空陪伴行走著。

他陡地感到了更深層次的孤獨。一個人的孤獨是屬於自己的，當一種孤獨將自己的孤獨無限擴大，將自己照得通透，告訴自己這個世界的本質時，還有什麼比這更深層次的東西嗎？還有什麼絕望可言？一切只是虛無。影子之所以感到絕望，感到身體和心靈被控制，是因爲身執和心執，在執著一切外在的本應該放開的東西，這如何會不讓人控制？如何會不讓人壓制？

影子突然頓悟，原來自己有力使不出是因爲自己還做不到放下，放下一切，包括自身。而隨即影子又感到不解，自己從來都不曾擁有過，談何放下？談何放下自己？若連自己都放下，又何以要存在於這個世上？自己爲什麼還要改變一切，與命運抗爭？自己所做的一切不都是爲了得到麼?之所以孤獨是因爲自己走在一條以前從來沒有人走過的路上，孤獨是一種前進的力量，而並不是放下，要做到放下的應該是朝陽。

影子不明白自己怎麼一下子想到了朝陽，但此刻已經不再重要了。「想要得到」讓他身體深處的「小宇宙」重生出一股力量，他來到幻魔大陸就是爲了得到自己所不曾擁有的，這是一種重生的目標。

是以，就在萬劍歸宗，要刺穿影子的一刹那，力量讓他的心得到了釋放，並且無限擴大，強悍的精神力縈繞在身體四周。

萬劍攻擊，意念出擊!

所有刺向影子的劍都遇上了同樣一柄迎擊而上的劍!

劍劍相交，響起鞭炮般連綿的響聲。

萬劍消散，只剩下一柄劍夾在影子手指之間，寸進不得。

那正是銘劍所持的銀白戰劍。

漓焰感到很奇怪，不明白影子爲什麼突然之間化解了銘劍的攻擊。她明明看到影子即將死於銘劍劍下，形勢卻又突然發生了轉變，有些莫名其妙。

沒有人能夠明白影子的頓悟所產生的力量，連銘劍都感到不解。

「怎麼會這樣?」銘劍看著完好無損的影子，訝然問道。他剛才已經感到了影子死亡般的絕望，卻又莫名地產生出一股強大的力量，難道在他體內，藏著許多未知的未被開發的力量？

是的，在影子的體內，本就存在著強大的力量，他現今所擁有的只是一部分月魔一族的力量，還有天脈力量的一部分，而並沒有真正開發出所有的力量。力量的開發只有在戰鬥中，在絕望的環境中，一點點挖掘出來的。

此時，銘劍手中的銀白戰劍仍夾在影子雙指間。

影子道：「別以爲只有你才會意念攻擊，我也同樣會！」

說話聲中，他的左手雙指沿著劍刃滑動，將至一半，順勢一扭，整柄銀白戰劍一下子被雙指所扭彎。隨即，影子大聲喝道：「月光破魔刃！」

這道月光破魔刃顯然比先前的月光刃更爲厲害，影子的話音剛落，整個玄武冰層頓時被籠罩一層孤寂的色彩。而且，月光破魔刃並非由掌心飛脫而出，而是整隻手搓成刀狀，由手掌至手臂彷彿變成了冰藍色的結晶體。

刀掌破空劃出，詭異的冰藍色光所過之處，便在空中凝成一道冰藍色刀刃，斜斜劈在銘劍胸前。

銘劍依舊絲毫未損，而他的身體卻不由得一震，隨即往後倒退了一步，臉色有些難看。

顯然，影子剛才的這一擊讓銘劍感到了痛苦。

而月光破魔刃剛才的攻擊並非以硬碰硬地與銘劍身披的戰甲抗衡，而是意在透過戰甲，以勁氣光刃傷人。雖然鳳凰戰甲可以抵消絕大部分的攻擊力，但剛才影子對銘劍的傷害是顯而易見的。從另一面，也可得見月光破魔刃比月光刃要強許多倍，而月光破魔刃也正是可以破壞「不壞魔體」而得以命名的。鳳凰戰甲與「不壞魔體」在許多方面有著許多相似之處，這也是月光破魔刃可以傷害銘劍的真正原因。

一擊得手，影子的攻擊便連綿而出，一招接過一招，如行雲流水。

但銘劍再也沒有給影子傷害自己的機會了，被彎曲的劍重新變直，滴水不漏地化解著影子的攻勢。

虛空中，一道道冰藍色詭異的軌跡與銀白的軌跡交相輝映，刺目的星芒四射飛濺，飄動的身影神鬼莫測地相互來回穿梭著，一道道虛影重重疊疊。

兩人的攻擊已經化實爲虛，但誰也不知道這虛中又包含著多少實。

而此時看著影子與銘劍的漓焰、漓渚與褒姒卻有同一種感覺，那就是銘劍會敗。這是一種很令人費解的感覺，但卻讓他們極爲清晰地把握到了，他們看著，彷彿不是等待會出現什麼樣的結果，而是爲了印證心中的感覺。雖然銘劍看上去尙佔有一定的優勢，但冥冥中這個結果似乎是早已注定了的。

而冥冥中注定這個結果的並不是上蒼，亦不是那個決定所有人命運的「他」，而是影子！影子在他們心中種下了一種必勝的信念，這種信念是爲了得到，是爲了擁有，是爲了戰勝命運而被燃起的戰心。或者說，此刻的影子因爲剛才心靈被逼至絕境，而真正甦醒了。如果說他以前是被迫與命運抗爭，那現在則是積極主動地與命運作戰！他已經擁有了來自心靈的力量。

就在眾人以爲影子必勝的時候，影子的胸口彷彿突然開裂出一道口子，一道冰藍色的極光自胸口飛竄而出，趁銘劍與之相戰得不可開交之際，猝不及防地襲向銘劍胸口。

這是一道充滿無限魔力的極光，其飛出之際便讓人感到了一種死亡的絕望，整個玄武冰層立即籠罩在一片死亡的陰影中，眼前出現的是一條無盡的通向死亡的狹小之道。

「月魔裂心刃！」漓焰不由得脫口驚呼。

這是一種化意念而成的、不受任何實體限制的殺念，其厲害之處是在可以化虛成實，將殺念化爲有形的殺伐之招，殺伐的是人的心！雖有形，卻又不受任何實物的限制，乃月魔一族最爲厲害的殺招，不但可以像精神力摧毀人思維活動一樣，徹底擊潰人的意志，而且會讓人的心永遠停止跳動，亦即讓人死去，就算是命運之神也絕無讓他重新活過來的可能，形神俱毀，永世不得超生。

銘劍當然知道這「月魔裂心刃」的厲害，在影子胸口開裂的一瞬間，他便有所察覺。就在漓焰大聲驚呼之時，他亦大聲喝道：「空間轉移大法！」

整個玄武冰層一下子便飛速旋轉起來，空間不斷地切換。

漓焰與瀉渚、褒姒同時感到自己處於一個變轉的空間內，身形上上下下、左左右右沒有定勢。

就在一切停下來時，所有人都感到自己與原來處在完全相反的位置，同時，「月魔裂心刃」一下子從一個人的胸前穿透而過。但這個人不是銘劍，而是影子！是影子自己發出的「月魔裂心刃」穿透了自己的胸膛，銘劍的「空間轉移大法」讓影子與銘劍對調了一個位置，兩人都處在了對方的位置。

影子驚訝地看了一眼沒有一點傷口的胸口，又看了一眼銘劍，身體便倒在了地上。

漓焰與漓渚、褒姒驚詫不已，他們沒有料到突然間會發生這種改變。他們明明有種十分強烈的感覺，認定影子會贏，而得到的卻是完全相反的結果？

沒有答案，沒有人可以告訴他們答案，連銘劍亦感到一絲詫異。「空間轉移大法」可以改變空間位置，卻爲何會將影子與他正好對調了一個位置？銘劍從未想過要真正地殺死影子，而剛才卻不經意地將之殺死，這並不是他想要的結果。「空間轉移大法」在進行空間轉移的時候雖不完全受人力的控制，卻爲何又恰好是位置的對調？

銘劍有些不明白爲何會出現這種局面，他走到影子身前，蹲下探試影子的脈門，發現影子是真的已經死去。

漓焰看著死去的影子，搖了搖頭道：「罷了，罷了，所做的一切看來都是一場空，看來對空悟至空的承諾已經無法實現了。他並不是一個可以寄託重任的人，空悟至空又一次看走了眼。」

說完，飄身離去，也不管她此次來的目標是讓漓渚死去。

因爲影子已經死去，那漓渚死不死都無關緊要了，她所答應空悟至空的一切，已經沒有任何意義了。

可爲什麼在她的心中又會產生影子必勝的感覺呢？帶著這個疑問，漓焰消失在了玄武冰層。

漓渚此時看著銘劍，結果對他來說並不是太重要，他現在所想的是，銘劍會怎樣對待自己，死後的影子的軀體對自己還有沒有用？

可銘劍的舉動讓他的所想是一場空。

銘劍沒有說任何話，也沒有看一眼漓渚，他只是抱起了死去的影子，向出口走去，也不管已經死去的天下。

漓渚見狀忙道：「把他留給我，我可以讓他重新活過來。」

銘劍一邊走，一邊背對著漓渚道：「你還是乖乖地待在這裡吧，外面的世界不是你應該去的。」

漓渚不甘心地道：「那你要將一具死屍帶到哪裡去？」

銘劍道：「帶到該去的地方去。」

漓渚道：「那你也將我一起帶走吧，我想你一定有辦法可以治好我的病。」

銘劍頭也不回地道：「你的命運決定你要一輩子待在這裡，直到死去的那一天。」

漓渚喃喃自語般道：「我的命運決定我要一輩子待在這裡，直到死去的那一天？」

「不，不要，這不是我的命運！我要與命運抗爭！」

漓渚大聲吼道，可銘劍已經離開了玄武冰層，他的聲音只有被寒氣冰封不能動彈的褒姒能夠聽到……

第廿一章　命由天定

驚天發起了對通往遼城隘口的第五次進攻。

這次他孤注一擲，調動了軍隊最強的力量，由魔族陰魔宗與暗魔宗組成的精銳部隊充當先鋒，二十萬人族大軍隨後待命。而金之精靈、風之精靈、光之精靈的任務是潛入隘口內，實現裡應外合。驚天這次是下定決心，一定要拿下隘口。

五千魔族精銳部隊身披黑色斗篷，組成五個黑色方陣，在滔天火光的映照下對隘口發起了進攻。

身後，二十萬人的呼喊助威之聲響徹天地，震耳欲聾。

五個黑色方陣以戰甲鐵盾護身，輪流對隘口發起潮水般的進攻，完全無視於隘口處設下的幻象魔法戰陣裡猛獸、毒蟲、瘴氣等道道封鎖線。

而在暗處，不時有冷箭射出，讓人猝不及防。

一個個魔族戰士倒下，但卻未有一人退縮，前進的步伐依然鏗鏘。

這時在隘口內，有一團比太陽還要熾烈的強光暴綻開來。

「我的眼睛！」

「我的眼睛看不見了！」

……

堅守隘口的樓夜雨的聯盟軍隊發出混亂的呼喊聲，此起彼伏，絡繹不絕。

當強光剛剛退去之時，突然又狂風大作，以席捲天地之勢彌漫著整個夜空。

空中，伴隨著落葉飛沙走石，更有人被狂風捲走。

淒慘的喊叫聲在狂風的虐肆中斷斷續續。

驚天高大偉岸的身形站在一處山峰下，看著在隘口所發生的一切，他知道，剛才的強光和現在的狂風正是光之精靈與風之精靈所召喚出的魔法。他們正在以熾光和颶風對堅守隘口的樓夜雨的盟軍發動毀滅性的攻擊，而此時鎮定隘口的盟軍已是潰不成軍。

但驚天的臉上卻沒有絲毫的欣喜之色，因爲他知道，這些鎮定隘口的軍隊只是一種擺設。以往的進攻經驗告訴他，要想突破隘口，必須徹底摧毀設置在隘口處的幻象魔法戰陣。

這吞沒了他十萬大軍的戰陣此時正在讓五千魔族戰士一個一個地倒下。

以犧牲十萬大軍的代價他觀察了三次，依然找不出控制這魔法戰陣的關鍵所在，這次已經是第四次，他以魔族戰士的衝擊力，企圖找出破綻，但從現在看來，他依然一無所獲。

現在，擺在驚天面前的只有一條路：他必須親自去找出這幻象魔法戰陣的破解消除之法，他已經不能再等了。

驚天飄身往幻象魔法戰陣內落去，他必須親身涉險。

這時，金之精靈在隘口上空處現身，他口中念道：「以宿主的名義，所有一切失去靈魂的生命體，以無畏之勇，破除眼前的一切魔障！」

隨著他雙手的運起，持在盟軍手中的刀槍劍戟跌落地上，紛紛飛往半空中，並凝滯不動。

金之精靈雙手幻動，大聲喝道：「破！」

所有的刀槍劍戟劃破虛空，似下雨般，斜斜射向魔法戰陣內。

一眨眼便沒入其中，沒有絲毫異樣。

可正當金之精靈感到失望，無功而退之時，突然，那些刀槍劍戟從魔法戰陣內反射向金之精靈。

「嗖嗖嗖……」來勢比金之精靈所發更爲猛烈……

驚天落入魔法戰陣內，他頓時有種與外界隔絕的感覺。從高處所看到的一切景象蕩然無存，所有的一切都是陌生的。

他此時看到了一條靜靜流淌著的河流，他站立的地方是一片青青芳草地，而看到的異獸、毒蟲、瘴氣等彷彿是另一個世界的東西，與他所處的地方毫無瓜葛。那五千魔族戰士也似突然從這個世界消失。

驚天看了看自身所處之地的環境，蹲下身子，將手伸進那流淌著的河流中，他的手可以感受到河水的冰涼，也就是說，如果他所看到的是幻象，那麼這製造的幻象已與真實景象無異。

河水在輕快地流淌著，清澈的河水可以一眼看見河底光潤的鵝卵石，其中有著小魚小蝦悠然愜意地暢遊著。

驚天發現自己是第一次對事物觀察得如此仔細，甚至在他的心所感應的世界裡，他捕捉到了小蟲、小魚、小蝦生存所表現出的氣息，他絲毫找不出一點點與真實世界裡所存在的差異。

他又抬頭望去，天上有著閃爍的繁星，無雲無月。

「不會的，總會有所差別的，這是製造的幻象，既然是人爲製造的，一定會有漏洞存在。一定有的！一定會有的！」驚天的心裡不斷地對自己重複著，他絕不認爲一個人製造的幻象會完美無缺，世上也絕對不存在完美無缺的事情，他必須找出來，他一定要找出來！

清涼的和風輕輕吹動著他垂至腰際的黑髮。

一道黑影自驚天身後掠過，他忙轉過頭，所看到的只是一隻普通的夜鳥。

夜鳥發出一聲清脆的叫聲，隨即往遠處的密林中飛去。

不能再這樣下去了，驚天知道，必須打破這種平靜的均衡。否則，他永遠都不可能找到漏洞，更有甚者，他永遠都不可能走出這樣一個用幻象製造的世界。

驚天一掌擊在流淌著的河水上，順流而下的河水去勢受阻，頓時逆勢向上回流。

隨即，他的手作刀狀，一刀劈下，逆勢回流的河水一分爲二，向兩邊分開。

驚天又一掌推出，一分爲二的河水馬上凝成冰塊，落在河流兩邊的草地上。

河床上只剩下光潤的鵝卵石，以及跳動掙扎著的小魚小蝦。

上游不遠處，又有河水流下來而發出的嘩嘩聲。

驚天自語道：「怎麼會這樣？難道這樣也無法破除幻象？這幻象不但停留在表面，而且延伸到附和自然界的一切規律，這需要多麼大的精神力才能夠創造出這樣的效果？」

驚天心有不甘，心緒不由得有些急躁，他大聲喝道：「我不相信你所製造的幻象與真實的世界沒有一點點區別！」

他的雙掌同時向四周狂劈而去，空氣一層層蕩開，發出如悶雷一般的聲音，此起彼伏，彷彿天要下雨。

驚天拳出如風，如連綿不絕的江水朝他所看清的這個世界的每一寸空間狂擊而去，他不相信這樣還找不出漏洞，他不相信每一寸空間的每一處都有著思維的延伸，都符合真實自然界的規律……

最後一拳揮出，驚天不由得跌坐在草地上，他所擁有的最後一點力量都化拳擊出了。

「難道真的沒有一點漏洞？難道自己永遠都要被困於此？」驚天的樣子顯得極爲沮喪。

「驚天！」一個聲音在他耳邊突然響起。

「誰？」驚天猛地回頭。

沒有人叫他，只有靜靜流淌著的河水，似清猶濁，像人的心。

驚天強撐著重新站起，朝那個聲音傳來的方向走去。

青草復青草，河水復河水，最後，他竟然來到了河流的源頭，在一處空地上，他看見了一個幽深的古潭。

驚天走了過去，他的面孔印在潭水中，不！他看到的是一張更爲年輕的自己的臉……

……

一處高山之巔，少年驚天望著清晨初升的太陽，大聲地喊道：「我要成爲幻魔大陸最強的人！」

聲音重重疊疊向四周蕩開，彷彿要讓整個天地都爲他作證。

身後，父親一鞭子抽在驚天身上，厲聲道：「給我再大聲點！」

驚天於是以比前一次更大的聲音道：「我要成爲幻魔大陸最強的人！」

「再大聲點！」又一鞭子抽在了驚天身上。

「我要成爲幻魔大陸最強的人！」

……

嘶啞了的聲音愈來愈小，驚天身上所留下的鞭痕卻愈來愈多。

終於，他的喉嚨再也發不出一點聲音了。

父親這才放下鞭子。

父親望著驚天傷痕累累的樣子，臉上毫無憐憫之情，冷冷地道：「記住，在你的身體裡，有著你和你弟弟兩個人的元神，整個幻魔大陸再也沒有這樣的人了，你一定要成爲幻魔大陸最強的人！」

……

「驚天魔主，你想不想成爲幻魔大陸最強的人？」黑暗中一個宏遠的聲音突然響起。

「你是誰？」驚天朝聲音傳來處望去。

「我是你的心。」

驚天的心不由得一怔，道：「胡說！你怎會是我的心？你到底是誰?!不要在我面前玩把戲！」

「我真的是你的心，只是你一直都不敢面對我而已。難道你忘記了你曾經發過誓要成爲幻魔大陸最強的人嗎？我可依然記得。」

「我沒有忘！」驚天道。

「你忘了。」

「我沒忘！」

「你忘了！你甘願做別人的一條狗，也不願成爲幻魔大陸最強的人，你忘了父親曾對你說過的話！」

驚天沈默了一下，依然道：「我沒忘。」

「你在撒謊！你沒有勇氣去爭奪成爲天下最強的人，你背叛了你少年時的誓言，你辜負了父親對你的期望，你是個膽小沒用的懦夫！」

驚天道：「隨你怎麼說都好，我沒有忘記少年時的誓言，更沒忘父親的期望！」

「可你卻甘願做別人的一條狗！」

「不是做一條狗，而是與他一起成爲幻魔大陸最強的人！」驚天毅然道。

「這與狗有什麼區別？你永遠是他的附庸品，你永遠不可能取代他的位置！」

驚天道：「是的，他是無可替代的！全天下不可能再找到像他一樣的人，能夠與他一起創造事業，是一個人一輩子的驕傲！」

「看來你不僅是一條狗，而且是一條死心塌地的狗，我爲你感到可悲！」

驚天道：「我並不在乎別人怎麼看我，我知道自己是在跟著一位偉大的人，在創造著一種偉大的事業！與他相比，如果他是一棵參天大樹的話，我僅僅是一棵小草。他所從事的是一項前所未有的偉大事業，他要改變這個世界所有的一切！他所與之抗爭的不僅僅是自己的命運，也是爲天下所有人爭取主宰自己命運的人！所謂『成爲幻魔大陸最強的人』與之相比，簡直讓人汗顏，沒有人比他更偉大！沒有什麼事業比主宰自己的命運更爲重要！」

「你以爲他能夠做到麼？」

「他一定能夠做到！」驚天無比堅定地道。

「你這是在騙自己，一千年前的欺騙告訴你，沒有人可以與自己的命運抗爭，沒有人可以改變自己的命運，上蒼爲每一個人都安排了屬於他的命運，沒有人可以改變！一千年後的今天仍是如此。」

驚天道：「我也曾經和你有相同的想法，所以我與安心一起試圖通過自己人的力量成爲幻魔大陸最強的人。當我們安排好一切，認爲一切勝利在握時，他出現了。雖然他只是一個用靈魂複製出來的人，但站在他的面前，我們感到的是自己的渺小！我們知道，自己永遠都不可能戰勝他，我們勉力與之相戰，只是爲了印證心中的一種信念。因爲他所代表的不僅僅是一種力量，更是一種精神，一種與生俱來的、超越命運的精神，是這種精神將我與安心重新團結在他的周圍，共同去完成這偉大的事業！我們堅信，命運最終會掌握在我們每一個人自己的手中。而你連這一點都不明白，所以你根本不是我的心！」

「你這可憐的人，你是走在一條永遠沒有希望的路上。你本有屬於自己的更好的路，本可以成爲幻魔大陸最強的人，但你卻選了一條不歸路。你去吧，你要走的路在前面。」

前面是深潭，驚天卻真的往前走去。他的雙腳踏在潭面上卻沒有掉下去，繼續踏著潭面往前走去。

「慢著！」那個聲音突然又響起。

「還有什麼事？」驚天停下腳步，卻並沒有回頭。

背後的聲音又道：「如果我給你想要的自由，你可以主宰自己的命運，你真的不想成爲幻魔大陸最強的人麼？」

驚天心中一動。

而這時，他的腳下突然生起一個漩渦，將之吸了進去。

潭水恢復如初，那聲音歎息道：「既然你已經想透，心中又何以存在其他的雜念呢？」

第廿二章　護世神物

落崖峰白天朝陽所站之地，樓夜雨與那臉上充滿陽光氣息的男人並排立在一起。

望著山下隘口漸漸熄滅的煙火，樓夜雨得意地道：「你幫我把他的兩位魔主和四大精靈都收服了，他現在還剩下什麼？」

山下朝陽所率領大軍的營帳已經變得冷冷清清，那人道：「現在他所剩下的只有無語一個人了。」

樓夜雨臉上浮現出了笑意，道：「若是無語也被我們收服，那剩下的便只有他自己了，而這正是我想看到的結果。」

那人轉頭看著樓夜雨的側面，道：「我會幫你將無語也收服掉的。不過，剩下的就要看你自己的了。」

樓夜雨冷傲地道：「你放心，剩下的是我們兩個人的事，不需要任何人幫忙。」

那人轉過頭去，望著遠處的夜空，默不作聲。

樓夜雨回頭望向他，道：「怎麼不說話？」

那人道：「一切按照計劃發展，很順利，一時之間不知該說什麼了。」

樓夜雨知道這不是他真正想要說的話，她知道此刻他心裡在想些什麼。

樓夜雨道：「你還記著我那天刺你的那一刀？」

那人回頭望向樓夜雨，臉上展現出那陽光般的笑意，道：「你以爲我是那麼小氣的人麼？刀傷已經好了，自然那一刀也就忘了。何況，是我失禮在先。」

樓夜雨心中不由得升起一股由衷的感激之情，真誠地道：「謝謝你！」

那人突然開口道：「送件禮物給你要不要？」臉上現出神秘的表情。

樓夜雨先是一愣，隨後道：「什麼禮物？」

「你先把眼睛閉上。」那人道。

樓夜雨遲疑了一下，隨即將眼睛閉上。

過了片刻，只聽那人道：「好了，現在可以睜開了。」

樓夜雨睜開了眼睛，她看到了一個菱形的冰藍色的晶體托在那人手心上。

「月石！」樓夜雨驚呼道。

那人含笑道：「是的，月石。」

「你怎麼會有月石?!這不是曾經的月魔一族遺失之後，一直在尋找的東西麼？」樓夜雨顯得無比詫異，她不知道他怎麼會有月魔一族因之滅亡的月石。她知道月魔的詛咒每千年發生一次，就是因為月石的被盜使然，而如此珍貴的東西此刻卻出現在了自己的眼前。

那人道：「不錯，這正是月魔一族所遺失的月石，我現在將它送給你。」他抓過樓夜雨的手，將月石放在了她的手心。

樓夜雨頓感一股無窮的力量正通過自己的手心傳遍全身，使她感受到了從未有過的充實，而她眼睛所看到的世界，也彷彿一下子變了樣。她可以感到山在呼吸，樹在生長，遠處的大海在拍著巨浪，極北之地在落著雪花，天地在竊竊私語……她的眼睛甚至可以一下子穿透空間，看到另一個世界所生活著的人。

樓夜雨不可思議地望著那人，道：「怎麼會這樣？」

那人似乎能洞悉樓夜雨的感受，他道：「無論你看到的，還是你所感受到的，這一切都是真實的。月石所擁有的能量是這個世間維繫存在的一半，若它與另一顆月石合在一起，足可改天換地！」

樓夜雨驚訝地道：「可你怎麼會擁有它？」

那人道：「這一點你不用多問，總之，我現在將它送給你。」

「不！」樓夜雨忙將手中的月石還給那人，道：「如此珍貴的東西，我不能收，它也不應該屬於我。」

「為什麼？」那人看著樓夜雨如此堅決的樣子，不解地問道。

樓夜雨道：「我不配擁有它，它的意義太重大，是維繫世界守衡的神物。而我只是一個平凡的人，雖然有幸得到星咒神殿的垂青，斬斷魔根，體內卻仍流著魔族的血。」

那人重又將月石放在樓夜雨手中，鄭重地道：「但我把它送給了你，它就是屬於你的。在我眼中，它也只是一塊石頭而已，並不存在其他的什麼意義，而你對於我，卻是我生命中最重要的女人！水析今生的生命就是爲了守候你而存在。」

樓夜雨的眼睛一動不動，她的眼睛根本就無法動。她看到在那人眼中的自己竟是如此重要，完全占滿了他的眼眶。有什麼能夠比這樣的話、這樣的眼神更讓一個女人感動呢？女人一生所企求的不正是這樣的話和這樣的眼神麼？她的嘴唇動了一下，想說些什麼，可最終卻什麼話也沒有說，而感動的眼淚卻從眼眶中溢出，打濕了她美麗的臉頰。

水析一下子將樓夜雨緊緊摟在懷中，在她耳邊道：「知道麼？從我見到你的第一天開始，我就知道，在我生命中不可能再有第二個女人可以取代你，爲了你，我可以捨棄生命中其他的一切！」

長久以來被壓抑著的東西化爲淚水狂湧而出，樓夜雨是一個女人，無論她怎麼強，怎麼把自己裝扮成一個男人，但她終究是一個女人，女人需要的是什麼？是一個男人全心全意的呵護，是一個男人毫無保留的愛。而此刻的樓夜雨，她無疑已經得到了一個女人所希望得到的一切，她有什麼理由不感動？有什麼理由不讓自己的淚水肆無忌憚地流下來呢？

淚水浸濕了那人肩上的衣衫……

樓夜雨仔細地看著手中的月石，依偎在水析懷裡。

水析撫摸著樓夜雨的秀髮，道：「有一件事我必須告訴你。」

樓夜雨看著月石，隨口問道：「什麼事？」

水析道：「月石在給人巨大能量的同時，也在吸食著人的能量。所以，當你感到自己的身體變得很虛弱，有種無力感時，務必要告訴我。」

樓夜雨回頭不解地望著水析，道：「怎麼會這樣？」

水析道：「任何東西都是兩面性的，有好必有壞。月石必須定期吸收月的能量才能夠保證其強大的威力，當它的能量不夠時，作爲它的持有者必須以自身的能量供給它。否則，當月石的能量枯竭時，便會發生意想不到的可怕事情。」

「什麼可怕事情？」樓夜雨從水析的臉上看到了事情的嚴重性。

水析搖了搖頭，道：「我也不知道，這話是爺爺曾對我說的，在臨死之前，爺爺再三叮囑我要記住這一點，我只是把爺爺所說的話重新說給你聽而已。不過，爺爺所說之話是毋庸置疑的。前些日子，我差點便因爲月石而死去，我以全身所有的能量供給月石，形容枯瘦，重病纏身，全身精氣彷彿都被吸乾，幸好及時按照爺爺所言，補充了月石的能量，才倖免一死。」

樓夜雨不敢相信地道：「真的有如此恐怖？」

水析點了點頭，道：「只是現在月石重新擁有了充足的能量，我的身體才得以復原。你千萬要記住這一點！」

樓夜雨看著月石想了想，然後道：「如果我用月石改變一個人的性情，是否可以做到？」她的眼中閃過一絲神采。

水析並沒有看到樓夜雨眼中一閃而過的異色，他道：「我沒有試過，但當月石出現能量枯竭的徵兆時，在我內心卻充滿一種毀滅的衝動，幸好我及時發現，按照爺爺臨死之前所傳授的冰心訣，才得以將之壓制住，否則真不知會發生什麼事情。」

樓夜雨有著一絲失望，她想：如果月石可以讓一個人的性情發生改變，她倒要看看改變後的朝陽會變成什麼樣。不過，這一點並不是很重要，擁有了月石，朝陽所剩下的注定只有失敗一條路。

五千魔族精銳戰士，三大精靈，暗魔宗魔主驚天，全都一去無回，這種打擊對朝陽來說不可謂不重。

此時，夜已至深，軍營一片寂靜。

可就在這個時候，那首古老的、來自戰場上的曲子卻在軍營上響了起來，蒼涼、落寞，充滿著無奈，彷彿是在訴說著一個古老的、已被遺忘的故事。

失敗的陰影籠罩在每一名戰士的心頭，這曲子將那些尚未入眠的心揪了起來，裡面所包含的悲涼，使他們應著旋律唱起了在雲霓古國流傳很廣的那首歌。

歌聲與曲子是如此的合拍，渾然天成，數十萬大軍齊聲唱著，歌聲直沖雲霄，響徹整個北方邊界的天空。

無語從營帳裡走了出來，這歌聲中飽含的對戰爭的厭倦和對家鄉思念的感情讓他感到了害怕。如此的軍隊又豈能有鬥志？若是樓夜雨此時發動進攻，那結果顯然是十分可怕的。

他的手指掐動，連忙測算，奇怪的是所得到的結果竟然是上卦，有益於己方。

無語百思不得其解，以他數千年的經歷也無法作出解釋。

他又連忙掐指測算，測算出的是一個「人」字。

「人？」無語口中輕輕念著：「這個人到底是誰？」

曲子自然是泫澈彈的，一曲終了，她抬起頭來，看到朝陽已站在了她的面前。

他們所在之地是離軍營不遠處的密林，林木茂盛，中間卻有一空曠之地，建有一亭，也不知是何人何年所建。

泫澈臉現笑意，道：「久仰聖主大名，今日得見，實在幸會。」

朝陽道：「你認識我？」

泫澈道：「我見過影子。」

「你見過他?!」朝陽頗感意外。

「是的，你們長得一模一樣，認識他也便等於認識了你。」泫澈道。

「可人並不僅僅是通過相貌來區分的，就像你的樣子，根本無法讓我相信這首曲子是你彈的。」朝陽道。

「是嗎？」泫澈依然仰頭笑看著朝陽：「樓夜雨也曾經這樣說過我，還有漠與影子，也覺得我所彈的曲子並非出自我之手。」

「他們說的都沒有錯。」朝陽道。

「但爲什麼一定要將一個人所彈的曲子與人聯繫在一起呢？曲子只是曲子，它自有曲子的靈魂。」泫澈道。

朝陽道：「這些話你還是留著對感興趣的人說吧，我只是想知道你爲何要在這裡彈曲？」

泫澈笑了笑，道：「我是來找聖主的，但又不願到你的軍營中去，所以就只好將你引到這裡來了。我喜歡這裡的環境。」

朝陽道：「這不是你的真正理由。你想見我又不願去軍營，因爲軍營在別人的監控之下，一舉一動都逃不過樓夜雨的耳目，你不想樓夜雨知道你來找我，所以就在這裡等我，而這裡的環境是樓夜雨的靈力所沒法涉及的。」

泫澈道：「原來聖主什麼都知道，我還打算把這一切都告訴聖主呢。但聖主爲何明已知道這一切，卻毫不採取應對策略呢？」

朝陽冷眼看著泫澈，道：「你能夠告訴我什麼叫做應對策略？」

泫澈道：「至少不應該讓這麼多人送死，讓驚天和安心他們落入樓夜雨之手。」

朝陽一陣冷笑，道：「你是何人？爲何對我如此關心？」

泫澈道：「我叫泫澈，是妖人部落聯盟神族族長，關心聖主，是因爲我覺得聖主是一位了不起的人物。」

朝陽道：「你知道這不是我想要的答案，我也從不喜歡跟人打啞謎。」

泫澈想了想道：「那好吧，我告訴聖主，其實是霞之女神讓我來見你的。」

「她爲何要讓你來見我？」朝陽臉上沒有絲毫的詫異之色，聲音卻極爲冰冷。

泫澈道：「向聖主要一樣東西。」

「什麼東西？」

「紫晶之心。」泫澈漫不經心卻又是無比堅決地道。

「哈哈哈……」朝陽大笑道：「全天下的人都知道，那是屬於我的東西。」

「可你已經將之送給了她。」泫澈道。

「那本是千年前的一個錯誤，它讓我失去了一切，甚至於自己的生命。一個男人生命中可以不斷犯錯，但絕不能重複犯同一種錯誤，對我來說，尤其不能！」朝陽狠狠地道，臉型因每一個字的吞吐而變得有些扭曲，眼神更是咄咄逼人。

泫澈迎視著朝陽的眼睛，突然變得很認真地道：「你認爲這是一個錯誤？」

朝陽冷冷一笑，他的眼睛望向夜空，充滿挑戰意味地道：「只有『他』知道！」

泫澈看著朝陽片刻，然後收回目光，投向面前的七弦琴道：「彈一首曲子給你聽。」

說完手伸了出去，五指張開，在她面前的琴弦閃出晶瑩的綠光，當白玉雕刻般的手撥動碧綠色的琴弦時，朝陽感到一串可以洞穿心肺的聲音穿過了他的身體，片片碧綠色的落葉從琴弦上不斷地飛了出來。

那些樂音竟然凝結成落葉的樣子紛飛於空氣中，縈繞在朝陽四周。

第廿三章　不悔諾言

朝陽突然有種無法自拔的感覺，那些早就沈澱於記憶深處、心底某個角落的東西都被翻湧出來，一下子擊潰朝陽設置的記憶防線，一段段或殘缺、或完整的記憶碎片如同一片片綠葉在腦海中飛掠逝過。他看到了自己年少時一個人呆立孤峰之巔看日落的晚霞，看到了紫霞第一次在他生命中出現，記起了曾經對紫霞許下的諾言……然後，他又看到了紫霞與從自己身體分離出來的另一個自己站在一起，看到自己與自己戰在一起。最後，看到的是紫霞用匕首刺穿了自己的心臟部位，看到她慘白的臉，看到了血從她手指縫中溢出……

朝陽的心一陣攪碎般的疼痛，當他回過神來時，那片片落葉鑽進了他的身體，然後融化在他的血液裡，瞬間走遍他的全身。

朝陽突然伸手一揮，一道赤紅的電光自他的手指縫間透出。

「錚……」七弦琴發出七弦齊斷的聲音，那些在空氣中散開的音符彷彿後繼無力地戛然而止，顯得極爲突兀。

朝陽望向泫澈，眼中露出血絲，狠狠地道：「不要對我使用任何幻術！」

泫澈平靜地道：「我只是幫你開啓被強行封鎖的記憶，其實你心裡很清楚，你永遠都無法割捨下紫霞，又何必欺騙……」

「住口！」朝陽喝道：「誰給你這樣的權力開啓別人的記憶？誰給你這樣的權力?!」

泫澈卻會心一笑，道：「看來你是真的無法忘卻紫霞，我今晚沒有來錯。」

朝陽彷彿根本沒有聽見泫澈的話，他的手閃電般伸了出去，一把掐住泫澈的脖子，狠狠地道：「每一個人都要爲他所做的事情付出代價，你也一樣！」

他的手指漸漸收攏，將泫澈緩緩向上舉起，腳脫離地面。

泫澈氣血不繼，臉色變得蒼白，但她的樣子並沒有臨死前的擔憂，臉上反而有一絲笑意，她十分困難、斷斷續續地道：「你……在害怕……你另一個自己，而……不是『他』……」

「胡說！」朝陽將泫澈甩了出去。

泫澈撞在了小亭的立柱上，被風雨侵蝕得有些斑駁的立柱卻連晃也沒有晃一下，泫澈很悠然地貼著立柱站著，臉上依然掛著一絲笑意。而在柱子背後的那一片密林，隨著一聲巨響，所有的樹木盡數攔腰折斷。

剛才朝陽將泫澈甩出所形成的力道被泫澈盡數透過立柱，卸在了身後的樹木上。

泫澈臉色很快恢復如常，她往前走了兩步，繞過石桌，站在朝陽面前，看了朝陽片刻，然後伸手，貼近朝陽胸前，道：「我沒有猜錯，紫晶之心果然掛在離你心最近的地方。」

她的手將朝陽胸前的衣衫一件件解開，看到了裡面與身體貼在一起的紫晶之心。

紫晶之心淡淡地籠罩著一層紫色光暈，隨著心一起跳動著。

泫澈將紫晶之心拿在手裡，輕輕撫摸著，道：「原以爲它只是一種象徵，卻真是用心的一半做成的，我聽到了它等待著的聲音。」

說完，她小心翼翼地將紫晶之心從朝陽的胸前取下，握於手中，然後抬眼望向朝陽道：「有些東西送出去了是不能夠收回的，特別是一個人的心。」

隨著燦爛的一笑，她轉過了身去，攜起那斷了弦的七弦琴，飄然掠去。

泫澈已離去，朝陽依然站在原地一動不動，他的臉色顯得極爲凝重。

「爲什麼？爲什麼剛才不殺了她？」

遼城大將軍府。

泫澈回到了大將軍府，她站在了屬於自己的房門口，卻沒有伸手去推。

而這時，裡面卻傳來樓夜雨的聲音。

「泫澈族長既然回來了，爲何不敢進自己的房間？是在害怕一些什麼嗎？」

泫澈推門而進，含笑道：「原來盟主已在此久候多時，泫澈真是失禮了。」

走近窗前的桌台上將斷了弦的琴放下。

樓夜雨看了一眼那弦，道：「怎麼？這麼晚了，族長還有雅興去彈琴？」

泫澈面向樓夜雨道：「我是怕這麼晚了，打擾了盟主的安睡，所以就只好一個人攜琴外出了，卻不料讓盟主久候多時，泫澈實在是抱歉之至。」

樓夜雨問道：「卻不知泫澈族長是往哪兒練琴去了？以至如此夜深才歸。」

泫澈道：「這就得找一個可以讓人清靜的地方了。琴聲本是清心寡欲、陶冶性情的東西，太過嘈雜的環境就無法達到這種效果了，這一點，相信盟主也是有所瞭解吧？」

樓夜雨道：「有人對我說，在朝陽的軍營上空，有一首古老的曲子響起，不知是不是泫澈族長所奏之曲？」

泫澈輕輕一笑，道：「盟主真是消息靈通，想不到我跑那麼遠彈琴，也給盟主知道了。」

樓夜雨道：「不知泫澈族長跑那麼遠彈琴所爲何事？我想不會是因那裡宜於彈琴之故吧？」

泫澈望著樓夜雨道：「如果我說是，盟主肯定不會相信。那好吧，既然盟主想知道原因，那我就不妨告訴盟主，我去那裡其實是想見朝陽，並且向他要一樣東西。」

樓夜雨頗爲詫異，道：「什麼東西？」

「紫晶之心。」泫澈毫不掩飾地道。

「紫晶之心？」樓夜雨對這個回答十分意外，她當然知道泫澈這次見了朝陽，也知道泫澈從朝陽那裡拿了紫晶之心，但她不明白泫澈爲何會如此坦白地告訴自己答案，這與上次回答問題時的遮遮掩掩有著天壤之別。

「是的，紫晶之心。」

「你爲何要拿紫晶之心？它對你有什麼作用？」樓夜雨問道，這才是她想要的答案。

泫澈答道：「因爲它對盟主有用，我這次是特意爲了盟主，所以才取紫晶之心。」

泫澈攤開了自己的右手，紫色之光頓時盈滿整個房間。

「爲我？」樓夜雨更感到詫異。

泫澈道：「因爲我知道，要得到一個人，首先要得到他的心。」

「咯噔……」樓夜雨的心一下子停止了跳動，泫澈的話擊中了她的要害處。

良久，樓夜雨都沒有反應過來。她不明白，眼前的這個泫澈似乎什麼事情都知道，而她被水析所打動的心，一下子又與水析拉開了距離，朝陽一下子又出現在了她視線最重要的位置。

「你到底是誰？」

一柄鋒利的劍貼在了泫澈的脖子上，劍的另一端是樓夜雨的手。而剛才，樓夜雨與泫澈之間至少相距四米，其速度之快，簡直匪夷所思。

泫澈看了看貼著脖頸處的劍，又看了看樓夜雨眼中充滿瘋狂殺意的眼神，和朝陽一樣，她似乎不懷疑樓夜雨會一劍了結她，但她仍顯得很自若，歎了口氣道：「爲何每一個人都像與我有著深仇大恨似的，都想殺我？」

「你到底是誰？」

樓夜雨手中的劍劃破了泫澈脖子處的肌膚，鮮血沿著劍刃往下滴落。

泫澈平靜地望著樓夜雨瘋狂燃燒著殺意的眼睛，道：「這個問題對盟主很重要嗎？」

「是的！我曾派人去神族部落查證你的身分，可老族長幽逝卻已經死去，整個神族沒有人知道你的身分，只知道幽逝在死前將族長之位傳給了你。對所有人來說，你的身分是一個謎，而我卻不能讓一個連身分都不清楚之人留在我的身邊，那對我是一種侮辱！」樓夜雨有些失控地道。在泫澈面前，她似乎無法保持一貫的從容自若。

泫澈道：「盟主最好還是不知道爲好，我怕盟主聽了會後悔。」

「告訴我！」樓夜雨近似歇斯底里地道，眼前的泫澈已經讓她無法思考，她手中的劍更長地在泫澈脖子上拉下了一道血槽。

泫澈看著樓夜雨，毫無懼意，平靜地道：「難道你也在害怕著什麼嗎？只有懼怕著的人總在擔心身邊的人是誰，懷著什麼樣的目的。其實，我是誰又有什麼重要？我對你沒有任何損傷，我只是想弄清楚一些問題而已，看一個人對一個人的愛到底有多深，是否深刻到可以放棄一切！」

「我殺了你！」樓夜雨正欲割斷泫澈的脖子，卻傳來了一個人的聲音：「住手！」

水析從門口走了進來，道：「你不能殺她。」

樓夜雨停止了手中的動作，望向水析道：「爲什麼？爲什麼不能殺她？」

水析道：「我現在還不能回答你爲什麼，但這個人不能殺。」

樓夜雨望著水析，眼中的殺意絲毫未減，水析的話顯然不能夠讓她滿意。她不明白水析爲什麼要阻止自己。

水析又對她搖了搖頭。

樓夜雨努力平復著心中的殺意，終於，她收回了自己的劍，隨手擲出。劍洞穿牆壁，飛了出去，她頭也不回地大步往外走去。

水析望向泫澈，道：「是霞之女神讓你來的？」

泫澈道：「我可以不回答你這個問題嗎？」

水析道：「無論是誰派你來的，我都不允許你傷害她，除非我先死去！」

泫澈一笑，道：「如果用生命來衡量一個人對另一個人的愛，你無疑是一個應該得到愛之人。但有的感情可以穿越生死，經歷數千年重新輪迴，在他們面前，用你的生命作爲付出，是否能夠與之相比？」

水析心中一怔，感到充盈的心裡一下子失去了很多，連身體一下子都似乎變得輕盈起來了。

泫澈將紫晶之心放到水析手裡，然後道：「麻煩你將這個交給她，告訴她，如果她想要得到那份屬於她的感情，紫晶之心是她唯一的希望。」

聽雨閣。

樓夜雨面窗而坐。

水析走了進來。

水析走到樓夜雨背後，將手放在樓夜雨肩上，道：「她讓我將紫晶之心交給你。她說，這是你唯一獲得屬於自己那份感情的希望。」

樓夜雨回過頭來，冷冷地望著水析道：「你在試探我？」

水析否認道：「沒有，我只是把她所說的話轉告給你而已。」

樓夜雨道：「你不用否認了，她最後說的話我已經聽見了，你認爲我還放不下朝陽，認爲他才是我心中最重要的男人。你不相信我，故意拿她的話來試探我的反應！」

水析道：「你想得太多了。」

「難道不是？」樓夜雨凝視著水析。

水析將視線偏向一邊，道：「當然不是，我相信你對我的感情。」

樓夜雨一陣冷笑，道：「你別騙自己了，連我自己都不太能確定我對你的感情，你憑什麼相信？」

水析道：「你終於說出了心裡話。」

樓夜雨道：「你不是希望我說出來麼？」

水析苦笑一聲，道：「看來我們之間的感情實在很脆弱，維持的時間尚不能過一晚。」

樓夜雨冷聲道：「也許我們根本就不該開始這段感情，我們更適合作爲最好的朋友，而不是情人。」

水析望著樓夜雨，動情地道：「可我們畢竟已經開始了這段感情。」

樓夜雨道：「既然沒有好的開始，那就讓它儘早結束吧。否則，只會讓兩個人都痛苦，最後連朋友都沒得做了。」

水析有些激動地道：「難道我們之間的感情是可有可無的麼？說開始就開始，說結束就結束，難道我在你心中真的沒有一點地位？」

樓夜雨道：「我曾經以爲我們之間會產生感情，所以我試著接受了你，但事實證明這是錯誤的，一份維持不到一晚便出現裂痕的感情，如何經得起時間的考驗？儘早解脫對大家都有好處。」

水析又是一聲苦笑，道：「看來真的只是我一廂情願，我錯了，當一個人心中最重要的位置已經被人佔據時，若你還想代替，這只能證明自己是一個傻瓜。」

樓夜雨道：「你現在知道還不晚。」

水析將紫晶之心交到樓夜雨手中，黯然道：「看來我真的是錯了，既然感情還沒有開始，就已經結束了，我唯一可以做的看來只有離開。我已經不能再幫你了，就算我可以一而再地欺騙自己，我的心也無法承受這種打擊。正如泫澈所說，就算我肯爲你死去，這份感情又怎麼能夠與經歷數千載輪迴的那份感情相比呢？所以，我唯有選擇離開，剩下的事情，望你好自爲之。」

說完，水析便掉頭往樓下走去。

樓夜雨看著水析離去的身影，臉上沒有一點表情，她低頭看了一眼手中的紫晶之心，紫色的光暈不斷擴散開來，這刻骨銘心的紫色讓她的心不由得一陣抽搐。

她恨恨地道：「這是你送給別人的心，我留下它又有何用？」右手用力一握，真氣暗運，紫色的霞光從她的指縫間四射散出，而且光芒極爲耀眼，令人無法睜開雙眼。

片刻時間過後，樓夜雨的手重新張開，手心的紫晶之心已經化爲烏有。

她望著自己空無一物的掌心，冷聲道：「我所要做的是征服你，而並不是爲了得到你！有了月石，沒有任何人可以阻擋我！」

她的嘴角浮現出極爲冷酷的笑……

太陽從東方升了起來，又是全新的一天。誰也不知道，太陽每天這樣重複著，是否感到累過？但人不是也一天重複著一天麼？太陽重複著昨天的運行軌跡，人們重複著昨天的生活，似乎誰也不曾改變過。一天是這樣，一年是這樣，一千年又何嘗不是如此？

朝陽望著升起的太陽，沒有人告訴他一千年前的陽光與一千年後的陽光有什麼區別。他在想，如果這個世界每天都是昨天的重複，那他又何必出現呢？抑或是這不斷輪迴的時間在禁錮著他的思想？

「聖主。」無語站在了他的背後。

朝陽輕輕合上了眼睛，對他來說，時間已經到了，是他面對樓夜雨的時候了。

他深深地吸了一口氣，讓這帶著陽光氣息的空氣深入到他體內不曾被陽光觸摸到的地方。清涼的春風飄揚著旌旗，似乎在為他送行。

背後，無語枯瘦乾癟的老臉依然平靜，他在想：「自己的選擇是不會錯的，他是一個可以改天換地的人，自己是可以重新回到星咒神殿的……」

「無語，你在想什麼？是不是想重新回到星咒神殿？」一個聲音在無語的背後響起。

無語站著片刻沒有動，然後緩緩轉過頭來，站在他面前的是水析。

無語道：「是你？你不是已經走了麼？」

水析充滿陽光地一笑，道：「是的，我已經走了，但是我又回來了，我說過，我要幫她收服你。」

無語沈默了片刻，眉宇凝重，道：「原來你們是在演戲騙我。」

水析望著太陽，道：「這是一場充滿智慧的較量，我知道，在我們占卜到你們所要做的一切事情的同時，我們的一舉一動也在你的掌握之中。因爲我知道，敢叛離星咒神殿的無語絕對不是一個簡單的人，所以『騙』這個字並不恰當，只能說明你被我們虛擬了。要不這樣，你又怎會讓朝陽獨自一人，單刀赴會?你無非想利用樓夜雨對他的感情。」

無語乾枯的臉抽動著，長聲歎息道：「看來我們唯一可以把握的機會都已經失去了。」

水析望向無語，道：「不，只要朝陽不失去你，你們還有機會，所以，最重要的是將你從他的身邊除去。」

第廿四章　強化靈力

無語道：「你太抬舉我了，無語只是一個被遺棄之人。在你們的強大靈力面前，我根本無法使用占星術，更不像你們一樣可以占卜到未來十天內所要發生的事情，這場戰爭的結果早在你們的控制之中。」

水析道：「但你卻可以占卜到已經發生的事情，所以，我們無論發生什麼事情你都一清二楚，而你卻可以憑此推斷我們下一步的行動，採取相應的應對策略。」

無語苦笑一聲，道：「如今看來，正是這一點，反而被你們所利用，成爲我們的致命之處。」

水析一笑，道：「這是你無法逃避的宿命，是你作出錯誤選擇的一種代價。」

「代價？」無語道：「也許吧，但這種代價並沒有讓我感到後悔。自從我離開星咒神殿後，經歷的事情很多，這許許多多的事情讓我感到困惑。我一直都很想知道，到底這個世上所有的事情是不是都是一成不變的？作爲星咒神殿，可以預先知道一切尚未發生的事情，而這種結果到底是占卜所得到的，還是一切本已經設定好的，只是通過占星這種方式去得到這種結果而已？若是這樣，那一切還有什麼意義呢？人們稱我爲『無語道天機』，而這所謂的天機卻是對人的一種戲弄，一種輕視，我一直在尋找著答案，卻一直都沒有答案。」

水析道：「可你既然沒有尋找到答案，爲何還想回到星咒神殿？你不覺得這顯得很滑稽麼？」

無語望著東方，平靜地道：「因爲我想在死前弄清楚，是不是每一個占卜到的結果都是已經注定的？有沒有第二種可能的存在？」

水析冷諷地一笑，道：「你永遠都不可能知道。」

「爲什麼？」

水析道：「因爲你不應該知道。」

無語卻依然顯得很平靜，道：「看來你也不知道，這也是你心中的疑惑。」

「我不像你，這個世界上許多事情是不由我們去思考的，我們只須去做，而不應該去考慮這樣做到底應不應該，因爲我們永遠不會知道答案，思考太多的結果只會讓自己更痛苦。你遊歷幻魔大陸數千年，能夠告訴自己你到底得到了什麼嗎？你得到的只是每個夜深人靜時突然從夢中因爲痛苦而驚醒，不知身在何處，找不到自己，你恨自己爲什麼要醒來，永遠沈淪在夢中不是更好麼？有時你想回頭，但你知道你已經走得太遠，已經沒有回頭的可能，唯有強撐著殘軀繼續走下去。你找不到可以與你分享痛苦的人，急需找一種精神寄託，因爲你已經感到害怕了。所以，你選擇了朝陽，因爲你發現，至少他也是走在只有一個人的路上，你至少從他前進的步伐中找到了心靈的安慰……」

無語平靜的眼神開始變得恍惚，他口中喃喃自語般道：「這是自己麼？爲什麼自己會變成這樣？難道我的思考是錯誤的？但爲什麼又要擁有思考的能力？既然有了這種能力又爲什麼不能思考？我只是想弄清楚一件事情，卻爲何要走這麼長的一段路？我想回到星咒神殿，爲何不讓我回去？是我在害怕，還是他們在害怕？到底在害怕著什麼？難道這才是真正的『天機』？是永遠不能夠向人道出的東西？」

無語陷入了沈思。

水析臉上露出了詭異的笑，他的手向無語伸去……

就在水析的手接觸到無語的一刹那，無語的聲音突然響起。

「慢著！」

水析的手很突兀地停在空中，眼中露出極度驚詫之色，他不明白無語突然之間怎麼能從自己設置的魔魘中醒悟過來。

無語彷彿根本不知道水析剛才對他使用了魔魘，讓他在其中沈淪，他彷若沒事般道：「還有一件事情我不明白。」

「什麼事情？」水析迅速讓自己保持冷靜。

「你是用什麼方法將安心與驚天收服的？」無語道。

水析先是一愣，隨即冷靜地道：「他們的心魔。」

無語道：「原來如此。」說完，一下子又沈淪到水析所設置的魔魘中，臉上顯出困惑茫然之態，沒有自我意識。

水析訝然，不明白其中的原因，但此刻的無語無疑已經沈淪到魔魘中，與自己的心魔在作戰，但剛才爲何突然間會醒來呢？是因爲他超強的信念？

這是水析事先所沒有預料到的，他的手向後一揮，整個軍營立時被火燃了起來。

火光滔天，整個軍營一片混亂，救火聲、呼喊聲、逃竄聲……此起彼伏，連綿一片，所有精心準備的一切，毀於一旦。

水析攜著無語，從燃燒的火焰中飛掠而去……

朝陽一路向前行去，但走了一個小時還沒有看到遼城的城牆。

眼前是一條彎曲蜿蜒的山路，路兩旁是層巒疊嶂的山巒，連綿千里。

朝陽停了下來，因爲他知道這是一條沒有盡頭的路，無論如何走下去，都不會有結果。他已經踏入了別人所設置的幻境當中。

這時，一個人從他身旁擦肩而過，沿著山道，孤獨地往前走去。

朝陽看清這人身著黑白戰袍，手持聖魔劍，竟是他自己。

朝陽沒有說話，也沒有動，他看著這個自己漸漸遠去，直到消失。可他的面色卻沈了下去，儘管他知道這一切只不過是幻覺。

「你還記得我麼？」一個聲音從朝陽背後傳來。

朝陽轉過頭，看到了紫霞，她的臉上滿帶深深的憂鬱，千年不變，朝陽卻沒有說話。

紫霞黯然道：「看來你已經忘了我。」

「鏘……」朝陽手中的聖魔劍脫鞘而出，一道淒紅劃破虛空，將眼前的紫霞一劈爲二。在這片天地裡，他不相信對方真的是紫霞，而只不過是樓夜雨用來影響他心神的幻覺，所以他毫不猶豫地出手。

血濺滿了他一臉，而一分爲二的紫霞落地之後，分開的兩隻眼睛以萬分哀怨的眼神看著朝陽，彷彿在問：「爲什麼？」

朝陽一腳將一分爲二的屍體踢了出去。

可屍體尚未落地，卻被一個人飛身接住，正是剛才離去的另一個「朝陽」。

另一個「朝陽」接住紫霞，痛苦地道：「怎麼會這樣？怎麼會這樣？是誰殺了你？」

他的目光猛地抬了起來，看到了面無表情的朝陽，心中忖道：「怎會與自己長得如此相像？」於是厲聲道：「你到底是誰？」

朝陽毫無回答之意。

「是你殺了她?!」他一手抱著一分爲二的紫霞的屍體，另一隻手中的聖魔劍指向朝陽。

朝陽面無表情地望著他，彷彿根本沒有聽到他所說的話。他知道在這裡根本就不用解釋。

「是你殺了紫霞，我要殺了你！」他放下那屍體，拔出聖魔劍，飛身凌空向朝陽一劍劈下。

凄紅的光芒映入朝陽整個眼簾，強大的殺意如巨山壓頂。

朝陽心中吃驚，他沒有料到幻境中製造出來的人竟有如此強大的功力，而且四周的環境是如此逼真，一草一木盡皆有著生命的特性，可想而知這需要多大的功力支援才能夠製造出這樣的幻境，他腦海中閃電般閃過無語昨晚向他提及的月石。

此刻，殺勢逼至，朝陽不得不有所反應，聖魔劍再度脱鞘而出，迎了上去。

兩劍相交，空氣震盪，整個天地都不由一陣搖晃，顫慄不已。

朝陽與那個用幻術製造出的自己同時被震開，同樣倒退五大步才站穩，而且站立姿勢、握劍的手法也全都一樣。

朝陽沒有料到用幻術製造出的人竟然可以與自己硬碰，而且絲毫不落下風。月石所擁有的能量真的可以強大到如斯地步?以他對樓夜雨的認識，樓夜雨與他相比，尚有不及，何況製造出的幻境中的人?一定是她利用月石的能量製造出這個幻境，以困住自己。

朝陽知道，要突破這幻境，就必須破除所出現的一切企圖影響人的幻象，到時幻境便不攻自破。

而不斷出現的幻象就像是爲了抓住人心裡最脆弱的地方，引出心魔。

朝陽暴喝一聲：「去死吧！」身形飛躍而起，聖魔劍凌空劈下，赤紅的光芒瞬間盈滿每一寸空間，他必須儘快將之除去……

很快，兩人便戰了上千回合，但朝陽卻連對方的衣襟都沒有沾到，每一次攻擊彷彿都在對方的預料中一般，被對方輕易化解，而他也沒有被對方傷到分毫。

因爲兩人的出手，方位的變化，招式、力道的把握幾乎全都一模一樣，根本沒有什麼區別。

朝陽知道，這是樓夜雨按照自己的思想變化製造出來的人，自己的每一次所思所想，每一次出擊，也都是對方的選擇。

這樣下去，永遠都不可能分出勝負，直到自己疲憊不堪、無以爲繼之時，也正代表著「失敗」的到來。而對於朝陽來說，他是無論如何都不能失敗的。

這樣的作戰方式是可怕的，沒有人知道它什麼時候會停下來，如果選擇捨身冒死除去對方，而自己也同時會被對方除去。朝陽只得繼續選擇這樣虛耗下去，等待著奇蹟的出現，但奇蹟又怎會在一個由人設置的幻境中出現？

朝陽不得不佩服樓夜雨這一招的厲害，簡直可以用夠狠、夠毒來形容。同時也讓朝陽認識到，若自己連一個被製造的幻象都無法取勝，又何以面對樓夜雨本人？

當朝陽最後一絲力氣快用盡之時，他放棄了繼續進攻。他可不想連樓夜雨的面都未見到，就已被自己給活活累死。

而這時，樓夜雨卻出現了。

她搖了搖頭，滿懷同情地看著像狗一樣喘氣的朝陽，道：「這是曾經的聖魔大帝麼？怎會變成如今這一副可憐的模樣？真是讓人不敢相信。」

這時，所有的幻象盡皆消失，朝陽的所在之地是位於遼城外的那一片密林。

另一個「朝陽」也隨著幻象的消失而消失。

朝陽沒有說話，他根本找不到可以說的話。此刻，他確實是以一個連他自己都無法容忍的失敗形象出現在樓夜雨面前。

看到朝陽的樣子，樓夜雨得意地仰頭大笑，這正是她一千年來希望看到的。

笑過後，樓夜雨得意地道：「你想不想知道你的軍隊和無語現在怎麼樣了？」

朝陽心中一震，忙抬眼望向樓夜雨，從樓夜雨的眼神中他已經猜到了十之八九。

樓夜雨看著朝陽面部表情的變化，道：「不錯，正如你所猜，你的軍隊已經潰不成軍，現在正受到三位族長及怒哈所率領部隊的全力追擊，而無語則被水析所收服。此時，正和安心、驚天待在一起。你已經徹底地敗了，我沒想到你竟然如此不堪一擊，真是讓我太失望了。」

「水析?!」朝陽感到詫異，正是由於水析的離開，他才隻身來見樓夜雨，而此刻樓夜雨又提到了水析，他感到自己中了計。

樓夜雨冷笑道：「你一定以爲我真的與水析鬧翻了，水析一氣之下離去。其實你又何曾知曉，我們之間的所謂感情矛盾都是表演給你看的，你真的以爲我對你還存在著感情麼?所有的感情隨著一千年的時間已經逝去，我發誓一定要徹底征服你，讓你在我面前搖尾乞憐，以報千年前之仇恨！」

朝陽冷笑一聲，道：「你對我是否存在感情與我又有何干?想征服我更是癡心妄想！」

樓夜雨道：「你以爲自己還有與我對抗的能力麼?你現在根本就不是我的對手，何況，你現在已經失去了一切，只剩下孤家寡人一個，憑什麼與我鬥?」

朝陽道：「是麼?你真的以爲我已經輸定了麼?」

「難道你覺得自己還有機會?」樓夜雨不屑地道。

朝陽道：「當然，因爲你是我的手下敗將！而且你永遠都沒有可能勝我！」

「大言不慚！你剛才功力已經消耗殆盡，我看你還有何實力說這樣的話！」

樓夜雨說完，剛欲向朝陽動手，可她卻又停了下來，大笑道：「我差點忘了，就算你擁有十成的功力，又能怎樣?你連一個幻象都無法戰勝，憑什麼說這樣的話?我今天要看的是你怎樣像條狗一樣掙扎，像狗一樣求我饒了你！」

「你永遠都等不到那一天！」

天地之間，陡然狂風大振，塵埃彌漫天地，太陽的光線盡數隱去，天地一片混沌。

一道赤紅的軌跡劃破這片混沌，以一往無回之勢劈了下來……

一道沈重的鐵門緩緩開啓，微弱的燈光從開啓的縫隙中投在了水析的臉上，而站在他身旁的無語則仍是一副沈淪於魔魘中不能自拔的樣子，口中喃喃自語地重複著：「我要回星咒神殿，我要回星咒神殿……」

當鐵門完全開啓時，水析攙著無語走了進去。

在一個偌大的房間裡，安心、驚天，風、火、金、光四大精靈都在裡面。

看到他們，無語彷彿一下子醒了過來。他聽到驚天一遍又一遍地朝著那盞燈喊：「我要成爲幻魔大陸最強的人！我要成爲幻魔大陸最強的人！……」在喊的同時，他的臉上現出強忍著的痛苦之情，身子不停地顫抖著，彷彿正被人用鞭子抽打一般。

安心則是一遍又一遍地回頭，神情十分鎮定地對著眼前道：「你不是驚天，你不是驚天，你不是驚天……」

而在他的身前和身後根本沒有一個人，他是在對著空氣說話。突然，他的眼睛怔怔地盯著前方：「是你?!」然後半天不說話了。

四大精靈則是一遍又一遍痛苦地喊著：「解開我的封禁，還給我力量！解開我的封禁，還給我力量！……」

無語走到安心面前，問道：「是誰？」

「是我的妻子。」

「你的妻子?她在哪兒？」無語好奇地問道。

「她就在我的面前，你沒看到麼？」安心一指空無一人的面前道。接著，便顯出萬分的悲痛之色：「幽若，你不要離開我，不要離開我，你不能死！孩子剛剛出生，你怎麼能死？」他上前一把抱著空氣，痛苦地喊叫著……

「幽若是誰？」無語道。

「是他的妻子。」水析回答道。

「他怎麼會變成這樣？」無語望向水析。

「因爲他一生最愛的是他的妻子，而他的妻子在生下天衣之後，便難產而死，這是他心中一直深藏著的痛，也是他的心魔所在。」水析道。

第廿五章 驅意成魔

無語點了點頭，道：「我明白了，他們仍深陷於心魔中不能自拔。」

「是的，但我卻解除了你的魔魘。」水析微笑著道。

「爲什麼？」無語不解。

「因爲你與他們不同，心魔困不住你，你的自我意念太強，沈淪在我設置的魔魘中你還不忘問出心中想知道的問題。」

「那你打算將我怎麼樣？」

「廢去你占卜星象的靈力，沒有了靈力，就算你再怎麼清醒也形同廢人。」

「但你不覺得現在這樣做太遲了麼？」無語很平靜地道。

水析不屑地一笑，道：「我讓你醒來之時已經封禁了你所有的功力，你以爲自己還有與我相抗衡的能力？」

無語道：「我沒有，但她有。」

水析心中一驚，這才感到早有一個人站在了他的身後，但他尚沒有來得及有所反應——

「嗤……」一隻手自他背後穿入，從胸前穿出，而他的心已經被一分爲二。

水析低頭看著從胸前穿出的這隻手，臉上那充滿自信的笑意不見，轉而是難以置信的痛苦表情：「魔咒手刀！」

「嗤……」手從水析的背後拔了出來，鮮血激噴。

水析的身子禁不住搖晃了兩下，他回過頭，看到的是一張冷若冰霜的臉，鮮血正從她修長的手指尖滴落。

「你是誰？」水析強忍著疼痛問道。

此時，他的體內，手刀的魔咒正在起作用，一點點地分解著他的肌體。

「黑魔宗魔主櫻釋。」那女子一字一頓地道。

「黑魔宗魔主？」水析只知漠以前是黑魔宗魔主，後來被貶爲黑翼魔使，之後便從未聽說過黑魔宗有過魔主，難道這是朝陽故意隱藏著的一股力量？爲的就是對付自己？

水析一下子感到了害怕，如果事實真如他所猜測的這般，那這股力量就從來都沒有被他估算在內，且這股力量更有可能不只櫻釋一個人，而是代表著整個黑魔宗的力量。而朝陽一而再的敗很有可能是故意裝出來的，現在正在趁勢追殺朝陽大軍的怒哈及三族族長的軍隊很有可能正面對這股力量設下的埋伏。因爲水析知道，駐紮在隘口外的軍隊只有三十萬，另外更有七十萬大軍絲毫沒有動靜，這些大軍若是事先安排好，那此時，怒哈及三族的軍隊正中埋伏，慘遭不測……

水析不敢再繼續想下去，自以爲勝劵在握的他們其實是愚不可及，從一開始便被朝陽玩弄於股掌之中。

但事實又怎會這樣？所有的結果不是早已通過占卜星象，得到顯示了麼？這怎麼會有錯？

水析百思不得其解，又回過頭來望向無語，傷口處的血不可抑制地湧出，傷口也不斷地擴大，魔咒手刀的魔咒正在起著作用。

無語看著水析的眼神，道：「你一定想知道事情的結果爲何與星象的顯現大相徑庭吧？」

「是……的。」水析艱難地道。

無語平靜地道：「因爲你們所占卜的星象早就被我改變過，顯現出來的自然是另一種結果。」

水析的身子一陣搖晃，口中強忍著的一口鮮血終於噴了出來。他記起了一句話：「幻魔大陸，只有無語才是唯一可以改變星軌的人。」而他卻把這句話給忘了，但無語占卜星象的靈力怎麼可能在占星杖的壓制下發揮作用？即使這樣，那無語在改變星象的軌跡時他們怎會連一點都沒有察覺？

水析又一次望向了無語。

而無語也彷彿知道水析心中的疑問，他道：「早在從雲霓古國帝都來此之前，星象所顯現出來的結果就已被改變過。聖主說過，我們要置之死地而後生。」

水析終於明白了什麼叫做差距，他們的智慧與朝陽相距太遠，同樣是彼此迷惑對方，而朝陽在戰爭開始之前已經想好了最後一步，有什麼理由他不贏？

水析苦笑著道：「原以爲一切盡在我們的掌握之中，到頭來，結果卻恰好相反，但你們爲何選擇現在才動手？」

無語道：「現在才是最佳的時機。」

水析自嘲般道：「對了，因爲我身上已沒有月石，櫻釋才能夠殺死我，你們可以借機徹底將我們打敗。我這才明白什麼叫做置之死地而後生，可你們有沒有想過朝陽？樓夜雨擁有月石，他是不可能戰勝她的！」

說完，水析的體內就像有一束強光自中四散射出，肉身隨著強光被分解得支離破碎。

櫻釋走近無語身前，望著驚天、安心道：「大師，他們該怎麼辦？」

無語道：「放心，水析一死，他們的心魔很快就會得到解除。」

果然，安心、驚天，風、火、金、光四大精靈相繼從自己的心魔中解脫出來。

見到無語與櫻釋，他們一時之間不明白發生了什麼事，但彷彿又明白了些什麼……

遠遠的山谷裡戰火在燃起。

這原本是一條寂靜的山谷，但鮮血和殺伐已經賦予了它在這個世間中存在的另一種意義。

怒哈、魔族部落族長淵域、人族部落族長祭澤，還有神族部落族長泫澈四人的力量，三十萬大軍，將朝陽駐紮在隘口外的大軍趕到了這個山谷，形成了合圍之勢。他們臉上，浮現出勝利即將到來的喜悅。

一切皆按照樓夜雨的安排行事，勝利的到來實在是太容易了，有種置身夢中的感覺，但眼前看到的卻是再真實不過。

唯有泫澈臉上帶著似笑非笑的表情，彷彿眼前發生的一切與她無關。

淵域看著朝陽的大軍已經退守到了一起，負隅頑抗，而神族部落的軍隊已守好一切出口，自己魔族部落與人族部落，及怒哈的軍隊正從三面將他們往死路上逼，心中大爽，不由得哈哈大笑。

勝利已經是唾手可得，一路追殺，這剩下不到十萬的軍隊又如何與三十萬盟軍相抗衡？單魔族部落這次派出的軍隊就有八萬，這八萬精銳之師相對這些軍心大亂、失去陣腳的朝陽的軍隊，要想打敗他們，已經是綽綽有餘。

淵域狂心大起，從坐騎上一飛沖天，背上一柄金光閃閃的大刀脫鞘而出。

他要從這負隅頑抗的軍隊中劈開一條血路，以幫助他魔族部落的軍隊取得這場戰爭的最大勝利，向所有人證實，魔族部落的軍隊才是盟軍中最強的。

大刀在陽光照射下金光刺眼。

淵域暴喝一聲：「去死吧！」

凜冽的刀芒借勢斬落而下，金光更盛，猶如九天之雷。

誰也不會懷疑淵域這一刀有開天闢地之威，刀勢所指，至少可以將負隅頑抗的朝陽軍隊劈開二十丈長的血路。

正當所有人等待淵域這一刀劈下，屍首橫飛之時，刀卻突然凝在了半空。

那是因爲一隻手，更是因爲一個人——驚天！

就在淵域的刀劈下之時，驚天的手接住了淵域這開天闢地的一刀！

誰也不曾料到已被水析收服的驚天會在這個時候出現在這裡，並接住了淵域這一刀。

沒有人比怒哈更清楚淵域這一刀的厲害，他曾親身體會過淵域的手隨意地拍在他的肩頭所擁有的力道，眼前淵域用盡全力劈出的一刀的力道是怒哈不敢想像的，而驚天卻用手硬將這一刀接住。

剛才廝殺之聲沖天的山谷一下子變得很靜，連在作戰的雙方軍隊也忘記了廝殺，難以相信自己的眼睛所看到的。

「是驚天將軍？」

「驚天將軍又回來了！」

剛才處於絕望邊緣的敗軍，此刻心中的希望之火重新點燃，呼喊聲震天。

而盟軍將士則油然生起了一種恐懼。

淵域沒有料到接住自己這開天闢地一刀的竟然是魔族暗魔宗魔主驚天，他驚呼道：「你怎麼會出現在這裡？」

驚天狂傲地大笑，然後冷然道：「因爲你必須死在我的手上！」

話音落下，一腳重重地踢在了淵域胸腹。

淵域的身子頓時像斷了線的風箏一般往後倒飛。

驚天不待淵域身子停下，雙腳凌空虛渡，向倒飛的淵域疾追而去。

而驚天的這一腳正好也點燃了被圍困軍隊的反攻之勢。

「兄弟們，殺啊！」

朝陽的軍隊響起了震撼天地的喊殺聲，兵器交接之聲驟然響起。剛才處於絕望之境的軍隊似猛虎般向圍攻的盟軍撲去。

圍攻的盟軍一時措手不及，形勢一瞬間倒轉了過來。

怒哈、祭澤感到了形勢不對，他們心中已經意識到驚天的出現只是一個開始，真正的戰爭現在才正式到來。

此時，山谷的入口處突然火光沖天，鎮守谷口的神族部落將士一時大亂，而這時席捲天地的狂風自谷口處勁吹而至。

風借火勢，火助風威，其中更夾雜著飛沙走石，整個谷口已被狂風勁吹著的烈焰所佔據。烈焰所過之處，鎮守谷口之人盡被燃著，更有甚者，被烈焰夾雜著的狂風吹到了半空中，渾身燃燒著火焰，發出淒慘的悲鳴。

怒哈與祭澤大驚失色，一時之間不知如何是好，他們望向泫澈，而泫澈仿若沒事人一般，臉上仍掛著似笑非笑的表情。

祭澤不解泫澈此時何以還能保持鎮定自若，他道：「難道泫澈族長不擔心自己的軍隊嗎？」

泫澈道：「一切早已注定，祭澤族長以為擔心有用嗎？」

祭澤不解地道：「泫澈族長此話是什麼意思？」儘管祭澤一直以沈穩自居，可此時，他再也無法保持從容自若了。

泫澈道：「我是說，你們來此是為了送死的。」

「你們？」祭澤驚詫道：「難道不包括你麼？」

「當然不包括，從你們與樓夜雨結盟的那一刻起，就注定你們會走上這一條路。」泫澈道。

祭澤聽得茫然，他道：「我不明白你的意思，你們神族部落不是也已經與她結盟了麼？」

「是的，神族部落已經與她結盟，但並不包括我。」泫澈道。

祭澤終於明白了，道：「你不是神族部落中人？」

泫澈沒有回答。

「你到底是誰？」祭澤再次問道。

泫澈望著祭澤有些激動的臉，沒有回答，卻道：「如果你不想像其他人一樣死去的話，最好跟我走。」

祭澤道：「我憑什麼相信你？」

泫澈道：「因爲你已沒有選擇，風之精靈與火之精靈的攻擊一過，魔族的軍隊就會衝到這裡，你到時面對的對手很可能是陰魔宗魔主安心，你覺得自己有機會取勝嗎？」

祭澤無語，此時，他看到淵域在驚天的連番攻擊下，已只有招架之功，沒有還手之力，一副狼狽不堪之態。淵域相對驚天是這樣，而自己相對安心呢？

是的，他不敢保證有絕對取勝的機會，何況，只要魔族大軍一衝進來，盟軍便唯有死路一條，面對他們強盛的氣勢，他所能做的還有什麼？

思忖至此，祭澤望向泫澈道：「你爲什麼要救我？」

泫澈很隨意地道：「我只是想救你，沒有爲什麼，如果你不願意，我亦不勉強。」

「祭澤族長不願意，那你就將我救走吧。」聽著兩人對話的怒哈見狀，連忙求道。

泫澈望向怒哈道：「你命中注定會死在這裡，沒有人可以救你。」

怒哈驚恐道：「不，你在騙我！命中注定之事，你怎會知道？」

泫澈道：「那你可以親自試試我是否在騙你，看你自己能否闖過這一關。」

說完，便不再理會怒哈。

祭澤想了想，這時道：「我跟你走，可淵域族長呢？」

泫澈望向正在與驚天苦苦相戰的淵域，道：「他也會死在這裡。」

祭澤看著泫澈，他發現原來顯得很單純的泫澈此刻卻變得高深莫測，似乎對什麼事情都一清二楚，但她究竟是什麼人呢？

祭澤心中充滿疑惑。

守住谷口的神族部落軍隊已經全部被風之精靈和火之精靈殲滅。

此時，如潮水般的魔族大軍從谷口處衝了進來，與被困的軍隊合在一起，裡外夾擊對樓夜雨的盟軍進行殲殺……

離山谷不遠的一座山上，無語看著山谷內所發生的一切，風撩動著他銀絲般的頭髮，臉上的表情淡然平靜。

泫澈和祭澤在魔族大軍衝進山谷的那一刻飛掠逃走，從無語的視線中消失。

黑魔宗魔主櫻釋正率領著大軍對盟軍進行屠殺，驚天與淵域正在苦苦地戰鬥著。

無語的心裡此時卻想起了朝陽。

「不知聖主現在怎麼樣了？」

「噗通……」朝陽已經不知多少次這樣雙腳跪地面對著樓夜雨嘲諷的笑容了。膝蓋處已被磨破兩個大洞，細屑的石子已經嵌入肉中，一股一股細小的血流就像一隻隻螞蟻般在傷口處爬動，帶動的是淡淡的癢癢的感覺，卻又絕對是難以忍受的。

那曾經傲視天下的聖魔劍只能用來作拄地的拐杖，以保持身體不倒下。筆挺光鮮的黑白戰袍沾滿塵埃，已不再能襯托他睥睨天下的威儀。

「聖魔大帝?!你還是曾經的聖魔大帝麼？只要你向我求饒，我便不殺你。你說啊，你說啊……哈哈哈……」樓夜雨得意地狂笑著，積鬱在心裡一千年的怨氣，那日日夜夜糾纏著自己的征服的欲望，在這個像狗一樣跪在自己面前之人前終於得到了發洩，人生在世，還有什麼比這更大快人心的呢？

朝陽支撐著聖魔劍又站了起來，儘管一而再、再而三地敗，一而再、再而三地跪在樓夜雨面前，卻絲毫不改他臉上的孤傲之情。他一次次地跪倒，一次次地又站起，這是一種屈服，也是一種更孤傲的姿勢站立。

朝陽手中的聖魔劍再度刺向了樓夜雨，劍勢平實無華，但殺意卻依然不減。可朝陽的攻擊注定是徒勞的，樓夜雨手中的月石發出冰藍色的光芒，一層層的光暈在蕩開，朝陽快捷無倫的攻勢變得異常緩慢，如同一隻蝸牛在緩緩爬行，但樓夜雨的速度卻絲毫不受影響，她的腳帶起一道疾風，又一次踢在了朝陽的膝蓋上，朝陽又一次跪地。

這就是月石，可以減緩攻擊者的速度，而自己卻可以置身事外，絲毫不受影響。

「你求我啊，只要你求我，我便放過你！只要你求我，我就不殺你！」樓夜雨得意地狂笑道。

朝陽又一次掙扎著站了起來，聖魔劍也再度刺了出去……

可結果與前面無以計數的結果一樣，他又一次跪倒在樓夜雨面前。

樓夜雨就這樣折磨著他，讓他一次次地跪倒在自己的面前，卻又不讓他死去。太陽當空照著，溫和的陽光灑落在兩人身上，空中，脈絡分明的黃葉自樹上飄落，陽光照在上面，泛著似有若無的光芒，有著臨死前的從容自若與優雅。

第廿六章　絶情絶義

朝陽又一次無語地站了起來，可樓夜雨已經不再笑，也不再言語了，她望著這個倔強的男人，發現自己竟然從來沒有征服過他，一次又一次地讓他跪倒在自己面前已變得空泛而毫無意義。她想起了小時候，那曾經對自己毫不理睬、望著天際晚霞的少年，本已有所宣洩的積鬱一下子又充滿整個心間，她的心起伏不平，她不相信自己真的無法征服他，她不相信自己永遠是一個被征服之人……

朝陽的劍又一次舉起刺了過來！

「好，我看你到底能夠倔強地站到什麼時候！」

月石所散發出的冰藍色光暈蕩開，朝陽挺劍刺進，他的速度這一次並沒有滯緩，但當他與聖魔劍完全進入冰藍色的光暈中之時，卻不見了樓夜雨的蹤影，聖魔劍所刺是空。

朝陽四顧而望，眼前所見一切都變了，佇立於面前的是一座高聳入雲的奇山，峰巒疊嶂，一條瀑布從兩座直插雲霄的孤峰間傾瀉而下，高逾萬丈，飛濺而下的水線在陽光的照射下閃著鑽石般的光芒。瀑布兩旁，修竹異松，奇花瑞草，猿猴在山間嬉戲縱躍，鶴鳥在林間翩然飛舞。

朝陽知道自己闖入了幻境當中，而眼前的景象又是如此熟悉，彷彿在哪裡見過。

一陣清風吹來，帶著清新涼意。

朝陽覺得那風彷彿從身體穿透而過，吹走了心中的鬱悶之氣，渾身變得輕鬆，倒忘了是進入了樓夜雨設置的幻境當中。

他來到瀑布下，瀑布下有一偌大水潭，飛瀑瀉下，如萬雷齊鳴，潭水碧意盎然。

朝陽想也沒想，解下聖魔劍，脫掉黑白戰袍，縱身躍入了潭水中。

清涼的潭水輕輕將他托起，他放鬆四肢，平躺在水面上，閉上眼，什麼都不想。身下是嬉戲游動的魚，潭邊有著飲水的動物，其樂融融，對朝陽的存在視而不見。

這裡是如此悠然自在，而與命運抗爭的道路卻沒有盡頭。

「我爲什麼要走上那一條路呢？」

朝陽陡地聽到一個聲音在耳邊響起，等他弄明白時，方知那話是自己問自己的，心中不由得一震，這話是不該出自他之口的。

他想起了樓夜雨，睜開眼睛，才記起正在與樓夜雨作戰。

他起身游向潭邊，卻發現剛才放在潭邊的黑白戰袍和聖魔劍全都不見了，什麼都沒有留下。

朝陽心中暗忖，剛才明明沒有人到來，爲何會不見？

他匆忙上岸，四處尋找，卻看到不遠處的一棵古松上，一隻猿猴拿著黑白戰袍往身上套，手中還拿著聖魔劍，旁邊還有幾隻猿猴在嬉鬧著。

朝陽縱身飛掠而去，站在了那猿猴面前。

他冷冷地道：「把東西還給我。」

幾隻猿猴呆望著朝陽，停止了嬉鬧。

朝陽再一次道：「把東西還給我。」

「嗖嗖嗖嗖……」幾隻猿猴一下子四散逃竄，從朝陽面前消失，吱吱的叫聲瞬間在山林四處響起，林間到處是猿猴縱躍的身影。

朝陽看清那隻拿走黑白戰袍和聖魔劍的猿猴，腳踏樹葉，飛掠追趕。

可那隻猿猴狡猾之極，專挑枯藤樹枝交錯重疊的密林騰躍縱行，待影子破林而入時，那猿猴卻已逃往它處。而且，成千上萬的猿猴在他面前跳躍騰挪，不斷地擾亂著他的視線，分散著他的注意力。

朝陽火起，揮掌劈殺，可待他殺死在面前縱躍的猿猴時，那隻拿走黑白戰袍和聖魔劍的猿猴已經很快地躍往它處，朝陽不得不放棄劈殺，盡力追趕……

一時之間，朝陽只得在成千上萬隻猿猴的干擾下追趕著那隻拿走聖魔劍及黑白戰袍的猿猴，在山間縱躍騰飛，而他所等待的是那隻猿猴精疲力竭之時。

山上，群猴吱叫，掀起的陣陣樹浪不斷地向山頂移動，一直延伸到雲霧繚繞之處方不見蹤影，而此時的朝陽也將那隻拿走他黑白戰袍及聖魔劍的猿猴逼到了懸崖的絕處。

朝陽一步一步地向前逼進，那猿猴一步一步地向後倒退，口中「吱吱……」之聲不斷，四周樹上地下更站滿了眼露驚惶之色的猿猴，卻沒有一隻再發出聲音。

朝陽伸出手，冷然道：「把我的東西還給我。」

那猿猴只是一味後退，卻沒有絲毫相還之意。終於，那隻猿猴一腳踏空，半個身子掉入懸崖，幸虧牠身手敏捷，及時抓住了一根枯藤，才沒掉下去。

朝陽心中不由得也隨之一驚，卻不敢再緊逼。若是這隻猿猴掉下去，也即意味著聖魔劍及黑白戰袍亦會掉下去。

他站定了身子，望著那隻猿猴，不再向牠索要。猿猴也就站在懸崖邊望著他，而在四周則是望著他與猿猴的其他成千上萬的猿猴。

這是朝陽怎樣也未曾想到的一種場景，他竟然與一群猴子這樣僵持著，身上赤條條的，和牠們一樣，什麼都沒有穿。

朝陽已經清楚，如果他想動用武力的話，可能永遠也無法從那隻死猴子手中取回黑白戰袍及聖魔劍。但這樣僵持下去，所得到的結果也是一樣，猿猴稍一不慎，失足後會什麼也都沒有了。原來一隻猴子也不是好欺負的。

朝陽收起了凜冽的目光，儘量讓自己的樣子看上去很溫和，而且後退了十數步，不再讓猿猴有緊張壓迫之感。

猿猴緊張的樣子也有所緩解，牠警惕地看了一眼朝陽，又往身後的懸崖望了望，腳步也向前移了兩步，暫時遠離懸崖的威脅，抱在懷中的聖魔劍及黑白戰袍依然攥得極緊。

朝陽坐了下來，以徹底放鬆那猿猴心中的防線，那猿猴也跟著坐了下來，似乎已經感到累極。

四周的猿猴彷彿亦放鬆了一口氣，又吱吱地叫嚷著。

正當朝陽想著應對之策，如何奪回聖魔劍與黑白戰袍時，「你終於又來了。」一個蒼老的聲音響起。

朝陽轉過頭，只見一個仙風道骨、身著白袍的老者正慈祥地看著他。

「這眼光好熟。」朝陽心中暗忖，卻一時又想不起來，而且對方說「又來了」，好像自己曾經來過這裡一般。朝陽冷聲道：「你是何人？」並站了起來。

老者卻道：「我以爲你永生永世不會再來，終於你還是來了。」

朝陽心中暗忖：「這一定又是樓夜雨用幻象製造出來的人，說一些莫名其妙的話來迷惑自己。」於是冷笑著道：「樓夜雨，這是你所能表現出來的伎倆麼？也太讓人失望了！」

老者卻有些激動地望著朝陽，道：「你真的不記得爲師了麼？你真的什麼都忘了麼？可你爲何又要回來？」

朝陽心中一怔，一道亮光自心底乍現，又陡地熄滅了，他冷冷地望著老者道：「我不知道你到底在說些什麼！」

老者無限落寞地道：「看來你真的忘記了爲師，你說過你要忘記的，你要成爲幻魔大陸最強的人便要捨棄所有感情。可捨棄了又能怎樣？你真的能夠做到麼？你真的能夠得到她麼？那只是她們在騙你而已。你終於來了，定是你在與命運抗爭的路上迷了路。」

朝陽冷冷的看了老者一眼，便不再理睬，他可不想聽這用幻術製造出來的人說一些莫名其妙的話。他望著那猿猴，卻發現那隻猿猴已從懸崖邊消失，一縱跳躍到老者肩上，齜牙咧嘴地嘲笑著朝陽。

朝陽恍然道：「原來這些猴子都是你養的，把聖魔劍和黑白戰袍還給我！」

老者摸了一下肩上那隻猿猴的頭，微笑著道：「小星調皮，又拿了人家的東西。」

那隻猿猴發出興奮的吱吱叫聲，一隻手作出手舞足蹈的樣子，另一隻手緊抱著胸前的黑白戰袍與聖魔劍。

老者從猿猴懷中拿過黑白戰袍與聖魔劍，歎息道：「你要了它們又有何用？它們只會害了你，讓你在痛苦的泥潭裡愈陷愈深。當初我就不應該將它們給你，你永遠都不可能戰勝『他』

的……」

「少囉嗦！快將它們給我，否則休怪我對你不客氣！」朝陽冷聲喝道，他有著改變這個世界的野心，豈能允許自己赤裸裸、一絲不掛地站在另一個人面前說話？

老者慈祥的目光望著朝陽，道：「你要殺我麼？我早知道你會殺我，你來找我就是爲了得到你想要的東西。你已經殺過我一次，因爲你要達到自己的目的，唯有殺了我，你才會成爲幻魔大陸最強的人，現在爲了黑白戰袍和聖魔劍，你又要殺我。來吧，我成全你。」

說完，老者竟自閉上了眼睛，等待著朝陽下手。

朝陽握緊了自己的拳頭，眼中燃著殺機，但奇怪的是他遲遲沒有動手。

「奇怪，我怎麼不忍下手？」朝陽暗暗思忖著：「他明明是樓夜雨用幻術製造的幻象，自己卻爲何下不了手？」

老者睜開了眼睛，道：「你爲何不動手？你在害怕些什麼麼？抑或在害怕你自己？你以前不是這樣的，是什麼讓你變得優柔寡斷？我知道你一路走來很辛苦，沒有一個可以說話的人。你放棄吧，放棄就會遠離痛苦，和我一起生活在這裡不是很好麼？與世無爭，誰也不會來管束你。」

朝陽的眼中浮起了複雜的情緒，犀利的眼神變成從未有過的溫和，他在心裡問著自己：

「我該放棄麼？」

朝陽站著，沈默良久……

忽然，他抬起了頭，道：「我可以放棄我自己，但我不能放棄對紫霞的承諾！不能放棄魔族獲取自由的希望！不能放棄那些陪我征戰的所有人主宰自己命運的權力！」

老者望著朝陽半晌不語，臉現無限悲痛之情，道：「你還是要固執地走一條沒有希望之路！」

他低頭看著手中的黑白戰袍及聖魔劍，忽然如發了瘋似地道：「都是它們害了你！我當初就不應該將它們給你，當初就不應該給你希望！」

說完，揚手一扔，卻將黑白戰袍及聖魔劍扔進了懸崖。

「不！」朝陽飛身撲救，可已經晚了，懸崖內升起一股飛速旋轉的氣浪，將聖魔劍及黑白戰袍一下子吞了進去。

朝陽的手伸著，眼睜睜看著聖魔劍及黑白戰袍消失，彷彿一下子抽走了支撐自己戰鬥下去的勇氣。

他搖著頭，無限悲痛地道：「爲什麼會這樣？爲什麼會這樣？」最後一句變成聲嘶力竭的嘶吼。

他猛地轉過頭，血紅的眼睛盯著老者，積蓄全身的力量化爲一拳，狠狠地擊在老者身上。

勁風狂吹，飛沙走石，群猴四散逃竄，天地瞬間一片黑暗……

良久，當所有一切散去後，那老者卻站在原地一動未動，胸口中拳處的衣衫盡數不見。

老者面帶慈愛的笑容，道：「你終於……又一次……殺了……我。」

朝陽突然覺得這個笑容很熟悉，被深埋封鎖的記憶一下子衝破了塵封之牆。

「師父！」朝陽驚恐地叫著。

「你終於記起我來了。」

「轟……」一聲巨響，老者便像塵霧一般在朝陽面前消散了。

朝陽那一拳終於發揮了作用。

「不！師父！」朝陽伸手去抓，可留在掌心的只是幾塊衣衫的碎片。

「我又一次殺死了師父。」朝陽失魂落魄地道：「我又一次殺死了師父……」

「朝陽，你連傳授你武功魔法的師父梵天都殺，看來你真是一個絕情絕義之人！」虛空中傳來樓夜雨的聲音。

「是的，是我殺了師父，我又一次殺了他。」

樓夜雨又道：「你以爲將這段記憶用心封鎖後就沒有人會知道麼？而月石卻可以幫我找到你的心魔，解開你封鎖的記憶。我現在再讓你看看另一段被你封鎖的記憶——」

「刷……」地一下，朝陽眼前的場景一下子發生了改變，重新展現於眼前的是一片漫漫黃沙，與天相接。

朝陽站在了黃沙之中，撲面而來的是滾滾熱浪。他的身上穿著的是黑白戰袍，手中所握的是聖魔劍，劍尖斜指地面，他的眼睛透著令人心寒的陰冷殺意。

在他的對面，他看到的是另一個自己，紫霞正與之並排站在一起，胸前掛著紫晶之心。

他曾經記得，在歌盈與影引他進入的夢中，曾看到過這樣的景象，而此刻的他卻變成了其中之一。

「難道這也是被自己封鎖的記憶？」朝陽的心中思忖著。面對千年前最後一場決戰，朝陽的心裡一直是一片空白，現在，被封鎖的記憶正在緩緩開啓。

朝陽冷冷地望著眼前的那個自己，恍惚間彷彿就是影子，他冷聲道：「你是何人？」

「我是你心的另一半，是另一個你。」

朝陽望向紫霞，道：「你一定是跟了另一個我，所以我永遠都不可能得到你。」

紫霞的眉宇間有一絲哀怨，默然不語。

朝陽望著紫霞道：「爲什麼我會變成兩個人？」

「因爲……」

「閉嘴！我沒讓你說！」另一個「自己」欲回答，被朝陽給喝止住。

紫霞還是沈默不語。

朝陽冷笑一聲，道：「你不敢回答我的話麼？你爲什麼不敢回答我的話？你在怕些什麼？」

紫霞抬眼望向朝陽，道：「因爲你將自己的心一分爲二，他是屬於你的另一半，你將紫晶之心送給我，我只能和他在一起。」

朝陽冷笑著道：「我爲什麼會將自己的心一分爲二？」

紫霞低下了頭，道：「這是你少年時對我的承諾。」

「哈哈哈……」朝陽大笑：「你這是在騙小孩麼？這是他早有意設計的一個圈套，只等著我往裡鑽。早在年少時，就注定了有我一分爲二的局面出現，『他』要我自己成爲自己的敵人，永遠都不可能逃脫『他』所設置的命運！」

紫霞默然不答。

朝陽繼續道：「只是我不明白，『他』爲什麼要這樣做？爲什麼要讓我成爲『他』的一顆棋子？『他』這樣做到底目的何在？回答我！」

紫霞眼眶中泛起了淚水，道：「對不起，我不能回答你，我真的不能夠回答你，這是上天的安排，沒有人能夠回答你。」

朝陽手中聖魔劍一揮，黃沙暴起。

他道：「既然你不回答我，我倒要看看這是多麼神奇的命運安排，又爲我安排了一個怎樣的結局！」

朝陽手中聖魔劍指向對面那個「自己」，道：「出招吧，你我二人只有一人能存活，不是你死，就是我亡！」

「既然我們兩人注定只有一人存在，這場決戰在所難免，無論誰活著，我們都必須弄清是誰在操控我們的命運。」

話音落下，另一個「自己」的劍也平舉而起，與朝陽手中的聖魔劍遙遙相對。

風，開始緩緩流動，沿著兩人周身旋轉，速度一點點加快……

黃沙隨著風開始在天地間彌漫，沙礫四處亂竄。

天上熾烈的太陽彷彿被烏雲遮住了一般，失去了所有光澤，整個沙漠都變成了一片陰暗，天際更有「轟轟……」雷聲在滾動。

旋轉的風沙中，紫霞眼露焦灼之色，靜靜地看著對峙的兩人，誰都不能夠明白，她此時在想些什麼。

朝陽亦彷彿忘了自己是身在樓夜雨所製造的幻境當中，變成了千年前的自己。

突然，衣袂盈動，黃沙暴起。

兩道赤紅的電光穿越彌漫的黃沙，發出刺耳的嘯鳴聲，層層推進。

電光石火之間，兩劍相交。

赤紅的電光直沖九天，撕破層層暗雲。

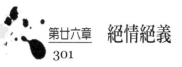

朝陽終於與那個「自己」戰在了一起，這是一場沒有懸念的決戰，千年前已經發生過。對於朝陽來說，此刻只是在重演，他在尋找著那被禁封的記憶，而每一次進攻與防守，每一回合的針鋒相對，都讓曾有的記憶一點點浮現。朝陽似乎看到了那個模糊不清的未來，一切將呼之欲出。

第廿七章 自我為敵

朝陽的劍再度與那個「自己」的劍相錯而過，聖魔劍所射出的劍氣劃破了彌漫虛空的混沌，一線陽光直瀉而下。

朝陽的眼前倏地閃過一道白芒，心中一驚，這道白芒絕不是另一個「自己」手中之劍反射而出的，他和自己一樣，手中所持的都是有著血紅劍身的聖魔劍。

朝陽回頭向下望去，看到那一道亮芒正是紫霞手中的一柄匕首反射而出的。

而此時的紫霞卻正拿著匕首往自己身體最敏感的心臟部位刺入，那曾經出現的一幕一下子占滿了朝陽的視線。

「不——」朝陽大聲喊著，從空中飛掠衝向紫霞。而朝陽發現，最先到達的是另一個「自己」，此時紫霞的匕首已經刺入了自己的胸口，鮮血流了出來。

那個「自己」抱著紫霞，失聲道：「不！你不能死！你怎麼可以死？我不允許你死！」

紫霞望著那個「自己」道：「只有我死，才是唯一的解決辦法。」她停了一下，隨即望向朝陽，朝陽手持聖魔劍，正冷冷地看著她與那個「自己」。

紫霞又道：「我知道一切因我而起，你們兩人本是一體，無論你們誰殺死誰，都不會有勝利者，我只是希望你們不要再打下去。」

「你不要再說了，我們不會再打。我們是不能沒有你的，我們所做的一切都是爲了你，你不可以死！」那個「自己」一邊按住紫霞的傷口，爲她止血，一邊緊緊抱著紫霞。

「可我最終只能屬於你們兩人中的一個，我不可能同時嫁給你們，你們也不可能同時娶我，死才是我的唯一解脫。雖然命運將我安排給了你，但……」紫霞望著那個「自己」道。

「我只是想知道你心裡到底想做誰的女人？」朝陽這時開口打斷了紫霞的話。

紫霞望向朝陽，卻沒有出聲。

朝陽冷聲道：「你臨死都不想回答這個問題麼？」

紫霞望著鮮血從胸口不斷地流出，沈默著。

「你不敢回答麼？抑或你對我們誰都沒有感情？」朝陽繼續問道。

紫霞突然抬起了頭，彷彿鼓起了十足的勇氣，她道：「是的，我對你們誰都沒有感情，也從未喜歡你們中的任何一個，一切都是命運的安排……」

「嗤……」朝陽突然感到自己的聖魔劍揮了出去，然後，便看到紫霞的頭與她身體的分離。

血噴在了他的臉上。

朝陽不明白自己手中的劍怎麼突然間就揮了出去，好像有一股力量在莫名地支配著自己，他感到茫然不解。

那個「自己」這時卻站了起來，他面對著朝陽，道：「你竟然殺了她！你爲了她可以付出一切，卻是你親手殺了她……！」

「不，我沒有！」朝陽惶然道：「我沒有殺她！」

而那個「自己」彷彿根本沒有聽到朝陽的話，一步步向朝陽逼進，並道：「你竟然殺了你最愛的女人……！」

朝陽不由得後退著，他的心中很亂，連他自己都不知道到底是不是自己殺了紫霞，口中只是胡亂地道：「沒有，我沒有殺她……」

「是你殺了她！是你殺了自己最心愛的女人……！」無數聲音在朝陽耳邊縈繞著。朝陽看到的是一張張嘴在對自己大聲地吶喊著，他只感到天旋地轉，無法自我，更分不清到底是不是自己殺了紫霞。

「是你殺了她！是你殺了自己最心愛的女人……！」

「不要逼我！」

朝陽手中的聖魔劍猛地刺了出去，一切聲音霎時停止，他看到自己的劍刺中的竟是那個「自己」的心臟。

那個「自己」望著朝陽，彷彿不敢相信這是事實，緊接著，那個「自己」便像煙霧一般分解消散了。

朝陽驚恐地看著那個「自己」的消失，不明白這又是怎麼回事，而這時，他卻感到自己的心很疼，是那種被利刃刺穿的痛。

他低頭往自己的胸口望去，卻看到聖魔劍刺穿的竟是自己的胸口，而劍的那一端，握著的也是自己的手。

朝陽不由得後退了一步，驚恐地看著插在胸口的聖魔劍，喃喃地道：「我殺了自己？我怎麼會殺了自己?!」

他忽然想起身在樓夜雨所設置的幻境中，是樓夜雨在爲自己解開千年前的記憶。他自語般道：「難道這就是千年前的結局麼？是自己殺了紫霞？是自己殺了自己？」

「是的，你不但殺了你師父梵天，還殺了你最心愛的女人紫霞，甚至也是你自己殺了自己，導致你千年前的消失。你是一個連自己都要殺的人，憑什麼還如此驕傲地站在世上？」樓夜雨的聲音自虛空中傳來。

「刷……」地一下，所有的場景一下子又都變了，朝陽又回到了現實中遼城外的路上，而唯一沒有變的是自己的胸口插著自己的聖魔劍。

樓夜雨正得意地站在他的面前。

朝陽倏地明白，是樓夜雨利用千年前的一幕，讓自己把劍刺進自己的胸膛，將現實和記憶完全混淆在一起。

朝陽看著樓夜雨，道：「你真的很想征服我麼？」

樓夜雨傲然道：「我之所以再次活過來，就是因爲這強烈的征服你的欲望，我發過誓，一定要將你征服！」

朝陽道：「那你以爲自己現在做到了麼？」

樓夜雨狂傲地道：「你已經以一個失敗者的姿勢站在了我的面前，你在我眼中已經沒有了任何挑戰的價值。」

朝陽道：「可我有一個問題一直想問你。」

樓夜雨道：「有什麼問題你就問吧，我不介意回答一個臨死者最後的遺願。」

朝陽道：「你和樓蘭到底是什麼關係？」

樓夜雨毫不遲疑地道：「一千年前，我們曾經是一個人，而現在是兩個人。她在那棵櫻花樹下等待著你的重新回來，而我卻選擇了另一條路，我們看誰最終能夠征服你，結果是我贏了。」

朝陽點了點頭，道：「我明白了。」

隨即，他的身子便倒了下去，倒在路上一動不動，在他身旁，是一簇一簇枯黃的草。

樓夜雨臉上的表情一點點在收斂，然後失去了所有的表情。片刻，一絲笑意由她唇角牽動，迅速擴展到整個臉部。

「哈哈哈……」大笑聲中，樓夜雨轉過身，往遼城方向走去。腳步走在平坦的路上踉踉蹌蹌，笑聲卻一聲高過一聲，陽光將她的影子拖得很長。

「站住！」一個不響，卻是絕對充滿力量的聲音在樓夜雨背後響起。

樓夜雨的腳步和笑聲同時停止。

她緩緩回過頭來，看到朝陽重新站在了她的面前，聖魔劍持在手中。

樓夜雨的臉色在變，她不相信一個被聖魔劍刺穿心臟的人還能夠活過來，而在月石洞悉一切，甚至可以將封禁的記憶重新解禁的強大能量面前，這一點根本不存在絲毫欺騙成分，難道他死後又重新活了過來？她感到萬分詫異，道：「你……你……」

而朝陽突然挺起了聖魔劍，疾電一般向樓夜雨刺至。

樓夜雨心念陡收，手中月石冰藍色的光暈迅速蕩開，整個遼城都在冰藍色光暈的覆蓋中，朝陽的速度頓時變得異常緩慢，整個遼城的時間以令人窒息的速度在向前推移著。

一切都慢了下來，天上飛翔著的鳥，地上跑動著的獸，生活在遼城的居民都慢了下來，比蝸牛的爬行還要慢，還要讓人難受。

樓夜雨將月石延緩時間的能量發揮到了極限，她看著朝陽的劍每進一毫都十分困難的樣子，不屑地冷笑道：「我以爲你重新活過來有什麼驚人的表現，原來……」

「嗤……」樓夜雨的話戛然而止，她感到自己的心一點點在被利器刺開，並且利器還在不斷地向前推進，劇烈的疼痛感傳遍全身。

她低頭望去，胸口出現了一個被劍刺傷的口子，血在不斷地往外湧冒，但卻看不到劍。

「意念攻擊，意念之劍！」

樓夜雨終於明白，朝陽在舉劍向她進行攻擊之前，已經啓用了意念攻擊，她的心正在一寸一寸被意念之劍刺穿。

樓夜雨全身的功力霎時潰散，月石發出的巨力能量也隨著分解離析，籠罩在遼城上空的冰藍色光暈消散，恢復了正常運轉。飛翔於天上的鳥，跑在地上的獸，生活在遼城的居民都一切如常，彷彿什麼事情都沒有發生過一般。

朝陽的劍也收了回來。

樓夜雨的臉因痛苦而變得扭曲，道：「爲……什麼……你沒死？」

朝陽淡淡地道：「因爲我已沒有心。」

「沒有心？」樓夜雨不敢相信地道：「我分明在你刺穿自己的那一刻感到你心的痛苦?!」

朝陽道：「早在一千年前，我的心已經送給了別人，你所利用的只是一千年前的我來殺自己，你所感到的只是我一千年前的痛苦，我的死去也是一千年前的死去。」

樓夜雨一下子感到天旋地轉：「原來他早已沒有心，所謂的心魔豈不是故意敗露給自己的？」

她望著朝陽，苦笑著道：「無論我擁有多麼強大的能量，看來都無法征服你，一千年前是這樣，一千年後仍是這樣。」

朝陽只是看著樓夜雨，卻不言語。

「但你真的認爲自己贏了麼？我只是太強的欲望的化身。這個世界是別人設置的一個更大的幻境，你只是在這個幻境中與指定的對手作戰，我生是因爲欲望，死也只是又一次欲望的失敗，你永遠都無法成爲勝利者的……哈哈哈……」

大笑聲中，月石自樓夜雨手中脫落，隨即一束光自她體內爆炸，她的身體變成無數光的碎片，消散於虛空中。

生是因爲欲望太強，死也只是欲望的消散，剩下的是地上散發著淡淡冰藍色光芒的月石。

朝陽看著地上的月石，彎身將之撿了起來。

望著手中的月石，眼睛凝視不動……

遼城大將軍府。

樓蘭待在房間裡望著窗外。

窗外是樂天知命的遼城居民，他們走在大街上，臉上永遠掛著滿足的表情。

樓蘭心裡想：「做一個平凡的人真好。」

這時，門被推開了。

泫澈走了進來。

泫澈道：「我要帶你離開這裡。」

樓蘭回過頭來，道：「我爲什麼要離開？」

泫澈道：「因爲樓夜雨已經死了，她的盟軍已敗。」

樓蘭怔了一下，喃喃道：「她死了？我早知道會是這個結果。」轉而望向泫澈道：「那你呢？你不也是她的盟軍麼？」

泫澈道：「我不是。」

樓蘭道：「那你是誰？」

泫澈道：「這個問題現在還不是回答你的時候。」

樓蘭想了想，道：「你要帶我去哪兒？」

泫澈道：「神族部落。」

樓蘭顯得幽怨地道：「現在也只有那裡才是我該去的地方。好吧，我隨你去。」說完從座位上站了起來，走到泫澈面前。

泫澈道：「你不收拾點什麼東西？」

樓蘭道：「我本無一物，又有什麼可收拾的？」

泫澈望向樓蘭剛才所坐窗前的桌上，上面有一雙小孩模樣的鞋子，上面繡著櫻花樹，一朵一朵的櫻花從樹上飄下。

泫澈道：「你不想帶走它麼？」

樓蘭摸向自己的腹部，道：「一切還是個未知數，只是閑著沒事打發時間而已。」

泫澈不再說什麼，回身往外走去。

樓蘭跟在了後面。

在房外，還有靜候著兩人的祭澤。

樓蘭看了一眼祭澤，道：「祭澤族長也逃出來了麼？」

祭澤顯得有些尷尬，不知如何作答。

而樓蘭也不再相問，只是跟在泫澈身後……

遼城外，是一片千里沼澤之地，在這片沼澤的最深處，便是妖人部落聯盟三大部族的所在。

在通往妖人部落聯盟的路上，三人三匹馬在沼澤之地前行著。

此時，日已西垂，暮色將至。

走在最前面的泫澈突然勒住了轠繩，回頭對著身後的樓蘭道：「你先隨祭澤族長回到部族，我有一點事情需要先辦一下。」

樓蘭也不說什麼，點了點頭，隨著祭澤先行往妖人部落聯盟趕去。

泫澈看著兩人在視線中消失，而此時的天也完全黑了下來。

泫澈此時道：「安心魔主還是出來吧，不用再隱藏了。」聲音向四周散去。

一陣勁風吹過，一個人站在了馬前，正是安心。

泫澈望著安心，道：「一定是朝陽讓你跟著我的吧？」

安心沒有作答。

泫澈道：「他一定是想知道我爲什麼要帶他們離開，以及我的身分。你回去告訴他，要想知道這一切，就讓他親自來見我們，這也是你們大軍通過這一片沼澤之地，到達西羅帝國的唯一途徑。」

安心卻從泫澈的話中發現了什麼，他道：「『我們』？你是說『我們』？」

「是的，我們。」泫澈無比肯定地回答道。

「還有誰？」

「是你想知道，還是朝陽想知道？」泫澈卻道。

「這有什麼區別嗎？」安心問道。

「若是你想知道，我會拒絕回答；若是朝陽想知道，讓他自己來尋找答案。」

安心固執的眼神冷冷地望著泫澈，道：「如果我一定想知道呢？」

泫澈嘴角浮出笑意，卻道：「聽說你是一個很可愛的人，自從你妻子死後，你就再沒有碰第二個女人，這樣的男人現在已經很少了，我不想這種人在幻魔大陸消失。」

說完，抖動韁繩，策馬前行。

馬卻嘶叫一聲，前蹄揚起，寸進不得。

安心站在原地沒有動，只是強大的陰寒氣息從他身上瘋湧散出，令馬不敢前行。

泫澈一笑，道：「看來安心魔主是那種不達目的誓不罷休之人，也好，我也想見識你到底有多少令人敬畏的實力！」

說話之時，真氣透過韁繩已達馬身，受勁驅使，馬的四蹄向前縱躍，欲從安心頭頂騰飛而過。

安心站立不動，待馬兒躍上頭頂，左手突然探出。

手，如花間穿舞的蝴蝶，前後來回交錯幻動。倏忽之間，四隻馬蹄竟被安心收攏一處，向前縱躍的馬被安心一下子舉在了頭頂。

馬一陣嘶鳴。

馬上傳來泫澈「咯咯」的笑聲，她道：「沒想到安心魔主真是一個可愛至極之人，喜歡單手擎馬，我想當初你妻子定是被你這英偉之姿所打動，最後才嫁給你的。」

說話之時，安心將四蹄並在一處的馬繞頭轉動起來，泫澈與馬便不停地繞著安心的頭頂在旋動，並且速度不斷加快，形成了一道旋風。

請續看《幻影騎士》卷五

戰神之路 卷4 自我為敵 (原名:幻影騎士)

作者：龍人
發行人：陳曉林
出版所：風雲時代出版股份有限公司
地址：105台北市民生東路五段178號7樓之3
風雲書網：http://www.eastbooks.com.tw
官方部落格：http://eastbooks.pixnet.net/blog
Facebook：http://www.facebook.com/h7560949
信箱：h7560949@ms15.hinet.net
郵撥帳號：12043291
服務專線：(02)27560949
傳真專線：(02)27653799
執行主編：劉宇青
美術編輯：許惠芳

法律顧問：永然法律事務所 李永然律師
北辰著作權事務所 蕭雄淋律師

版權授權：蔡雷平
初版日期：2014年5月
初版二刷：2014年5月20日
ISBN ：978-986-5803-98-8

總 經 銷：成信文化事業股份有限公司
地　　址：新北市新店區中正路四維巷二弄2號4樓
電　　話：(02)2219-2080

行政院新聞局局版台業字第3595號 營利事業統一編號22759935

定價：280元　特價：199元

國家圖書館出版品預行編目資料

戰神之路 ／ 龍人著. -- 初版-- 臺北市：風雲時代，
2014.03 -- 冊；公分

ISBN 978-986-5803-98-8（第4冊；平裝）

857.7　　103001635

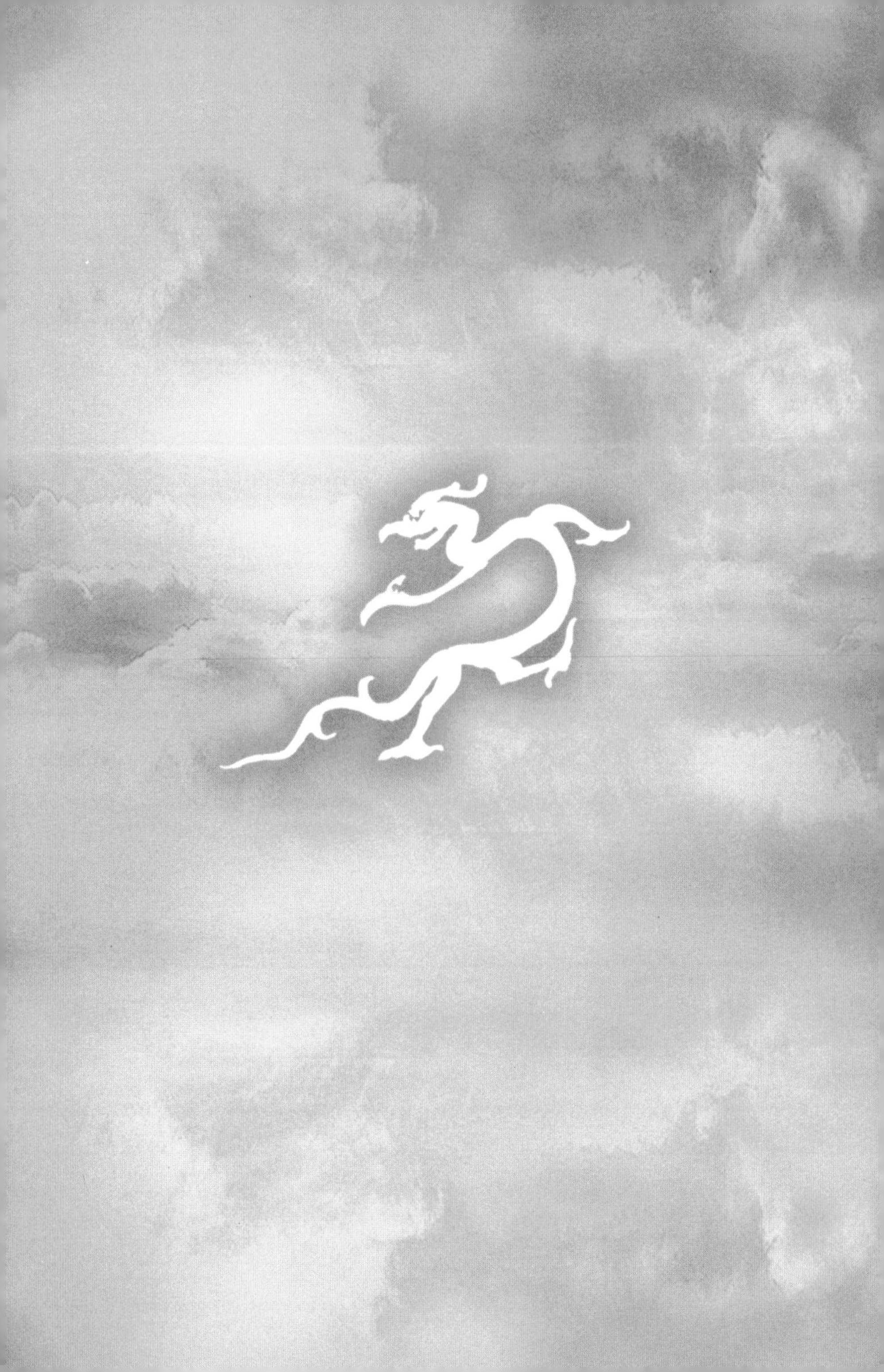